Dass zwei sich ineinander verlieben, ist die älteste Geschichte der Welt. Doch für die beiden, denen es gerade passiert, wird die Welt mit einem Mal ganz neu, die Liebe ist für sie ein kleines, ein großes Wunder, ein Entzücken und der Beginn einer neuen, unerhörten Geschichte: ihrer Geschichte.
Liebende wissen, dass ihre Liebesgeschichte, jede Liebesgeschichte einzigartig und unvergleichlich ist. Und doch findet man manchmal in den Erzählungen anderer das wieder, was die Liebe mit uns anstellt: wie sie uns glückstrunken in Aufruhr versetzt, mit Sehnsucht erfüllt und fast verrückt macht vor Verlangen … So wie in den hier versammelten, zarten und übermütigen Geschichten von Isabel Allende, Paul Auster, Lily Brett, F. Scott Fitzgerald, Anna Gavalda, Elke Heidenreich, Wolfgang Herrndorf, Alexander Kluge, Haruki Murakami, Amos Oz, Franka Potente, Mario Vargas Llosa, Roger Willemsen und vielen anderen.

insel taschenbuch 4558

Geschichten zum Verlieben

Geschichten
zum Verlieben

Herausgegeben von Clara Paul

Insel Verlag

Umschlagabbildung: Hans Traxler

Erste Auflage 2017
insel taschenbuch 4558
Originalausgabe

Quellennachweise zu dieser Ausgabe am Schluss des Bandes
Vertrieb durch den Suhrkamp Taschenbuch Verlag
Satz: Satz-Offizin Hümmer GmbH, Waldbüttelbrunn
Druck: CPI – Ebner & Spiegel, Ulm
Printed in Germany
ISBN 978-3-458-36258-6

Inhalt

Erste Liebe

Morsezeichen

Ein Leben lang

Amour fou

Verpasste Liebe

Das einzige Heilmittel

Abenteuer eines Ehepaars

Erste Liebe

Amos Oz

Esthi

Bei uns in der Secharjastraße wohnte ein Mädchen mit Namen Esthi. Ich liebte sie. Morgens am Frühstückstisch, mit einem Bissen Brot im Mund, sagte ich leise zu mir: »Esthi.«
Daraufhin sagte mein Vater laut: »Man kaut nicht mit offenem Mund.«
Und abends sagten sie über mich: »Dieser verrückte Junge hat sich schon wieder im Badezimmer eingeschlossen und spielt mit dem Wasser.« Dabei spielte ich gar nicht mit dem Wasser. Ich ließ nur das Waschbecken vollllaufen und schrieb mit dem Finger ihren Namen in die Wellen. Manchmal träumte ich nachts, dass Esthi plötzlich auf der Straße mit dem Finger auf mich deutet und »Dieb! Dieb!« schreit. Ich erschrecke und renne weg, und sie rennt mir nach, alle rennen mir nach, Bar-Kochba Sochobolski und Go'el Germanski und Aldo und Eli Weingarten, alle. Die Verfolgungsjagd geht über leere Grundstücke und Höfe, über Zäune und Schrottplätze, durch Ruinen und enge Gassen. Meine Verfolger werden müde und geben allmählich auf, nur Esthi rennt weiter hinter mir her. Schließlich rennen nur noch wir beide und kommen fast gleichzeitig zu irgendeinem abgelegenen Platz, zu einem Schuppen voller Bretter oder zu einer Waschküche auf einem Dach oder zu einem dunklen, dreieckigen Verschlag unter einer Treppe in einem fremden Haus. An dieser Stelle wurde der Traum zugleich süß und schrecklich – dann wachte ich auf und weinte manchmal fast vor Scham. Zwei Liebesgedichte hatte ich schon in das schwarze Notizbuch geschrieben, das mir dann im Wald von Tel-Arsa abhandenkam, und vielleicht ist es gut, dass das passierte.

Und was wusste Esthi?
Esthi wusste gar nichts. Oder sie wusste es und wunderte sich.
Zum Beispiel: Einmal meldete ich mich in der Geographiestunde, und als ich aufgerufen wurde, erklärte ich laut und deutlich: »Der Chula-See wird auch Sumchi genannt.«
Aus irgendeinem Grund brach die ganze Klasse in brüllendes Gelächter aus. Laut Lexikon hatte ich die Wahrheit gesagt, die reine Wahrheit, und trotzdem geriet unser Lehrer, Herr Schitrit, für einen Moment in Verwirrung und fuhr mich ungeduldig an: »Und kannst du bitte auch erklären, warum?«
Die Klasse war schon außer Rand und Band, und von allen Seiten wurde gerufen und geschrien: »Sumchi, erkläre Sumchi, Sumchi, erkläre Sumchi!«
Herr Schitrit schwoll an, wurde rot und brüllte, wie es seine Art war: »Still! Alles ruhig!«
Er brüllte auch: »Das Fleisch möge schweigen!«
Und dann: »Die Hunde sollen aufhören zu hecheln!«
Nach fünf Minuten hatte sich die Klasse wieder beruhigt, aber ich blieb von da an Sumchi, fast bis zum Ende der achten Klasse.
Das habe ich jetzt ohne Hintergedanken erzählt, nur um auf einen wichtigen Punkt zu kommen: auf den Zettel, den Esthi mir damals am Ende der Stunde schickte. Auf dem Zettel stand: »Spinner! Warum musst du immer Sachen sagen, die dir Schwierigkeiten machen? Hör doch auf damit!«
Der Zettel war zusammengefaltet, und unten war ein Rand umgeknickt, darunter stand in viel kleineren Buchstaben: »Aber das macht nichts. E.«
Also, was wusste Esthi?
Esthi wusste nichts; oder sie wusste es und wunderte sich. Mir kam es jedenfalls nicht in den Sinn, einen Brief in ihrem Ranzen zu verstecken, wie es Eli Weingarten bei Nurit getan hatte;

oder Ra'anana, die Heiratsvermittlerin in unserer Klasse, zu Esthi zu schicken, wie es Tarzan Bamberger getan hatte, übrigens ebenfalls bei Nurit.

Im Gegenteil: Ich zog Esthi bei jeder Gelegenheit an den Zöpfen. Und den wunderbaren weißen Pullover, den sie in jenem Frühling trug, klebte ich immer wieder mit einem gut durchgekauten Kaugummi an ihrer Stuhllehne fest.

Warum machte ich solche Sachen?

Nur so. Um es ihr zu zeigen. Warum auch nicht?

Und ihre dünnen Arme bog ich ihr hinter den Rücken, fast so fest, wie ich konnte, bis sie anfing, mich zu kratzen und zu beschimpfen.

Um Gnade bettelte sie aber nie. Das alles tat ich Esthi an, und noch Schlimmeres: Ich war es, der für sie den Spitznamen »Clementine« erfand. (Es gab damals ein englisches Lied, das in Jerusalem viel gesungen wurde, von den Soldaten der englischen Garnison jedenfalls, und das ging so: »Oh my darling, oh my darling, oh my daaar-ling Clementine!«) Besonders die Mädchen aus unserer Klasse waren begeistert, und sogar nach dem halben Jahr, als alles vorbei war, an Chanukka, wurde Esthi bei uns noch Tina genannt, und Tina kam von Clementina, und das wiederum von meinem Clementine.

Und Esthi?

Sie fand für mich nur ein Wort, und das rief sie mir schon morgens zu, als Allererstes, noch bevor ich überhaupt Gelegenheit hatte, sie zu ärgern:

»Ekel!«

Oder auch: »Ekelhafter Kerl!«

Zwei-, dreimal tat ich Esthi in der großen Pause weh, bis sie weinte. Dafür wurde ich von Chemda, unserer Lehrerin, empfindlich bestraft, was ich mit zusammengepressten Lippen ertrug, wie ein Mann. Und so erblühte diese Liebe ganz ohne äußere Anzeichen, bis nach Schawu'ot. Esthi weinte meinetwegen in der großen Pause, und ich ihretwegen am Abend.

…

Ich liebte auch Esthis Vater, fast so sehr wie Esthi selbst, nur auf eine etwas andere Art. Vielleicht liebte ich ihn sogar noch mehr. Plötzlich hielt ich es für möglich, ihm offen und furchtlos zu bekennen, wie sehr ich ihn belogen hatte, ihm ehrlich die Gründe dafür zu erklären und ihm von allen Demütigungen zu erzählen, die mir an diesem Tag zugefügt worden waren, und ihm auch nicht zu verhehlen, was ich vorhatte und wohin meine Expedition führen sollte. Aber gerade da kam Esthi endlich. Mir tat es fast leid, dass wir unser Gespräch unter Männern nun beenden mussten. Esthis Haare waren noch nicht zu Zöpfen geflochten, sondern fielen als nasse blonde Mähne über ihre Schultern, warm und ein bisschen dampfend. Sie trug einen Pyjama mit großen und kleinen Elefanten in verschiedenen Farben und an den Füßen die Hausschuhe ihrer Mutter, die ihr viel zu groß waren.

Als sie ins Zimmer trat, warf sie mir einen schnellen Blick zu und ging dann sofort zu dem Sessel, in dem Ingenieur Inbar saß, ihr Vater. Als wäre nicht ich es, der auf dem Sofa saß, sondern als läge da nur die Zeitung von gestern. Oder als wäre ich nichts Besonderes, weil ich jeden Abend auf meinem Weg nach Ubangi-Schari auf einen Sprung vorbeikam.

»Warst du heute in Jericho?«, fragte Esthi ihren Vater.

»Ja, mein Schatz.«

»Hast du mir gekauft, um was ich dich gebeten habe?«

»Nein, das habe ich nicht.«

»Es war zu teuer?«

»Ja.«

»Versuchst du es noch mal, wenn du das nächste Mal in Bethlehem bist?«

»Ja.«
»Und warst du es, der ihn hierhergebracht hat?«
»Ja.«
»Was ist los? Was ist ihm passiert?«
(Noch immer würdigte Esthi mich keines Wortes und keines Blickes, deshalb schwieg ich.)
»Seine Eltern sind weggefahren, und er hat den Schlüssel verloren. Genau wie es mir damals passiert ist, während meines Studiums in Berlin. Wir haben uns in der Ge'ulastraße getroffen, und ich habe ihm vorgeschlagen, zu uns heraufzukommen. Mutti hat ihm schon etwas zu essen gegeben. Er kann heute Nacht auf dem Sofa hier im Wohnzimmer schlafen oder bei dir im Zimmer, auf dem Klappbett. Ganz wie du möchtest.«
Nun sprach Esthi mich plötzlich an, ohne jedoch den Kopf zu wenden:
»Willst du bei mir im Zimmer schlafen? Versprichst du, dass du mir vor dem Einschlafen verrückte Geschichten erzählst?«
»Vo-vo-vomiraus«, murmelten meine Lippen von allein, ich selbst war wie vom Donner gerührt.
»Was hat er gesagt?«, fragte Esthi besorgt ihren Vater. »Hast du vielleicht zufällig verstanden, was er gesagt hat?«
»Mir scheint«, antwortete Ingenieur Inbar, »er wägt noch die beiden Vorschläge gegeneinander ab.«
»Soll er doch!«, rief Esthi. »Dann schläft er eben hier auf dem Sofa, und damit basta. Gute Nacht.«
»Aber Esthi«, brachte ich schließlich, wenn auch nur flüsternd, heraus. »Aber Esthi …«
»Gute Nacht«, sagte Esthi und ging in ihrem sommerlichen Elefantenschlafanzug und den großen Hausschuhen ihrer Mutter an mir vorbei, und der Geruch ihrer nassen Haare blieb in der Luft hängen.
»Gute Nacht, Vati.«

Und von draußen, vom Flur, sagte sie:
»Also gut. Er kann bei mir schlafen. Vo-vo-vomir-aus.«
Wer hatte je zuvor das Zimmer eines Mädchens gesehen, spätabends, kurz vor dem Schlafengehen, wenn das einzige Licht von der Leselampe neben ihrem Bett kam?
Natürlich hat auch das Zimmer eines Mädchens Wände und Fenster, einen Fußboden und eine Decke, Möbel und eine Tür, klar. Und trotzdem ist es, als beträte man einen anderen Erdteil, ein fremdes Land mit Einwohnern, die uns in nichts ähnlich sind. Es fehlen zum Beispiel die Patronenhülsen von Pistolen und Gewehren auf dem Fensterbrett, und unter dem Bett stehen keine verdreckten Turnschuhe. Es gibt keine Haufen von Schnüren, Metallteilen, Hufeisen, verstaubten Büchern, alten Türschlössern und Gummibändern überall im Zimmer. Es gibt keine Zahnräder und keine Kabel. Es gibt keine Murmeln und keine Filmstreifen. Es gibt keine alten Aufrufe der Untergrundbewegung, versteckt zwischen Schrank und Fenster, und vermutlich sind auch keine unanständigen Bilder zwischen den Blättern des Atlas versteckt. Ausgeschlossen, dass man im Zimmer eines Mädchens den Schädel einer Katze findet, auch keine leeren Bierdosen, Schraubenzieher oder Nägel, auch nicht die Federn und Rädchen und Zeiger von zerlegten Uhren und keine alten Taschenmesser. Und auf gar keinen Fall hängen an den Wänden Abbildungen brennender Kriegsschiffe.
Im Gegenteil.
In Esthis Zimmer herrschte eine Art farbiges Licht: rötlich braun und warm, wegen des roten Bastschirms ihrer Nachttischlampe. Es gab zwei Fenster mit den zugezogenen blauen Vorhängen, die ich schon tausendmal von draußen gesehen und von denen ich nie geglaubt hatte, sie jemals in meinem Leben von innen zu sehen. Auf dem Boden lag eine Matte aus geflochtenem Stroh. Es gab einen weißen Schrank mit brau-

nen Schubladen. Zwischen diesem Schrank und der Wand, in einer schattigen Nische, stand ein kleiner, ordentlicher Schreibtisch, auf dem ich Esthis Hefte entdeckte, ihre Bleistifte, ihre Wasserfarben. Ein niedriges Bett, schon für die Nacht aufgedeckt, stand zwischen den beiden Fenstern, und über dem Kopfende hing ein Teppich in weinroter Farbe. (Für mich war ein zweites Bett, ein Klappbett, aufgestellt worden, und zwar so dicht wie möglich an der Tür.)

In einer Ecke des Zimmers befand sich ein Stuhl ohne Lehne, auf dem eine Decke lag. Darauf standen einträchtig nebeneinander eine hohe Blumenvase mit Tannenzweigen und ein Storch aus Tannenzapfen und bunten Zahnstochern. Es gab noch zwei weitere Stühle im Zimmer, und von dem einen konnte ich den Blick fast nicht wenden. Das alles war in das sanfte, rötlich braune Licht der Nachttischlampe getaucht. Du bist im Zimmer eines Mädchens, dachte ich, du bist bei Esthi, dachte ich, und du sitzt da und sagst kein Wort, weil du einfach ein großer, dummer Klotz bist, Sumchi. Sumchi, erkläre Sumchi. Auch dieser Gedanke half mir nicht gerade, die passenden Worte zu finden, um ein Gespräch anzufangen. Unter großen Qualen schaffte ich es schließlich, etwas so Geistreiches zu sagen wie:

»In meinem Zimmer, zu Hause, ist es ganz anders.«

Esthi sagte:

»Natürlich. Aber jetzt bist du hier und nicht dort.«

»Ja«, sagte ich (weil das die Wahrheit war).

»Was starrst du denn da die ganze Zeit an?«, fragte Esthi.

»Nichts Besonderes«, antwortete ich. »Ich sitze einfach da und … sitze da. Ich schaue nichts Besonderes an.«

(Das war natürlich eine Lüge. Ich konnte den Blick fast nicht von der Lehne des Stuhls wenden, auf dem Esthis geliebter weißer Pulli hing, den ich in der Schule immer wieder mit

Kaugummi festgepappt hatte. Lieber Gott, dachte ich, warum hast du einen solchen Dummkopf aus mir gemacht? Warum bin ich überhaupt geboren worden? Es wäre doch besser, wenn ich nicht auf der Welt wäre. Überhaupt gar nicht. Nirgendwo. Außer vielleicht zwischen den Bergen des Himalaja oder im Land Ubangi-Schari, und sogar dort braucht niemand einen Idioten wie mich.)

Nachdem ich also die paar mühsam gesuchten Worte ausgesprochen hatte, saß ich ganz ruhig auf dem Klappbett in Esthis Zimmer, und meine rechte Hand steckte noch immer in der Hosentasche und hielt, leicht schwitzend, den Spitzer umklammert. Esthi sagte:

»Willst du vielleicht doch lieber im Wohnzimmer schlafen?«

»Egal«, flüsterte ich.

»Was ist egal?«

»Nichts. Nur so.«

»Gut. Wie du willst. Ich gehe jetzt ins Bett und drehe mich zur Wand, damit du dich ausziehen kannst.«

Ich dachte aber gar nicht daran, mich auszuziehen. So wie ich war, in Kleidern, in der kurzen blauen Turnhose, Hemd und Unterhemd krabbelte ich unter die dünne Decke. Nur meine Turnschuhe hatte ich ausgezogen und so weit wie möglich unter das Bett gestoßen.

»Fertig«, sagte ich.

»Wenn du willst, erzähl mir jetzt die Geschichte von dem grausamen Mahdi-Aufstand im Sudan, die du Ra'anana und Nurit und all den andern erzählt hast, damals, als Schitrit krank war und wir zwei Freistunden hatten.«

»Aber damals hast du nicht zuhören wollen.«

»Jetzt ist nicht damals«, erklärte Esthi, womit sie recht hatte.

»Wenn du die Geschichte nicht gehört hast, woher weißt du

dann, dass es um den Mahdi-Aufstand im Sudan gegangen ist?«

»Ich weiß es eben. Im Allgemeinen weiß ich immer alles.«

»Es gibt etwas, was du nicht weißt und was ich dir nie im Leben verraten werde«, stieß ich schnell aus, in einem Atemzug, mit dem Gesicht zur Wand und dem Rücken zu Esthi.

»Ich weiß es.«

»Nein.«

»Doch.«

»Nein.«

»Doch.«

»Sag's, dann werden wir ja sehen.«

»Nein.«

»Das zeigt doch, dass du es nur so behauptest. Du weißt gar nichts.«

»Ich weiß es. Und ob ich es weiß.«

»Dann sag mir, was du weißt, und ich schwöre, dass ich, wenn es das richtige Geheimnis ist, zugebe, dass es das richtige Geheimnis ist.«

»Du wirst es nicht zugeben.«

»Ich schwöre dir, dass ich es zugebe.«

»Also gut. Es ist so: Du liebst ein Mädchen aus unserer Klasse.«

»So ein Blödsinn. Wie kommst du denn darauf?«

»Und du hast Liebesgedichte über sie geschrieben.«

»Du spinnst ja. Hör auf!«

»In ein schwarzes Notizbuch.«

Ich stehle mir vom Medikamentenregal das Fieberthermometer, beschloss ich in diesem Moment. Ich nehme das Quecksilber heraus, und in der großen Pause mische ich ein bisschen davon in Aldos Kakao und ein bisschen in den Kakao von Go'el Germanski. Sollen sie doch sterben. Und auch bei Bar-

Kochba und Eli und Tarzan Bamberger werde ich es tun. Sollen sie doch alle auf einmal und für immer sterben.
Esthi wiederholte:
»In ein kleines, schwarzes Notizbuch. Liebesgedichte und ein paar Gedichte darüber, wie du mit diesem Mädchen am Ende des Sommers in den Himalaja fliehen wirst. Und in ein Land in Afrika, dessen Namen ich vergessen habe.«
»Halt den Mund, Esthi, oder ich drück dir den Hals zu, jetzt gleich auf der Stelle. Mir reicht's.«
»Liebst du sie schon nicht mehr?«
»Das sind doch Lügen, Esthi, alles Lügen und Erfindungen von diesen Mistkerlen. Ich liebe überhaupt kein Mädchen.«
»Gut«, sagte Esthi und machte plötzlich die Lampe neben ihrem Bett aus. »In Ordnung«, fügte sie hinzu und sagte in die Dunkelheit: »Wie du willst. Schlafen wir jetzt. Ich liebe dich auch nicht.«

Später malte das Licht der Straßenlaterne, das durch die Ritzen der Rollläden ins Zimmer drang, schmale Streifen auf den Schreibtisch und die Stühle und den Schrank und den Fußboden – und auf Esthi, die in ihrem Elefantenschlafanzug neben mir auf der Strohmatte vor meinem Bett lag. Wir sprachen noch ein bisschen miteinander. Flüsternd bekannte ich ihr fast alles. Ich erzählte von meinem Onkel Zemach und von mir, dem Jungen, der ihm ähnlich war, verrückt wie er und möglicherweise ein zukünftiger Spekulant. Ich erzählte, wie es ist, wenn man aufsteht und alles hinter sich lässt und zu den Quellen des Flusses Sambesi in Ubangi-Schari zieht. Wie ich mein Zuhause verlasse, das Viertel, die Stadt, und wie es mir gelungen war, an einem Tag ein Fahrrad, eine elektrische Eisenbahn, einen Hund und auch mein Zuhause zu verlieren. Wie ich ohne alles zurückgeblieben war, nur mit dem Spitzer, den ich gefunden hatte. Lange sprach ich, bis tief in die Nacht, vielleicht bis fast elf Uhr, und Esthi sagte nichts und hörte zu. Doch dann unterbrach sie plötzlich das Schweigen, das eingetreten war, nachdem ich zu Ende erzählt hatte, und verlangte:

»Gut, und jetzt gib mir deinen Spitzer.«

»Den Spitzer? Für was brauchst du den Spitzer?«

»Nur so. Gib ihn mir.«

»Hier hast du ihn. Wirst du mich lieben?«

»Nein. Und jetzt sei still.«

»Warum hast du dann mein Knie angefasst?«

»Bist du endlich still? Immer muss er reden und Schwierigkeiten machen. Sag jetzt nichts mehr.«

»In Ordnung«, sagte ich. Doch ich musste noch hinzufügen:

»Esthi.«

Esthi sagte:

»Genug. Sag nichts mehr. Ich gehe jetzt rüber und schlafe auf dem Sofa im Wohnzimmer. Sag kein Wort. Und auch morgen sag nichts. Gute Nacht. Und überhaupt, es gibt auf der Welt keinen Ort, der Ubangi-Schari heißt, aber es ist wunderbar, dass du für uns ein Land erfunden hast, in dem wir ganz allein sein können, nur wir beide. Auf Wiedersehen bis morgen.«

Sergio Olguín

Alles sprach gegen mich

Es war etwa einen Monat her, dass ich in dem Gemüseladen angefangen hatte, als die Geschichte losging, die ich erzählen will. Das war nämlich so.

Es war heiß. Sehr heiß. Einer dieser Tage Ende November, an denen sich bereits der Sommer bemerkbar macht. Es war zehn nach fünf, und im Laden war keiner mehr, also ging ich vor die Tür, um ein bisschen frische Luft zu schnappen.

Aus der Ferne näherte sich eine Gruppe von Schulkindern. Ich beachtete sie zunächst nicht weiter, erst, als sie bis auf ein paar Meter rangekommen waren. Das erste Bild, das sich mir aufdrängte, war das von Schneewittchen und den sieben Zwergen. Mitten in der Gruppe ging ein Mädchen, das fast so groß war wie ich. Sie trug einen weißen Schulkittel, und um sie herum hüpfte eine Schar von Jungs im Alter von sechs bis zehn, die sich gegenseitig schubsten, anschrien, traten, ohne dass das Mädchen in der Mitte davon Notiz nahm. Sie sah nicht wie eine Siebtklässlerin aus, eher etwas älter. Der Schulkittel war ihr zu klein und auch nicht so weiß wie bei einem klassischen Schneewittchen. Sie war blond, ungekämmt (»zerzaust« würde meine Mutter sagen), und sie gab in regelmäßigen Abständen dem einen Schubser, der sich vor sie schob.

Als sie auf Höhe des Gemüseladens war, kreuzten sich unsere Blicke. Wir sahen uns an. In solchen Fällen weiche ich normalerweise dem Blick instinktiv aus, aber diesmal konnte ich nicht. Ich blieb an ihren Augen kleben. Auch sie sah nicht weg. Wir schauten uns ernst an, es war kein Lächeln im Blick, keine Sympathie, keine Anerkennung, nichts, was gerechtfertigt hätte, dass wir uns anschauten. Als sie direkt an mir vorbeikam, konnte ich sehen, dass sie ganz rot und verschwitzt war, als wäre sie gerannt. Sie hatte die Ärmel hochgekrempelt, und unter dem Schulkittel trug sie einen Rock, der ihr bis über die Knie reichte. In diesem Moment konnte ich mich vergewissern, dass sie tatsächlich sehr groß war. Und schön. Schön, trotz ihres verschwitzten Gesichts, ihrer strubbeligen Haare und ihres mit Flecken übersäten Schulkittels.

Als sie an mir vorbei war, starrte ich ihr nach, konnte meinen Blick nicht von ihrem Körper lösen. Zum Glück kam eine Kundin in den Laden, und damit brach der Zauber. Ich verhielt mich wieder normal. Nein, das ist glatt gelogen, weil ich mich nämlich nie wieder normal verhalten habe, bis heute nicht. Seither ist sie mir nicht mehr aus dem Kopf gegangen, ich glaube, ich bin an keinem Tag aufgestanden, ohne an sie zu denken. Sogar in den ersten Tagen, als ich noch nicht mal ihren Namen wusste.

Am nächsten Tag stand ich um fünf vor fünf an der Tür und hoffte inbrünstig, dass niemand mehr reinkam. Fünf nach fünf erspähte ich mein Schneewittchen und ihre sieben Zwerge, die sich vom Camino Negro her dem Gemüseladen näherten. Mein Herz war ein Rockschlagzeug, das man auch ohne Verstärker in ganz Fiorito hörte. Als sie fast bei mir waren, kam einer der Zwerge auf mich zu und fragte:

»Schenkst du mir eine Orange?«

Ich zögerte, mein Verantwortungsbewusstsein war stärker als jedes andere Gefühl. Stammelnd sagte ich:

»Iiich kann nicht, ich dddarf kein Obst verschenken.«

Er sah mich leicht verächtlich an. Dann drehte er sich um und schaute zu Schneewittchen. Sie war ernst wie letztes Mal und zuckte mit den Schultern. Dann ging sie an mir vorbei, schielte zu mir zurück und flüsterte:

»Geizhals.«

Ich bin mir nicht sicher, aber ich glaube, dass sie einen Meter weiter sagte:
»Geizhals und hässlich.«
Ich ging wieder rein in den Gemüseladen und beschimpfte mich selbst auf Spanisch, Armenisch und was es sonst noch für Sprachen gibt.
»Wie kann man nur so blöd sein! Nein, nein, nein!«, schrie ich und trat gegen eine Kiste mit Pfirsichen, womit ich nur erreichte, dass mir der Fuß höllisch wehtat und überall Pfirsiche rumlagen.
Am nächsten Tag wartete ich wieder vor der Tür auf sie, aber diesmal kamen nur die Kleinen vorbei. Sie war wohl nicht zur Schule gegangen. Am Freitag blieb Pinocchio – er war achtzehn oder neunzehn, ziemlich klein, sehr blass, und er hatte eine Mordsnase; deswegen nannten ihn alle Pinocchio – noch ziemlich lang da, wodurch ich nicht bemerkte, dass es schon zehn nach fünf war, als sie an der Tür vorbeikam. Ich hatte das Gefühl, sie guckte rein. Ich bat Pinocchio, kurz auf den Laden aufzupassen, ich wäre gleich zurück.
Ich folgte ihnen. Ich wollte wissen, wohin sie gingen. Als sie auf der Höhe von Villa Fiorito waren, betrat Schneewittchen zu meiner Überraschung den Gemüseladen der Konkurrenz. Kurz darauf kam sie mit einer Tüte Orangen wieder raus und verteilte sie an die Zwerge, die hinter ihr her trotteten. Nach einigen Metern bogen sie links in einen der Wege ab, die nach Fiorito reinführten. Ich dachte kurz darüber nach, ob ich ihr folgen sollte, tat ein paar Schritte, aber dann verließ mich der Mut. Ich versuchte, weiter reinzugehen, aber meine Beine versagten mir den Dienst. Ich hatte Angst. Ich blieb einfach stehen, still, mehrere Minuten lang, und sah Schneewittchen nach, die sich zwischen den Holzhütten verlor, und dann gingen andere Leute rein und raus, die mich gar nicht zur Kenntnis nahmen.

Einige Minuten lang war ich eine Salzsäule. Als ich endlich zum Gemüseladen zurückging, machte mir die Gegend nicht so viel Spaß wie sonst. Ich kam mir wie ein Feigling vor, war enttäuscht von mir selber, ich verachtete mich, weil ich nicht den Mumm gehabt hatte, da reinzugehen, als könnte mir in Fiorito was Schlimmes passieren. Feige und voller Vorurteile. Geizhals und hässlich. Alles sprach gegen mich. Ah, und verliebt. Ja, meine Damen und Herren, unsterblich verliebt, auf den ersten Blick, in mein Schneewittchen aus Villa Fiorito. …

Wenn man Zeit hat, die Dinge zu planen, klappen sie besser. Oder ganz im Gegenteil. Jedenfalls wusste ich, was ich am Montag tun würde. Gegen fünf rückte ich die Tomatenkisten zurecht, die auf dem Gehweg standen. Aus den Augenwinkeln überwachte ich die Ankunft von Schneewittchen und den sieben Zwergen. Als sie auf Höhe des Gemüseladens waren, wusste ich, was ich tun würde.

»He, Kleiner«, sagte ich zu dem Jungen, der mich am Freitag nach einer Orange gefragt hatte. Er blickte zu mir her, und ich bot ihm eine an. Er kam näher und schnappte sie sich. Auch die anderen Zwerge kamen her, und erst da fiel mir auf, dass es nicht sieben waren, sondern fünf: zwei Mädchen und drei Jungs. Schneewittchen blieb im Abstand von zwei Metern stehen, während sich die anderen ihre Orangen abholten, die Schale oben abbissen und ausspuckten und dann den Saft raussaugten.

Ich wusste, was ich sagen würde:

»Und du, wie heißt du?«, fragte ich Schneewittchen.

Sie brauchte ein paar Sekunden, als könnte sie sich nicht mehr an ihren Namen erinnern.

»Und du, was geht dich das an?«, antwortete sie mit ihrer sanften Stimme. Dann ging sie weiter, und die Zwerge trotteten hinterher.

Da entdeckte ich die andere Seite der Liebe: den Hass. Eine ganze Weile lang hasste ich diese strubbelhaarige Blondine in ihrem ausgefransten Schulkittel. Ich war wütend auf mich selber, weil ich so mir nichts, dir nichts Orangen verteilt hatte, weil ich einfach so Carolina aus meinem Herzen verstoßen hatte, wo sie doch tausendmal besser war als diese lange Bohnenstange, die beim Gehen weniger Grazie an den Tag legte als ein Rugbyspieler. Hätte ich in diesem Moment ein Foto von dieser dummen Blondine gehabt, hätte ich es in tausend Stücke zerrissen.
Ich dachte gar nicht daran, ihnen am nächsten Tag noch mal was zu geben. Ich blieb im Gemüseladen, baute mich mit verschränkten Armen hinter der Theke auf. »Kommt schon, bittet mich um was, los, kommt schon«, sagte ich mir. Aber sie baten mich um nichts, gingen einfach an der Tür vorbei, ohne zu gucken, außer dem kleineren der beiden Mädchen, die schaute rein und streckte mir die Zunge raus.
Am nächsten Tag passierte genau das Gleiche. Ich stand hinter der Theke, und alle zeigten mir die kalte Schulter, außer der Kleinen, die mir wieder die Zunge rausstreckte.
Diesmal hatte ich eine Antwort parat. Ich fuchtelte mit dem Kürbismesser rum, als wollte ich sagen, dass ich ihr beim nächsten Mal die Zunge abschneiden würde. Am Donnerstag gingen sie alle vorbei, ohne zu mir her zu schauen.
»Che, kleiner Türke«, sagte Pinocchio zu mir. »Ich glaube, du bist verliebt.«
»Quatsch.«
»Dann hör auf, Herzchen auf den Rechnungsblock zu malen. Das ist nicht gerade männlich.«
Am Donnerstagabend hasste ich sie schon nicht mehr, da wollte ich eine zweite Chance, aber ich wusste nicht, wie ich sie ansprechen sollte. Ich dachte daran, Ezequiel und Pablo zu fragen, ob ihnen vielleicht was Gutes einfiel, ließ es aber bleiben.

Bestimmt würden sie sagen, ich soll die Finger von ihr lassen, weil es mit Frauen immer nur Probleme gibt. Sie würden mir mit dem kommen, was ich eh schon wusste. Bei Pommes weiß ich ja auch, dass sie einem den Magen verderben, und esse sie trotzdem.

Am Freitag passierte etwas, womit ich nicht gerechnet hatte. Als Schneewittchen mit ihrem Zwergentross vorbeikam, bediente ich gerade eine Dame, und eine weitere stand an. Trotzdem hatte ich mehr die Tür im Auge, als mich um meine Kundinnen zu kümmern. Als die eine anderthalb Kilo Tomaten für Salat haben wollte, habe ich doch glatt ein Kilo und vierhundert Gramm abgewogen. Und danach habe ich Zichorie mit Sellerie verwechselt. Als der kleine Trupp am Eingang vorbeikam, war ich gerade dabei, die Zichorie zu putzen. Er ging nicht einfach so vorbei. Oder besser besagt: Sie ging nicht einfach so vorbei. Sie trat an eine Kiste heran, die draußen auf dem Gehweg stand, eine Kiste Pfirsiche. Sie nahm einen Pfirsich raus, sie sah mich an, ich sah sie an, während ich die Zichorie auf die Waage legte und völlig überhörte, wie die Kundin zu mir sagte: »Ich habe Sellerie gesagt, Ariel, Sellerie.« Wir sahen uns an, beide ganz ernst. Sie biss in den Pfirsich, ohne ihre Augen von mir abzuwenden, die einzige Gesichtsregung war das Malmen des Kiefers auf der Frucht. Dann drehte sie sich um und ging weiter.
Was sie da getan hatte, ließ sich auf vielerlei Arten interpretieren, aber eines stand zweifelsfrei fest: Die Schlawinerin hatte mir gerade einen Pfirsich geklaut.
Am Samstag kam Pinocchio wieder mal früher und ging Brot, Wurst und Käse kaufen. Es war Mittag und nichts los, und wir aßen gerade in Ruhe, als Pinocchio, der mit dem Gesicht zur Tür saß, zu mir sagte:

»Du hast Besuch.«
Ich drehte mich um, und da stand sie. Für mich war es eine dreifache Überraschung: Erstens hatte ich an einem Samstag nicht mit ihr gerechnet; zweitens war es das erste Mal, dass sie den Laden betrat; und drittens war es auch das erste Mal, dass ich sie ohne Schulkittel sah. Sie trug ein schwarzes T-Shirt mit englischen Sätzen drauf und eine schwarze Jeans. So, ohne die Schulkleidung, wirkte sie größer als ich.
Sie kramte ein paar Münzen aus der Hosentasche und sagte:
»Ich bin dir einen Pfirsich schuldig. Wie viel macht das?«
Selbstverständlich weigerte ich mich, das Geld anzunehmen. Sie zuckte mit den Schultern und machte auf dem Absatz kehrt, um wieder zu gehen. Als sie bei der Tür war, rannte ich ihr nach.
»Du hast mir nicht gesagt, wie du heißt.«
»Patricia.«
Sie tat wieder ein paar Schritte und sagte mit einer kaum merklichen Drehung in meine Richtung:
»Aber alle nennen mich Pato.« …

Das Schuljahr ging zu Ende. Im Gegensatz zum letzten Jahr würde ich Carolina in diesem Sommer nicht vermissen. Tatsächlich war Carolina in meinen Gedanken verblasst wie eine alte Erinnerung. Mich interessierten nicht mehr die adretten, ordentlich gekämmten Mädchen wie Carolina. Ich stand jetzt mehr auf Mädchen mit zerzausten Haaren oder auf große Blondinen oder auf Mädchen, die wenig lächelten. Mit anderen Worten: auf Patricia.
Am letzten Unterrichtstag zogen die Jungs aus meinem Jahrgang los, um nach der Schule zu feiern. Ich hätte Pinocchio bitten können, den ganzen Freitag zu bleiben, aber irgendwie sagte mir mein Gefühl, dass ich zum Gemüseladen sollte. Ich

sagte, ich könnte nicht mitkommen, weil ich arbeiten müsste. Die meisten schauten mich mitleidig an. Mit Equi und Pablo machte ich aus, dass wir uns am nächsten Tag treffen und das gemeinsame Eisessen nachholen würden.
Manchmal rettet einen der Instinkt. Wenn ich ihm damals nicht gefolgt wäre, hätte ich vielleicht auf lange Zeit die Chance verpasst, mit Patricia zu reden.

Ich ging zu Hause vorbei, um mich umzuziehen. Weil es wahnsinnig heiß war, zog ich die ausgefransten Bermudashorts an, die meine Mutter aus einer alten Jeans genäht hatte, und meine ausgelatschten Turnschuhe, die ich nur trage, wenn ich zur Arbeit gehe. Das schwarze T-Shirt von den Redondos, das ich schon in der Schule angehabt hatte, ließ ich an. Die Redonditos de Ricota hörte ich zwar nur noch selten, aber ich mochte dieses T-Shirt, weil da ein Typ drauf war, der Ketten sprengte. Ich fühlte mich dadurch stärker.
Am Anfang bereute ich es fast, dass ich zur Arbeit gegangen war. Es war saumäßig heiß, und alle liefen rum wie Zombies. Anders war es nicht zu erklären, dass Señora Irma, die bei uns immer ihr Suppengemüse kaufte, gegen die Apfelkiste stieß, die als Blickfang an der Tür stand. Señora Irma stolperte und wäre beinahe spektakulär auf die Tomatenkiste gekracht, die Äpfel kullerten über den Gehweg, einige bis auf die Straße, und landeten entweder im Graben oder wurden von den Autos zu Apfelmus verarbeitet.
Mein Gemüsehändlerherz sagte mir, ich sollte vor allen anderen Dingen auf der Welt das Obst retten, und trotzdem vergewisserte ich mich erst, ob die Señora Irma noch lebte, überprüfte dann, ob bei ihr sichtbar was gebrochen war, fragte anschließend, ob sie aufstehen könnte, und half ihr schließlich auf. Als die Operation »Señora Irma« erfolgreich abgeschlossen war,

legte ich wie ein Irrer los und klaubte die auf dem Gehweg verstreuten Äpfel auf. Zu meiner großen Überraschung waren Sekunden später die Zwerge um mich herum, sammelten Äpfel ein und legten sie in die Kiste. Und Patricia. Auch sie hatte sich gebückt und hob Äpfel auf.

Außer den Äpfeln, die plattgefahren auf der Straße lagen, fanden wir alle wieder, einschließlich diejenigen, die im Graben gelandet waren und die ich in die Abfallkiste warf. Sobald alle gegangen waren, würde ich sie abputzen und wieder zu den anderen Äpfeln legen. Die waren ja noch gut, ein bisschen dreckig, aber noch gut.

Als wir alle eingesammelt hatten, lud ich sie ein, noch ein bisschen zu bleiben. Genau so, im Plural, sie sollten noch bleiben. Ich bediente die Señora Irma, die trotz der fünfunddreißig Grad Suppengemüse kaufte. Als sie weg war, winkte ich die andern rein. Ich gab allen einen Apfel und bot auch Patricia einen an, die röter und verschwitzter war als üblich. Ihr würden nur Pfirsiche und Kirschen schmecken, sagte sie. Also bot ich ihr einen Pfirsich an, so einen wie den, den sie letztens rausgenommen hatte, und in den biss sie dann rein. Sie schaute ganz merkwürdig, oder besser gesagt, sie schaute mich an, als wäre ich ein merkwürdiges Wesen. Ich hatte gerade eine große Cola gekauft, die noch schön kalt war. Ich fragte, ob sie was abhaben wollten, und alle wollten. Weil ich nicht genügend Gläser hatte, schenkte ich immer wieder dasselbe Glas voll. Patricia trank ihres begierig aus, wobei sie mich weiterhin merkwürdig anschaute.

»Darf ich fragen, warum du mich so anschaust?«, sagte ich, um einen lustigen Tonfall bemüht. Ich wollte sie nicht erschrecken oder verärgern.

»Darum«, sagte sie und begann ihren Schulkittel aufzuknöpfen. Einen Moment lang dachte ich, sie würde einen Striptease

hinlegen, aber das passierte nur in den Filmen, die Equi, Pablo und ich heimlich guckten. Im wirklichen Leben passierte so was nicht.
Im wirklichen Leben passierten Sachen, die genauso verblüffend waren. Sie zog den Schulkittel aus, und drunter trug sie das gleiche T-Shirt wie ich, das von den Redondos. Zugegeben, ihr stand es besser. Meines war mir ein bisschen zu groß und machte mich dünner, als ich war. Sie hingegen füllte es gut aus. Es fiel mir überhaupt zum ersten Mal auf, wie gut ihr T-Shirts standen. Ich tat so, als guckte ich mir begeistert den Aufdruck an, dabei guckte ich mir gar nicht den Aufdruck an.
»Findest du wohl gut, die Redonditos de Ricota?«, fragte sie lächelnd. Mein Gott, sie war schon hübsch, wenn sie ernst guckte, aber wenn sie lächelte, war sie umwerfend schön.
»Die sind toll«, antwortete ich, wobei mir nicht ganz klar war, worauf ich da antwortete.
Sie gab den Kleinen ein Zeichen, die daraufhin den geordneten Rückzug aus dem Laden antraten. Sie war ebenfalls bereits am Gehen, als ich sagte, ich würde sie gern wiedersehen.
»Ich komm jeden Tag hier vorbei.«
»Nein, Patricia, ich meine, ob ich dich sehen kann. Ob wir nicht irgendwas ausmachen können.«
»Pato.«
»Was?«
»Du sollst mich Pato nennen, nicht Patricia.«
»Pato, sehen wir uns wieder?«
»Hmm … weiß nicht.«
»Bitte.«
»Gut, morgen um vier an der Ecke, wo der Plattenladen ist.«
Sie wartete meine Zusage gar nicht erst ab. Sie wusste, dass ich nicht nein sagen würde. Und natürlich habe ich auch nicht

nein gesagt, obwohl ich deshalb das Eisessen mit meinen Freunden absagen musste.

Mein Leben war wesentlich einfacher, bevor ich ein Date hatte. Seither habe ich rausgefunden, dass einem ein Date mit einem Mädchen das Leben verkompliziert. Es fing schon damit an, dass ich das Treffen mit Equi und Pablo absagen musste. Außerdem wollte ich ihnen nicht sagen, warum, weil sie das als Verrat empfunden hätten. Ich müsste zum Geburtstag einer Cousine, habe ich gesagt, eine dumme Ausrede, wenn man bedenkt, dass mein einziger Onkel Junggeselle ist.
Das war der leichte Teil. Schwieriger war da schon die Frage, was ich anziehen sollte. Wie schon Bilardo sagte: Never change a winning team. Und da ich meinen ersten Erfolg mit dem Redondos-T-Shirt eingeheimst hatte, musste ich es einfach noch mal anziehen. Und ich zog es noch mal an, obwohl es ein bisschen verschwitzt war. Die Bermudashorts ebenfalls. Nur bei den Turnschuhen überlegte ich es mir anders und entschied mich für die Nikes, die mir mein Onkel Roberto mal zum Geburtstag geschenkt hat.
Den ganzen Morgen passte ich höllisch auf, dass ich mich ja nicht schmutzig machte. Die Kartoffeln fasste ich nur mit den Fingerspitzen an, und zum Glück kaufte niemand Zwiebeln. Ich aß mit Pinocchio zu Mittag, und um zwei kam mein Onkel, um die Kasse zu machen. Er blieb noch eine Weile da und musste sich dann sputen, um noch rechtzeitig zu dem Treffen mit den Leuten vom argentinischen Fußballverband zu kommen, denen er Linienrichterfähnchen verhökern wollte. Die hatte er zum Schnäppchenpreis aus Birma importiert, weil die FIFA dort alle Ligaspiele untersagt hatte und keine offiziellen Partien mehr stattfanden.
Diesmal war ich es, der während Pinocchios Arbeitszeit länger

dablieb, und genauso wie er, wenn er bei mir länger dablieb, würde ich meinen Hintern keinen Zentimeter bewegen, egal, wie viele Kunden im Laden standen. Er hatte Glück, weil nämlich nicht ein einziger Kunde kam.
»Holen dich deine Freunde ab?«
»Nein. Heute nicht.«
»Was machst du dann noch hier?«
»Hmmmm, nichts Besonderes.«
»Wenn du nicht so schlampig angezogen wärst, würde ich denken, du hast ein Date mit einem Mädchen.«
»Wieso bin ich schlampig angezogen?«
»Also hast du ein Date? Mit dieser Blonden?«
»Quatsch.«
»Du weißt, dass die Blonde aus Villa Fiorito ist, oder?«
»Na und?«
»Ich hab selbst da gewohnt, bis ich dreizehn war, dann sind wir auf die andere Seite gezogen. Ich sag dir nur eins: Wenn sie dich mit reinnehmen will nach Fiorito, geh nicht mit.«
»Quatsch.«

Als ich an der Ecke mit dem Plattenladen ankam, war sie noch nicht da. Und wenn sie es vergessen hatte? Und wenn sie sich über mich lustig machte und nie vorgehabt hatte zu kommen? Wie lange sollte ich auf sie warten? Ich schwor mir zu gehen, sollte sie mich länger als zwei Stunden schmoren lassen. Ich würde bestimmt nicht den ganzen Abend hier an der Ecke rumstehen und mich mit Rodrigo volldröhnen lassen.
Nach zehn Minuten tauchte sie auf. Allein. Keiner ihrer Zwerge mit dabei. Sie hatte einen Jeansrock an, und ein schwarzes T-Shirt, aber nicht das mit den Redonditos, sondern eins, auf dem so was stand wie »Punk not dead«. Sie trug nicht das T-Shirt, das uns vereint hatte, kein gutes Zeichen. »Fängt ja gut an«, dachte ich.

Wir begrüßten uns mit einem »Hallo« und gingen dann auf der Seite von Lanús spazieren, auf dem Gehweg gegenüber von Fiorito. Ich fragte sie, ob die Kleinen alle Geschwister von ihr wären, und sie sagte nein, nur das eine Mädchen, die anderen seien Nachbarn. Ihre Schwester hieß Elizabeth und war acht. Sie erzählte, dass sie bei ihrem Vater lebte, ihre Mutter war schon vor fünf Jahren gestorben. Ich fragte sie, wie alt sie wäre, und sie sagte, am 3. Januar werde sie vierzehn. Ich war fast elf Monate älter als sie. Sie war erst in der siebten Klasse, weil sie die fünfte wiederholt hatte. Auf die achte Klasse hatte sie keine Lust. Überhaupt machte ihr die Schule keinen Spaß.

»Und was macht dir Spaß?«

Sie dachte ziemlich lang drüber nach und antwortete dann:

»Nichts.«

Ich erzählte ihr vom Gemüseladen, von der Schule, von meinem Onkel, von meinen Freunden. Dass mein Papa vor fast zwei Jahren von zu Hause weg ist, habe ich ihr nicht erzählt. Darüber sprach ich mit niemandem. Nicht mal mit Equi oder mit Pablo. Wobei Pablo es wusste, weil wir schon Freunde waren, als mein Vater sich aus dem Staub gemacht hat. Damals fehlte ich drei Tage in der Schule, und meine Mama ist dann hin, um es zu erklären. Ich weiß nicht, was sie da gesagt hat, jedenfalls hat mich die Lehrerin ab dem Tag behandelt, als hätte man mir einen Arm amputiert. Sie war zu mir nicht so streng wie zu den anderen und gab mir auch nie Strafarbeiten auf. Am folgenden Vatertag sprach sie über abwesende Väter, mir traten Tränen in die Augen, aber ich riss mich zusammen. Pablo fragte mich, was ich meinem Vater schenken würde, und ich sagte, nichts, er hätte uns sitzenlassen. Pablo verkniff sich jede Bemerkung und schnitt das Thema nie wieder an.

Wir schlenderten bis zur Avenida General Hornos. Beide waren wir völlig verschwitzt, obwohl wir uns im Schatten gehalten hatten. Ich schlug vor, ein Eis zu essen, aber sie wollte lieber eine Cola trinken. Also sind wir zu einem Kiosk, der ein paar weiße Plastiktische vor der Tür stehen hatte. Ich kaufte zwei Cola, und wir setzten uns hin. Patricia trank ihre schlückchenweise. Ich schaute sie an und konnte gar nicht glauben, dass ich es geschafft hatte, sie auszuführen. Dass dieses Mädchen, nach dem ich schon seit zwei Wochen verrückt war, hier neben mir saß und eine Cola schlürfte.

»Wohnst du hier in der Gegend?«, fragte sie.

»Ich wohne ein bisschen weiter weg, in Lanús, Catamarca, Ecke Resistencia.«

Dann schwiegen wir wieder. Sie schaute zur Straße, und ich schaute sie an. Offenbar fühlte sie sich etwas unbehaglich, denn sie fragte:

»Und du, warum schaust du mich so an?«

»Weil du so hübsch bist.«

»Spinner.«

»Im Ernst.«

Allmählich legte sich der Schatten über uns. Ein leichter Wind kam auf. Heute Abend würde es regnen. Sie sagte, sie müsste jetzt nach Hause. Wir machten uns auf den Rückweg. Als wir noch einen Häuserblock von Fiorito entfernt waren, sagte sie, bis zum Eingang dürfte ich sie noch begleiten, weiter nicht. Einerseits wäre ich gern noch ein Stückchen mit ihr mitgegangen, andererseits fand ich es beruhigend, dass ich nicht da reinmusste.

»Sehen wir uns wieder?«, fragte ich.

»Ja.«

»Ich meine allein, nur wir beide.«

»Ja, ja.«

»Und wie machen wir das?«

»Uns sehen?«

»Ja.«
»Ganz einfach, ich komm im Laden vorbei.«
»Und da machen wir dann was aus?«
»Ja.«
»War schön.«
»Ja, fand ich auch.«
»Du bist sehr hübsch.«
»Und du bist sehr groß.«
»Du bist auch groß.«
»Ich geh jetzt.«
Sie kam auf mich zu, kniff mir mit Daumen und Zeigefinger links und rechts in die Wangen und gab mir einen Kuss auf die Lippen. Sie streifte sie kaum, aber ich spürte das Gleiche wie damals, als ich meine Finger in die Steckdose gesteckt habe. Nein, nicht das Gleiche, das hier war tausendmal stärker. Ich hab nicht reagiert. Ich hatte gerade meinen ersten Kuss bekommen und ich hatte nicht reagiert. Kein bisschen zurückgeküsst. Sie drehte sich um und ging los. Endlich konnte ich mich aus meiner Erstarrung lösen und ich rannte ihr nach.
»Halt, bleib stehen.«
»Was willst du?«
»Ich finde dich toll.«
»Aha, ciao.«
»Willst du nicht wissen, ob ich eine Freundin habe?«
»Wie kämst du dazu?«
Und dann ging sie endgültig los.

Ernest van der Kwast

Der zweiteilige Badeanzug

Es war Juli, das Jahr 1945. Ein warmer Tag. In der Ferne flimmerte die Luft. Ezio war mit seinem jüngeren Bruder ans Meer gegangen. Acht Kilometer zu Fuß. Jetzt lagen sie im Sand und beobachteten die Frauen, die im Badeanzug über den Strand gingen. Der Krieg war vorbei; es gab keine Arbeit, die Tage waren lang. Was sollte ein italienischer Mann anderes tun als Frauen beobachten?

Täglich wanderten Ezio und sein Bruder von Lecce nach San Cataldo. Es war ein Weg von anderthalb Stunden, für den sie manchmal auch doppelt so viel Zeit brauchten, wegen der Hitze und wegen der Leute, denen sie unterwegs begegneten. Heute waren sie von Freunden, Tanten und redseligen alten Männern aufgehalten worden. Erst zur späten Mittagszeit waren die Brüder Ortolani in San Cataldo angekommen, und nun lagen sie mit knurrenden Mägen im warmen Sand und bespähten möglichst unauffällig Frauen in Badeanzügen.

Es gab nicht viel zu sehen, die Badeanzüge waren aus einem Stück, manche bedeckten sogar die Oberschenkel und die Schultern. Aufregend waren die Momente, in denen eine Frau sich vorbeugte, um ihr Handtuch auszubreiten, oder aus dem Meer kam und vor den Wellen her auf den Strand lief. In solchen Momenten brauchte man nicht die Fantasie von einem Dutzend Schriftstellern, um ein Prickeln im Unterleib zu spüren. Dann brauchte man nur die Augen offen zu halten. In der übrigen Zeit hieß es, tagträumen und sich vorstellen, was nicht sichtbar war, während man Badeanzüge aller Größen, aber eines einzigen Typs betrachtete: des Einteilers.

Es war Juli 1945. Knapp drei Monate nach der Befreiung Italiens und zwölf Monate vor der Erfindung des Bikinis. Der französische Automechaniker und Ingenieur Louis Réard hatte noch nicht das Wäschegeschäft seiner Mutter geerbt. Und er musste erst noch in einer Zeitschrift von den Sparmaßnahmen der amerikanischen Armee lesen, sich noch wundern über die Entscheidung, den Badeanzügen weiblicher Militärangehöriger einen tieferen Rückenausschnitt zu verpassen. Vor allem musste Louis Réard erst noch die höchst simple Eingebung haben, dass ein zweiteiliger Badeanzug viel mehr Stoff spart.

Und es musste erst eine Bombe über einer Gruppe von Inseln zwischen Neuguinea und Hawaii gezündet werden, einem Pazifikatoll, bewohnt von einer Handvoll Familien, die gezwungen wurden, ihre bewegliche Habe zusammenzupacken und ihre Hütten und Inseln zu verlassen. Zwei Jahre lang lebten sie auf einem Korallenatoll, dessen Bäume zu wenig Früchte trugen und dessen Fische giftig waren; deshalb wurden sie erneut fortgeschafft und auf einem anderen Korallenatoll untergebracht, in Zelten auf einem Stück Gras neben einem Flugplatz, und keine sechs Monate später auf die Insel Kili umgesiedelt. Auch dort litten sie Hunger und Durst, und viele der Kinder starben. Ende der Sechzigerjahre durften die Menschen nach Bikini zurückkehren, da das Atoll nun angeblich frei von radioaktiver Strahlung war. Als 1978 plötzlich doch eine gefährlich erhöhte Strahlung gemessen wurde, evakuierte man die Bewohner noch einmal und zwang sie, ihren Besitz, ihre Hütten und Inseln zurückzulassen.

Aber auch das ist eine andere Geschichte.

Ezio wurde von seinem Bruder angestoßen. Anstoßen war ein Zeichen, das Signal dafür, dass eine Frau aus dem Wasser gerannt kam oder so dastand, dass ihr Badeanzug jeden Moment

reißen konnte, jedenfalls, wenn man dem Flüstern der Fantasie glaubte.
Ezio blickte auf, tastete mit seinen hellen Augen die Brandung des Adriatischen Meeres ab. Und dann sah er sie zum ersten Mal, doch seine Augen begriffen nicht, was sie sahen. Mehr als eine Minute verging, bevor er sagte: »Ich sehe einen Nabel.«
Von seinem Bruder kam nur: »Ich auch.«
In der Brandung stand Giovanna Berlucchi. Unnahbar, unwahrscheinlich schön. Gerade einmal zwanzig war sie und hatte langes, dunkles Haar, das sie immer offen trug. An diesem Morgen hatte sie das Haus im Streit verlassen. Einem Streit mit Geschrei und Türenschlagen.
Die Familie Berlucchi bestand aus sechs Frauen und einem unterdrückten Vater. Giovanna war die älteste Tochter und musste sich ihre Kleidung mit zwei ihrer jüngeren Schwestern teilen. Hochzeiten, Kindstaufen oder die Erstkommunion von Cousinen waren nicht nur Ereignisse, auf die man sich freute. Es waren auch Ereignisse, denen Schreierei, Kratzerei und Heulerei vorausgingen. Drei Schwestern, die dasselbe Kleidungsstück anziehen wollten. Ein blaues Blümchenkleid, einen Baumwollrock mit breiten Falten und hoher Taille, die einzige Seidenbluse. Der Vater trug jeden Tag die gleichen Sachen und verstand nicht, warum seine Töchter jedes Mal wieder aufeinander losgingen, aber er verstand seine Töchter oft nicht. Die Erfahrung hatte ihn nicht klüger gemacht, aber sie hatte ihn gelehrt, zu schweigen wie ein Grab. Ein einziges Mal hatte er den Zorn seiner Töchter auf sich gezogen, indem er sagte: »Wenn ihr euch weiter streitet, dann ziehe *ich* diesen Rock zu der Hochzeit an!«
Die Mädchen wechselten Blicke, vergaßen die Hochzeit, vergaßen den Rock, vergaßen ihren Streit. Sie schossen ihre Pfeile gegen den Vater. Was mischte er sich ein? War er eine Frau?

Wusste er, wovon er redete? Warum legte er sich nicht einfach still ins Grab seines Vaters?
Deshalb schwieg er, als es an einem Sommermorgen Streit um einen Badeanzug gab, als Türen zugeknallt wurden, der Staub von einer Woche durchs Wohnzimmer wirbelte und die Nachbarin sich bekreuzigte – er presste die Lippen fest aufeinander, rührte sich nicht, blinzelte nicht einmal. Er tat nichts, als heimlich an den Sohn zu denken, den er so gern gehabt hätte.
Der Badeanzug spannte sich zwischen Giovanna und ihrer Schwester Francesca wie ein Laken, das ordentlich zusammengefaltet werden soll. Keine von beiden wollte loslassen. Was folgte, war ein Tauziehen. Giovanna machte einen Schritt rückwärts, Francesca einen größeren. Der Badeanzug wurde gedehnt, bekam eine hellere Farbe. Giovanna ging einen weiteren Schritt zurück, Francesca zerrte mit aller Kraft an dem Stoff. Der Badeanzug war jetzt schon doppelt so lang wie vorher, und wäre es still gewesen, hätte man die Verzweiflungsschreie der Fasern hören können. Aber es war nicht still; in einem Haus mit sechs Frauen gibt es keine Stille.
»Lass los!«, kreischte Giovanna.
»Nein!«, rief Francesca. »Lass selber los!«
Und der Vater dachte an einen jungen Mann, der sein Sohn war und ihm half, das Dach zu reparieren. Ein Dach, das immer Probleme bereitete, sogar im Sommer, wenn Schwalben unter der Traufe nisteten.
Dann geschah es: Der elastische Stoff zerriss. Blitzartig, wie beim Schnellen einer Peitsche. Die Schwestern landeten auf dem Boden, beide hielten einen Teil des Badeanzugs in den Händen. Giovanna das obere Stück, Francesca den Rest des synthetischen Stoffs. Einen Moment saßen sie sich so gegenüber. Sie funkelten sich an, fluchten, schimpften einander *stronza* und *faccia da culo*. Wieder flogen Türen zu, wieder wirbelte

Staub durchs Wohnzimmer, wieder bekreuzigte sich die Nachbarin. Doch diesmal war auch die Haustür zugeknallt. Giovanna war mit dem mitten durchgerissenen Badeanzug hinausgerannt. Fest entschlossen, an den Strand zu gehen. Niemand und nichts konnte sie davon abhalten.
Louis Réard schnitt aus siebzig Zentimetern Stoff vier Dreiecke und verband die zwei großen wie die zwei kleinen jeweils mit Stoffbändern. Giovanna Berlucchi brauchte nur zwei Knoten. Sie hatte das Ober- und Unterteil des Badeanzugs angezogen und links oben und rechts unten einen Knoten gemacht. Zwölf Monate später sollte kein einziges Mannequin zu finden sein, das Louis Réards Badeanzug bei einer Modenschau vorführen wollte. Nur eine Nackttänzerin war schließlich bereit, sich in dem Kleidungsstück zu zeigen. Micheline Bernardini präsentierte den ersten Bikini am 5. Juli 1946 im Pariser Schwimmbad Molitor. Die Zeitungen fällten vernichtende Urteile, man sprach von »Sittenverwilderung« und einer »Schande für Frankreich«. Doch als Giovanna Berlucchi in ihrem zweiteiligen Badeanzug über den Strand von San Cataldo ging und die Seeluft ihren Nabel streichelte, verzauberte sie Ezio Ortolani für sein ganzes Leben.

...

Giovanna hatte die beiden wie hypnotisiert starren sehen, aber so getan, als bemerke sie ihre Blicke nicht. Die zwanzigjährige *donna Pugliese* warf sich ins Wasser und tauchte nach Muscheln und Meeresschnecken. Giovanna konnte die Luft länger anhalten als drei ihrer Schwestern zusammen. Sie hatte die Lunge eines Delfins. Als Kind hatte sie ihre Eltern mehr als einmal in Sorge versetzt, weil sie viel länger unter Wasser blieb als alle anderen. Ezio und sein Bruder waren nicht besorgt, sie starrten auf die Wasseroberfläche, unter der die Frau mit dem Nabel verschwunden war. Sie glaubten, eine

Fata Morgana gesehen zu haben. Das war der Preis, den sie für ihr stundenlanges Badeanzug-Gaffen und die dazugehörigen Fantasien bezahlen mussten: Eine Frau verschwand spurlos im Meer.

Doch dann tauchte Giovanna aus einer Welle auf. Ihr langes Haar hing ihr in Strähnen über die Schultern. Meerwasser floss über ihren glänzenden Bauch, umspülte die kleine Einstülpung ihres Nabels. Und sie war noch schöner als zuvor.

Die beiden Brüder gefroren in der Sonne. Die Maschinerie schien zu stocken, sämtliche Zahnräder stillzustehen. Nur Giovanna bewegte sich. Es dauerte nicht länger als eine Tausendstelsekunde, aber das war lang genug, um einen uneinholbaren Vorsprung zu gewinnen. Ezio wusste, dass er etwas tun musste, bevor sein Bruder es tat.

Plötzlich sprang Ezio auf und rannte mit weiten Schritten zu Giovanna. Er rannte mit starken Knien, hämmerndem Herzen, roten Wangen, klopfenden Adern, sich blähenden Lungenbläschen. Aber ohne Wörter in seinem Sprachzentrum. Er rannte und rannte und rannte. Und dann stand er vor ihr, der Göttin aus der Gischt, der Göttin mit dem nassen Nabel. Er keuchte und schaute ihr in die Augen. Endlich tauchte in Ezios Kopf ein Gedanke auf. Sie haben die Farbe von Kastanien, dachte er. Ihre Augen sind kastanienbraun. Er schaute in diese Augen und verlor sein Herz.

»*Ciao*«, sagte Giovanna. Sie hielt die heraufgeholte Meeresschnecke in den Händen.

Ezio blickte von ihren Augen zu dem Schneckenhaus und von dem geriffelten rosafarbenen Schneckenhaus wieder zurück zu den rotbraunen Augen.

Dann kamen die Fragen, wie Sperrfeuer. Was habe ich getan? Was mache ich hier? Warum bin ich gerannt? Wo ist mein Bruder? Was soll ich sagen? Doch Antworten blieben aus.

Der Wasserfall an Giovannas Nabel war fast ausgetrocknet. Ezio sah eine dünne Salzspur glitzern.
Endlich sagte er: »Da ich nun schon mal hier bin: Darf ich dich küssen?« Es war pure Großtuerei, denn seine Stimme zitterte. Noch nie hatte Ezio zu einer Frau gesagt: »Darf ich dich küssen?« Nicht einmal in seinen Träumen.
Giovanna musste lachen. Und vielleicht hätte er schon in diesem Augenblick, während der paar Sekunden von Giovannas Lachen, wissen können, dass sie ihn nicht lieben würde wie er sie: bedingungslos und immer so ernst, als gehe es um Leben und Tod.
Man darf den Zusammenhang zwischen Lachen und Liebe nicht unterschätzen, aber ein leichtherziges Lachen ist etwas anderes als ein Lachen, das Liebe beantworten will. Vielleicht sogar das Gegenteil: ein Lachen, das der Liebe davonlaufen, sie auf Distanz halten will, weit weg vom Herzen.
Dennoch nickte sie. Giovanna Berlucchi nickte und schloss die Augen. Sie drückte das Schneckenhaus mit ihren Fingern und wartete. Sie fragte sich, wo der Junge mit den strahlend hellen Augen sie küssen würde. Auf die rechte oder die linke Wange? Auf die Stirn? Galant auf den Handrücken? Gewagt auf den Mund? Als sie nach fünf Sekunden noch nichts spürte, spitzte sie die Lippen. Sie hatte beschlossen, dass er sie auf den Mund küssen sollte. Aber Ezio war schon weg. Wie er zu Giovanna hingerannt war, so war er nun von ihr fortgelaufen. Gehetzt und mit hämmerndem Herzen.
Ezio ließ sich neben seinem Bruder in den Sand fallen.
Einen Augenblick war es still.
Dann kam die Frage: »Was hast du gemacht?«
»Ich weiß es nicht.«

Giovanna hatte die Augen geöffnet und einen Moment entgeistert auf die Leere vor ihr gestarrt. Dann verformten sich ihre Lippen und stießen einen bösen Fluch aus. Wütend ging sie auf Ezio zu. Ihre Füße hinterließen tiefe Abdrücke, ihre Ellbogen zerschnitten die Luft, ihre nassen Haarsträhnen waren die Tentakel eines Kraken. Nur auf ihren Nabel schien sich ihre Wut nicht auszuwirken. Wie eine Sonne prangte er am nackten Himmel ihres Bauches.

Das Erste, was sie zu Ezio sagte, war: »Ich zähle bis drei. Wenn du mich bis dahin nicht geküsst hast, schreie ich.«

Ezio suchte Hilfe in den Augen seines Bruders, sah dort aber nichts als Fassungslosigkeit.

»Eins.«

»Es tut mir leid«, flüsterte Ezio.

»Zwei.«

Er suchte nach größeren Worten. Versöhnenden Worten. Worten, die eine Frau besänftigen konnten. Aber es fielen ihm keine ein. Ezio stammte aus einer Familie von Männern. Er hatte keinerlei Erfahrung mit Schwestern oder Cousinen.

»Zweieinhalb.«

Er musste handeln, sehr schnell musste Ezio jetzt handeln. Er erhob sich, aber nur halb, und landete auf den Knien. Er merkte, dass sein Körper nicht mit seinem Willen Schritt hielt. Es war zu spät. Sein Mund näherte sich ihrer warmen Haut. Er küsste ihren Nabel.

Das hätte die Geschichte sein können. Die Geschichte, die Ezio und Giovanna ihren Kindern hätten erzählen können, und den Kindern ihrer Kinder. Die Geschichte, die sie immer verbinden würde. *Die* Geschichte.

Aber dies ist eine andere Geschichte.

…

Nachdem Ezio Giovannas Nabel geküsst hatte, die Stelle, die

ihr gar nicht in den Sinn gekommen war und von der nun ein Zittern ausging, das den Weg ins Innere ihres Bauches fand und sich dort verwandelte und vorsichtig zu flattern begann, gingen sie zusammen auf die Brandung zu. Sie setzten sich ganz nah ans Wasser in den nassen Sand, sodass die auflaufenden Wellen ihre Füße überspülten.

Sie saßen und schwiegen und starrten zum Horizont. Nichts geschah. Sie spürten die Wärme, die auch auf den Muscheln und dem Sand lag, und mehr als diese Wärme wollten sie nicht. Trotzdem hatte Ezio die seltsame Empfindung, dass sein Leib kurz vor dem Bersten stand, dass der Inhalt seines Körpers brodelte, seine Moleküle schienen sich immer schneller zu bewegen. Irgendetwas in ihm suchte einen Ausweg. Er spürte, wie in seinem Bauch etwas Glühendes aufwallte und mit gewaltiger Kraft in die Brust hinaufstieg, doch der Brustkorb konnte dem Druck standhalten. Es drang in den Hals vor und presste sich durch die Luftröhre, zu seinem Kehlkopf. Hier wurde die Energie in sehr schnelle Schwingungen umgesetzt, die entstehenden Wellen überlagerten und verstärkten sich in seinem Mund und zwangen ihn schließlich, sich zu öffnen.

Ezio machte ihr einen Heiratsantrag.

Giovanna antwortete nicht. Sie hielt ihm das Schneckenhaus, das sie vom Meeresboden heraufgeholt hatte, ans linke Ohr. Sie ließ ihn das Meer hören.

Doch Ezio war ernst, schon damals, und wiederholte seinen Antrag.

Giovanna war anders. Sie liebte es, allein zu sein, sie besaß ein Herz, das weder Furcht noch Scheu kannte. Vielleicht war sie ihrer Zeit voraus, wie auch ihr Badeanzug der Zeit voraus war. Sie konnte sich nicht vorstellen, jemals nur einen Mann zu lieben. Sie wollte frei sein.

Sie stand auf und watete bis zur Taille ins Meer. Vielleicht liebte sie nur das Meer, in dem sie so lange untergetaucht bleiben konnte, länger als alle anderen.
Sie tauchte.
Ezio blickte auf die Kräuselung, die Giovanna auf dem Wasser zurückließ, und empfand eine bleierne Traurigkeit, die in seinem Inneren abwärtssank. Anders als die Glut von vorhin würde diese Traurigkeit keinen Ausweg suchen. Sie würde immer tiefer sinken und sich schließlich in ihm festsetzen.
Unter Wasser wartete Giovanna auf Ezio. Sie wusste, dass er nach ihr suchen würde. Auch ihr Vater war ihr früher immer nachgetaucht. Es war ein Spiel. Er wusste, dass sie nicht ertrank, dass sie die Lunge eines Delfins hatte, trotzdem schwamm er jedes Mal wieder los und holte sie herauf. Giovanna war nun älter und kein Kind mehr, aber das hielt sie nicht davon ab, dieses Spiel zu spielen.
Ezio rannte ins Wasser und tauchte, wo er Giovanna hatte verschwinden sehen. Als er sie fand, packte er sie um die Taille und schwamm an die Oberfläche. Dabei kam ihm der Gedanke, dass sie ihn jetzt doch heiraten musste, weil er ihr das Leben gerettet hatte, aber noch bevor Giovanna Luft holte, hatte sie schon gelacht. Die Traurigkeit, die in Ezio gerade noch tiefer sinken wollte, konnte im letzten Moment aufgehalten werden.
Denn auch dies geschah an jenem Tag: Giovanna drückte ihren lachenden Mund voller Schaumbläschen auf Ezios Mund, und ihre Lippen begannen einander zu erkunden.
…
Ihr warmer Bauch war nah an seinem Mund. So nah, dass seine Nase ihre Haut berührte. Er küsste ihren Nabel und sagte überrascht: »Ich rieche Blüten.«
»Jetzt ich«, rief Giovanna und drückte Ezio auf den Rücken. Sie war stärker und größer als er.

Als sie sich zum ersten Mal geküsst hatten, hatte Ezio sie aus dem Wasser heben wollen. Doch Giovanna glitt ihm immer wieder aus den Armen. Sie lachte über seine Ungeschicklichkeit.

Jetzt, nach warmen Nächten und langen Tagen, lagen sie wieder am Strand unter dieser träge machenden Sonne und balgten sich.

Ezio war zu ihr gegangen. Fünf volle Minuten hatte er vor der Haustür der Familie Berlucchi gestanden, bevor er anklopfte. Ein Mädchen mit honigfarbener Gesichtshaut öffnete die Tür. Ezio stellte sich vor und fragte die Kleine nach ihrer Schwester. Sie starrte ihn an und brüllte dann mit aller Kraft, die in ihrem kleinen Körper war: »Mama! Mama!«

Giovannas Mutter erschien in der Tür. Sie war von kräftiger Gestalt und hatte eine breite, aber glatte Stirn. Sie war noch nicht sehr alt. Ihre dichten Augenbrauen waren dunkelblond.

Ezio stellte sich noch einmal vor und erklärte, er würde gern ihre Tochter sprechen.

»Welche Tochter?«, fragte die Mutter. »Ich habe fünf.«

Er hätte am liebsten gesagt, dass er die Tochter mit dem atemberaubenden Badeanzug meinte, die Tochter, die er geküsst hatte und die er heiraten wollte, aber stattdessen sagte er sehr leise: »Giovanna.«

Die kleine Schwester hatte die Stimme ihrer Mutter, sie rief jetzt den Namen Giovanna. Drei lang gezogene Silben, mit einem Crescendo am Schluss. Ezio konnte all ihre Zähne sehen.

Als Giovanna nicht gleich kam, fragte die Kleine ihre Mutter: »Warum will er Giovanna sprechen?«

»Das musst du ihn fragen.«

Ezio spürte, dass er errötete. Er suchte nach Worten, um sie

abzulenken. Worten, die ein kleines Mädchen zufriedenstellen konnten. Doch auch jetzt wusste er einfach nicht, was er sagen sollte. Zu viele Männer in der Familie.
Giovanna trat aus der Tür. Sie schaute Ezio erschrocken an. Erschrocken, aber auch amüsiert.
Statt sie und Ezio allein zu lassen, blieben die Mutter und die kleine Schwester stehen, und die übrigen drei Frauen der Familie Berlucchi kamen noch dazu. Der Einzige, der sich nicht blicken ließ, war der Vater. Er betete für das Leben des Jungen.
Ezio stockte der Atem.
Jetzt fragte das kleine Mädchen: »Was willst du?«
Ezio schaute Giovanna an, aber sie kam ihm nicht zu Hilfe.
Ihre Mutter und ihre Schwestern begannen zu lachen. Die Situation glich allmählich einer Opernszene.
Schließlich fragte Ezio, ob Giovanna Lust habe, mit ihm ans Meer zu gehen.
Der Chor stimmte ein johlendes Gelächter an, aber die älteste Schwester sagte: »Ja.« Endlich und unverhofft das erste Ja.

Eine und eine Viertelstunde später waren sie in San Cataldo. Sie hatten die acht Kilometer im Eilschritt zurückgelegt, sie hatten sich gegenseitig zu fangen versucht, und als sie das Meer sahen, hatten sie ihre Sandalen ausgezogen und waren barfuß auf den Strand gerannt.
Ezio war in der Unterhose ins Wasser gegangen. Giovanna hatte den in zwei Teile zerrissenen Badeanzug angezogen und war untergetaucht.
Sie spielten das gleiche Spiel. Giovanna tauchte nicht auf, Ezio suchte sie, fand sie und zog sie an die Wasseroberfläche.
»Küss mich«, sagte Giovanna. »Nun küss mich schon!«
Ezio schloss die Augen und beugte sich zu ihr hin, aber Gio-

vanna war schon seinen Armen entschlüpft und unter Wasser verschwunden. Er tauchte ihr nach und wollte sie erneut aufwärtsziehen. Doch Giovanna ließ sich nicht mehr fangen. Jedes Mal konnte sie seinen Armen entkommen. Sie war ein Delfin und genoss das Spiel.

Als sie wieder auf dem Strand waren, keuchten sie vor Anstrengung. Sie ließen sich in den weißen Sand fallen und ruhten nebeneinander in der Sonne. Ezio wusste nicht, ob Giovanna wirklich wollte, dass er sie küsste. So vergingen Minuten, Minuten, die Tagen glichen, die Wochen glichen, Monaten und Jahren. Denn Stille dauert eine Ewigkeit, wenn ein Mädchen neben einem Jungen liegt.

Nach siebenhundert Jahren sagte Giovanna: »Du kannst ruhig den Kopf auf meinen Bauch legen.«

Und es war, als wäre eine Ewigkeit vergangen, als würde Ezio nach siebenhundert Jahren wieder Giovannas Bauch berühren. Denn er küsste sofort ihren Nabel.

»Ich rieche Blüten«, sagte er überrascht.

»Jetzt ich«, rief Giovanna, und keine zwei Sekunden später lag sie auf Ezio und drückte ihren Mund auf seinen Nabel.

Giovanna roch etwas anderes als Blüten, sie roch etwas, das sie nicht gleich einordnen konnte. Vielleicht kam es dem Gegenteil von Blüten noch am nächsten. Der Geruch erinnerte an Verwelken und Sterben.

»Da ist was in deinem Nabel«, sagte sie. »Und das muss dringend raus.«

»Was ist es?«, fragte Ezio.

»Es stinkt.«

Giovanna stand auf und rannte weg. Ezio war zu verblüfft, um etwas zu sagen. Er blieb liegen, schloss die Augen und betete um eine Flutwelle, die ihn für immer davontragen würde. Er hatte Angst, dass Giovanna nicht zurückkam, dass sie den Gestank unerträglich fand. Ob er jemals lernen würde, normal mit einem Mädchen umzugehen? Unverkrampft, ohne immer nur das Schlimmste zu befürchten?

»Ich hab was gefunden!«, rief Giovanna.

Ezio öffnete die Augen und sah ihr lächelndes Gesicht über seinem Bauch.

»Was hast du vor?«, fragte er.

»Ich hole dieses Ding aus deinem Nabel.«

»Welches Ding?«

»Das dunkle Ding«, antwortete Giovanna, »das so furchtbar stinkt.«

Er spürte, dass etwas in seinem Nabel herumstocherte. Die Spitze eines Zweigs oder eines Stängels.

»Sitzt tief«, erklärte Giovanna, »aber nicht mehr lange.«

»Es sticht.«

»Ssst.«

Ezio versuchte, sich zusammenzureißen, aber als er das Gefühl hatte, dass mit einem spitzen Messer in seinem Nabel herumgebohrt wurde, schrie er auf.

»Es ist schon raus«, sagte Giovanna. »Ganz ruhig.«

Sie hielt ihm einen kleinen Zweig vor die Augen. Am Ende des Zweigs klebte ein nasses, schmutzig braunes Kügelchen.

»Was ist das?«, fragte Ezio.

Giovanna zuckte mit den Schultern. »Eine Muschel?«

Er starrte das dunkle Ding an, und wieder blickte er in den Abgrund der Liebe und hatte Angst, dass Giovanna aufstehen und ihn für immer an diesem Strand zurücklassen könnte.

»Magst du mich noch?«, fragte er.

Giovanna betrachtete fasziniert die Muschel. »Sollen wir sie ins Meer zurückwerfen?«, fragte sie.

Ezio nickte. Er wagte nicht, seine Frage zu wiederholen.

Giovanna erhob sich und warf den Zweig mit dem schmutzig braunen Kügelchen ins Wasser. Dann beugte sie sich wieder über Ezio. Ihr Gesicht schwebte über seinem Bauch, ihr Mund war an seinem Nabel. Sie lächelte und küsste und neckte ihn.

Ezio spürte, wie Giovannas Lippen seinen Nabel berührten, dann den Bauch darunter, den Rand seiner Unterhose und ganz kurz den Stoff, der sich Millimeter um Millimeter hob.

Giovannas Augen strahlten. »Jetzt du bei mir«, sagte sie. »Küss mich.«

Ezio blickte sich um. Keine hundert Meter entfernt sonnte sich ein Paar. Die Frau hatte die Augen geschlossen, der Mann schaute in eine Zeitung.

»Traust du dich nicht?«, fragte Giovanna und lachte, wie ihre Mutter und ihre Schwestern gelacht hatten.

Es war einer der Momente, die später hell und klar wie in einer Vision aus dem Nebel seiner Erinnerung auftauchen sollten. Nicht nur das Bild, ihr herausfordernd lachendes Gesicht, auch die Geräusche hörte er dann. Und er wollte sie wieder küssen. Wieder und wieder und wieder.

Giovanna legte sich auf die Seite, ein Ellbogen im Sand, den Kopf in die Hand gestützt. Ihr Körper war eine Welle.

Er küsste ihren Nabel, er küsste den Bauch darunter, und er küsste den Knoten des Badeanzugs, der einmal aus einem Teil bestanden hatte. Er glitt mit den Lippen über den straff gespannten Stoff, der immer schmaler wurde, und als er nicht mehr wusste, was er tun sollte, bewegte Giovanna ihre Hüften. Sie küsste ihn mit ihrem Körper.

Sie schwiegen, als sie wieder nebeneinanderlagen. Sie schauten in den Himmel und hatten das Gefühl zu schweben.

Gegen Abend, als sich der Horizont rot und das Wasser schwarz färbte, brachte Ezio Giovanna nach Hause. Acht Kilometer lang hielt er ihre Hand.

Wolfgang Herrndorf

Isa

Früh am nächsten Morgen marschierte Tschick allein los, um im Dorf unten irgendwas zu essen zu kaufen. Ich lag noch im Halbschlaf auf der Luftmatratze und schaute in die dämmrige Landschaft, und Isa stand in der offenen Heckklappe vom Lada und fragte nochmal, ob wir nicht zufällig eine Schere dabeihätten und ob ich ihr die Haare schneiden könnte.

Tatsächlich fand sich im Verbandskasten eine ganz kleine Schere, aber ich hatte noch nie Haare geschnitten. Das war Isa egal, und sie wollte alles komplett ab, bis auf einen Pony vorne. Sie setzte sich an den Rand der Staustufe, zog ihr T-Shirt aus und sagte: »Fang an.«

Nach einer Weile drehte sie sich zu mir und sagte: »Warum fängst du nicht an? Ich will nicht, dass das T-Shirt voll Haare wird.«

Also fing ich an. Anfangs versuchte ich, Isas Kopf nicht dauernd mit der Hand zu berühren, aber es ist schwer, jemandem mit einer so winzigen Schere einen Skinhead zu verpassen, ohne sich abzustützen. Und noch schwieriger ist es, nicht dauernd auf eine nackte Brust zu gucken, die gerade so vor einem hängt.

»Guck mal, der holt sich einen runter«, sagte Isa. Ich sah zum Waldrand hin. Da stand ein alter Mann vor den Bäumen, also nicht mal hinter den Bäumen, sondern davor, die Hose auf die Knie runtergelassen und wedelte sich einen von der Palme.

»O Mann«, sagte ich und ließ die Schere sinken.

Isa sprang auf, sammelte blitzschnell ein paar Steine ein und fing an zu rennen. Sie rannte die Böschung hoch und auf den Alten zu und fing schon im Laufen an, mit Steinen zu schmeißen. Sie schmiss die Steine mindestens fünfzig Meter weit wie an der Schnur gezogen durch die Gegend, und es wunderte mich überhaupt nicht. Wer laufen kann, kann logisch auch werfen. Der Mann pumpte erst noch weiter, aber als Isa schon ziemlich nah war, riss er sich plötzlich die Hose hoch und stolperte in den Wald. Isa folgte ihm mit lautem Geschrei und wilden, schleudernden Armbewegungen, aber es war zu sehen, dass sie nicht mehr mit Steinen warf. Am Waldrand drehte sie um. Außer Atem kam sie zurück und setzte sich auf ihren alten Platz.

Ich muss eine Weile versteinert dagestanden haben, denn irgendwann tippte sie gegen meinen Oberschenkel und sagte: »Weiter.«

Es fehlte nur noch der Pony. Ich ging vor Isa in die Knie, um eine gerade Linie hinzukriegen, und bemühte mich, auch nicht im Entferntesten so auszusehen, als würde ich dabei woanders hingucken als auf diesen Pony. Ich hielt die Schere genau waagerecht und machte einen vorsichtigen ersten Schnitt. Dann beugte ich den Oberkörper zurück wie ein echter Künstler und machte einen zweiten Schnitt. Die Haarspitzen fielen an den schmalen Augen vorbei nach unten.

»Muss nicht genau sein«, sagte Isa, »der Rest ist doch auch vergurkt.«

»Überhaupt nicht. Sieht super aus«, sagte ich. Und tonlos: »Du siehst super aus.«

Mehr sagte ich nicht. Als ich fertig war, wischte Isa die abgeschnittenen Haare weg, und dann saßen wir auf der Staustufe nebeneinander, schauten in die Landschaft und warteten darauf, dass Tschick zurückkam. Isa hatte ihr T-Shirt noch immer nicht angezogen, und vor uns lagen die Berge mit ihrem blauen Morgennebel, der in den Tälern vorne schwamm, und dem gelben Nebel in den Tälern hinten, und ich fragte mich, warum das eigentlich so schön war. Ich wollte sagen, *wie* schön es war, oder jedenfalls wie schön ich es fand und warum, oder wenigstens, dass ich nicht erklären konnte, warum, und irgendwann dachte ich, es ist vielleicht auch nicht nötig, es zu erklären.

»Hast du schon mal gefickt?«, fragte Isa.

»Was?«

»Du hast mich gehört.«

Sie hatte ihre Hand auf mein Knie gelegt, und mein Gesicht fühlte sich an, als hätte man heißes Wasser draufgegossen.

»Nein«, sagte ich.

»Und?«

»Was und?«

»Willst du?«

»Was will ich?«

»Du hast mich schon verstanden.«

»Nein«, sagte ich.

Meine Stimme war ganz hoch und fiepsig. Nach einer Weile nahm Isa ihre Hand wieder weg, und wir schwiegen mindestens zehn Minuten, von Tschick immer noch keine Spur. Auf einmal kamen mir die Berge und das alles ziemlich uninteressant vor. Was hatte Isa da gerade gesagt? Was hatte ich geantwortet? Es waren nur ungefähr drei Worte, aber – was bedeuteten sie? Mein Gehirn nahm ungeheuer Fahrt auf, und ich würde schätzungsweise fünfhundert Seiten brauchen, um aufzuschreiben, was mir in den nächsten fünf Minuten alles durch den Kopf ging. Es war wahrscheinlich auch nicht sehr spannend, es ist nur spannend, wenn man gerade drinsteckt in so einer Situation. Ich fragte mich nämlich hauptsächlich, ob Isa das ernst gemeint hatte, und auch, ob ich das ernst gemeint hatte, als ich gesagt hatte, dass ich nicht mit ihr schlafen will, falls ich das überhaupt gesagt hatte. Aber tatsächlich wollte ich gar nicht mit ihr schlafen. Ich fand Isa zwar toll und immer toller, aber ich fand es eigentlich auch vollkommen ausreichend, in diesem Nebelmorgen mit ihr dazusitzen und ihre Hand auf meinem Knie zu haben, und es war wahnsinnig deprimierend, dass sie die Hand jetzt wieder weggenommen hatte. Ich brauchte eine Ewigkeit, bis ich mir einen Satz zurechtgelegt hatte, den ich sagen konnte. Ich übte diesen Satz in Gedanken ungefähr zehnmal, und dann sagte ich mit einer Stimme, die klang, als würde ich gleich einen Herzinfarkt kriegen: »Aber ich fand es schön mit deiner … ähchrrm. Hand auf meinem Knie.«

»Ach?«

»Ja.«

»Und warum?«

Und warum, mein Gott. Der nächste Herzinfarkt.

Isa legte ihren Arm um meine Schulter.

»Du zitterst ja«, sagte sie.

»Ich weiß«, sagte ich.

»Viel weißt du nicht.«

»Ich weiß.«

»Wir könnten ja auch erst mal küssen. Wenn du magst.«

Und in dem Moment kam Tschick mit zwei Brötchentüten durch die Felsen gestiegen, und es wurde nichts mit Küssen.

Franka Potente

Kitamakura oder 49 Tage

Zum Glück saß sie am Fenster.
Ihr Vater hatte das Ticket so kurzfristig gebucht, dass sie bereits vier Stunden vor Abflug am Flughafen war, um nicht auf einem Mittelplatz sitzen zu müssen.
Die Businessclass war fast ausgebucht. Es wurden Nüsse und Wasser gereicht. Geistesabwesend fummelte sie die Socken aus der Plastikfolie. Von Los Angeles nach Narita Airport, Tokio, flog man etwa vierzehn Stunden.
Vierzehn elendig lange Stunden.
Ein Flug zurück in eine Welt, die sie vor acht Monaten sehr gerne verlassen hatte.
Acht Monate in Amerika. Naski war ganz und gar eingetaucht in diese neue, fremde Welt.
Sie war siebzehn, und nachdem sie ihren Vater zwei Jahre lang angebettelt hatte, durfte sie endlich zum Schüleraustausch nach Los Angeles.
Fast hatte sie nicht mehr daran geglaubt.
Shinzai, eine Cousine zweiten Grades ihres Vaters, lebte in Los Angeles, und sie hatte versprechen müssen, Shinzai und ihren Mann einmal im Monat zu besuchen. Naski glaubte, dass die Cousine der Grund war, warum er sie gehen ließ. Die Mutter hatte ihren Kimono und die Zôri eingepackt und jede Menge grünen Tee und Mochi. Im Gegensatz zum Vater war sie noch nie außerhalb von Japan gewesen. Nachdem eine Austauschorganisation gefunden war, gab es bald eine Gastfamilie. Der Vater hatte Wert darauf gelegt, dass die Gasteltern wohlhabend waren und Naski eine Privatschule besuchen konnte.
Sie hatte sich ganz still verhalten. Bis zu ihrem Abflug vor über

einem halben Jahr hatte sie Sorge gehabt, dass der Vater es sich in letzter Minute anders überlegen würde. Aber nichts dergleichen passierte.
Irgendwann hatte sie sich mit einer tiefen Verbeugung von den Eltern verabschiedet und einen kleinen Luftsprung gemacht, sobald sie außer Sichtweite war.
Die große Freiheit.
Bereits im Flieger fiel Japan von ihr ab. Sie trank ein Glas Rotwein in der Businessclass und schlief entspannt ein.
Naski liebte Los Angeles, noch bevor sie überhaupt einen Fuß auf den Boden des für sie so fremden Landes gesetzt hatte. Alles dort war golden. Das kalifornische Licht verzauberte alles. Palmen, Meer, Strand, Moviestars, Hollywood, Surfer und gebräunte Beine unter kurzen Röcken.
So, wie es ihr Vater gewollt hatte, kam es auch. Naski besuchte eine private Highschool in Brentwood, Los Angeles, lebte bei den Shaws, ihrer Gastfamilie, und hätte ein Jahr bleiben sollen.
Jim, ihr Gastvater, war Inhaber einer Werbefirma, er fuhr einen 60er-Jahre-Sportwagen in Metallicblau und ging jedes Wochenende mit Derek, dem zwölfjährigen Sohn, surfen. Er hörte sehr laut Led Zeppelin und nannte sie »sweetie«. Wenn er lachte, blitzten seine Zähne weiß.
Anfangs hatte sie hinter vorgehaltener Hand gekichert, später lachte sie lauthals mit.
Jamie, seine Frau, hatte langes blondes Haar, trug fast nur Jeans, weite Hippieblusen und Flip-Flops. Sie war trotz ihrer fast sechsundvierzig Jahre wunderschön, fand Naski. Sie strahlte eine Wärme aus, die Naski nicht kannte. Oft nahm Jamie sie lachend in den Arm, und sie genoss Jamies warmen Geruch von Muffins, Vanille und Strand. Am Wochenende wachte sie zu Jims Musik auf, hörte Jamies warmes Lachen aus der Küche, und die Sonne fiel golden auf ihr Kissen.

Naski hatte sich nie zuvor in ihrem Leben so leicht gefühlt und war so abenteuerlustig gewesen.
Einmal im Monat zog sie den Kimono an. Und dann brachten Jim oder Jamie sie für ein Wochenende nach Sherman Oaks, zu den Oshis. Der Cousine zweiten Grades.
Dann hielt Naski wieder beim Lachen die Hand vor den Mund, es wurde sich verbeugt und grüner Tee getrunken. Frau Oshi kochte japanisch, und sie sprachen von Tokio.
Naski war jedes Mal froh, wenn die Shaws sie wieder abholten.

Japan war in kurzer Zeit sehr weit weg von ihr.
Amerika. Manchmal konnte Naski ihr Glück nicht fassen. Sie liebte die zwanglose Welt dort, die nur aus Vornamen bestand, in der man spontan aß, was man wollte und wann man wollte, *Wendy's*, *Jack in the Box* und *Frozen yogurt* von *Pinkberrys*. Sie liebte die individuelle Mode, die die Mädchen ihres Alters dort trugen, die offenen Gespräche über Jungs, Musik und das kommende Wochenende. Sie hatte sich an Umarmungen und Wangenküsse gewöhnt, an mädchenhaftes, schrilles Begrüßen und »shit«, »fuck« und »awesome«.
Die Highschool war einfach. In den meisten Fächern war Naski ihren Klassenkameraden voraus. Sie hatte schnell Freundinnen gefunden. Susan aus ihrem Literaturclub, Shelly, mit der sie im Hockeyteam spielte, und Jane und Jill, mit denen sie zusammen in der Anatomieklasse eine Katze sezierte.
Und dann gab es noch Teddy. Ihren ersten richtigen Freund. Blonde Locken, blaue, freche Augen. Sie hatte ihn beim Lunch kennengelernt. Er hatte sich einfach an ihren Tisch gesetzt. »Hi! Are you new here? I'm Teddy.«
Von da an saß er jeden Tag neben ihr. Nach der Schule fuhr er sie in seinem Pick-up-Truck nach Hause. Er brachte sie zum

Lachen. Seine Hände waren gebräunt. Er trug ausgelatschte Turnschuhe und Shorts.
Irgendwann gingen sie zusammen ins Kino. Bevor Teddy sie zum ersten Mal küsste, hatte sie seine Wärme neben sich so sehr gespürt, dass sie vor lauter Aufregung dem Film nicht folgen konnte. Seit dem Tag waren sie ein Paar. Naski und Teddy. Teddy, der in der Schulband Gitarre spielte, der wunderbar lachte, sie betrunken Huckepack nahm, mit der größten Selbstverständlichkeit seine Finger durch ihr Haar gleiten ließ und ihren Bauchnabel streichelte, als gehörte er nur ihm.
Dann war alles so weit weg. Weit weg waren japanische Tradition, die tägliche Stille beim Essen, der Kimono am Wochenende, Tempelbesuche, die strengen Blicke des Vaters, das Gefühl, jeden Tag die Beste sein zu müssen, um auf eine Eliteuni gehen zu können, Sashimi und Mochi. Jetzt trank sie Kaffee, Fat free latte, aß Tacos und Burger und hatte einige Kilo zugenommen. Doch plötzlich war Tokio wieder ganz nah gerückt. War in ihre kalifornische Welt gestürzt wie ein gleißender Meteorit.
Naski weinte, als sie die E-Mail aus Tokio bekam. Der Großvater war gestorben, ihr Vater hatte ihr sofort ein Rückflugticket gebucht.
Sie weinte um den Großvater. Er war immer gut zu ihr gewesen, und als Kind hatte er mit ihr gemalt oder ihr vorgelesen. Aber die meisten Tränen vergoss sie, weil sie nicht zurückwollte nach Japan. Weil sie Angst hatte, dass sie nicht nach Los Angeles würde zurückkehren dürfen.
Der Vater hatte in seiner E-Mail erklärt, ihre Heimkehr sei auf unbestimmte Zeit.
Die Shaws waren betrübt und beunruhigt, als sie Naskis Tränen sahen. Sie ließen sie von der Schule beurlauben. Es war kaum Zeit, Abschied zu nehmen. Schon am nächsten Abend

ging der Flieger. »Have a safe flight, sweetie! We'll see you soon!«

Tom Bradley International Terminal. Dort hatte Teddy gewartet. Auch beim Check-in hatte er ihre Hand nicht losgelassen. Er hatte sie geküsst und zärtlich in ihr Haar gegriffen.

»You'll be back soon«, hatte er geflüstert.

Naski trug das schlichte graue Kostüm. In genau diesem Kostüm war sie vor acht Monaten in Los Angeles angekommen. Jetzt passte es ihr fast nicht mehr.

Die Passagiere schoben sich durch den Mittelgang der Maschine. Matt ließ sie sich mittreiben. Der Platz neben ihr blieb frei.

Die Boeing hob schwerfällig ab. Naski blickte auf die Stadt hinunter. Jetzt wurden die Lichter immer kleiner, bald verschwanden sie hinter Nachtwolken, über denen noch das letzte Tageslicht als dünner orangeroter Streifen glühte.

Die Stewardessen brachten Getränke und Kopfhörer. Sie fühlte sich leer. Sie musste sich vorbereiten. Vorbereiten auf Japan. Auf die Rituale, Pflichten und die Stille. Wie ein Gebirge türmte sich der Gedanke vor ihr auf.

Sie dachte daran, dass der Großvater gestorben war, und schämte sich plötzlich. Sein Tod war bis jetzt nur der Grund für ihre Abreise gewesen. Was der Tod des Großvaters für sie bedeutete, war ihr bisher nicht in den Sinn gekommen. Traurigkeit überkam sie. Noch kurz vor ihrer Abreise nach Los Angeles hatte sie ihn zu einer Teezeremonie gesehen. Er hatte ihr eine gute Reise gewünscht. »Wenn du kannst«, hatte er gesagt, »flieg nach New York. Das ist eine beeindruckende Stadt!«

Sie stellte sich vor, wie es der Familie gehen musste. Der Großvater war an einem Herzinfarkt gestorben. Mit seinen zweiundsiebzig Jahren war er sehr beliebt und als Bankdirektor sehr umtriebig gewesen.

Es würde eine große Beerdigung werden.
Sie blickte sich um. Die meisten Passagiere waren Japaner. Sie hörte sie leise japanisch sprechen. Einige trugen einen Mundschutz.
Sie stellte die Lehne des Sitzes so weit wie möglich nach hinten und starrte an die Decke. Es war kalt. Aircondition.
Naski zog die Schuhe aus und setzte die Schlafbrille auf. Aber schlafen konnte sie nicht. In Gedanken war sie bei Teddy. Er fehlte ihr so sehr, dass ihr Magen schmerzte. Für die nächste Woche würde er ihr Geheimnis sein. Niemand würde sie nach Amerika fragen. Es würde nicht viel gesprochen werden. Man trauerte. Und wenn sie in Tokio ankam, würde nicht viel Zeit sein. Die Beerdigung dauerte drei Tage. Eine Feuerbestattung, wie es üblich war. Die Familie würde nach buddhistischem Ritual für das Weiterleben des Toten in einer anderen Welt beten.
Der Großvater war schon jetzt im Haus aufgebahrt. Gewaschen, mit dem Kopf nach Norden, an seinem Kopfende Kerzen, eine Schale Reis mit zwei Essstäbchen, ein Glas Wasser und weiße Blumen. Sein Gesicht würde mit einem weißen Tuch bedeckt sein. Sie würden Weihrauchstäbchen verbrennen und ihm ein Messer auf den Kopf legen, zum Schutz vor bösen Geistern.
Naski erinnerte sich an die Beerdigung ihrer Großmutter. Das war acht Jahre her. Naski war ein Kind gewesen und hatte sich vor dem Messer gefürchtet. Der Gedanke, dass es im Jenseits böse Geister gab, vor denen man sich mit einem Messer verteidigen musste, war ihr unheimlich gewesen.
Es war still im Flieger. Irgendwann nickte sie doch ein. Sie schlief tief und traumlos. Ein plötzliches Rucken weckte sie. Es war immer noch dunkel über den Wolken. Das Anschnallzeichen leuchtete, und eine der Stewardessen war im Gang gefallen. Sie flogen durch ein Unwetter. Die Turbulenzen hielten

an. Naski schnallte den Gurt enger. Flaschen und Becher rollten den Gang auf und ab. Sie war beunruhigt und versuchte ruhig zu atmen. Auch die meisten anderen Passagiere waren erwacht und schnallten sich besorgt an.
Dann das Luftloch. Die Maschine fiel. Abrupt. Alles, was sich zuvor sicher und fest angefühlt hatte, zerfiel für einige Sekunden zu Staub. Ihr Magen rutschte nach oben. Sie stieß einen spitzen Schrei aus. Hinter dem kleinen Fenster schwarzes Nichts. Angsterfülltes Kreischen. Tassen flogen, Flaschen klirrten, einige Gepäckfächer öffneten sich, und Taschen wurden in den Gang geschleudert.
Irgendwo zwischen ihren Träumen von Los Angeles und Japan würde sie im Nichts verschwinden. Bilder schossen ihr durch den Kopf: Teddys Lächeln, Jamie, die Muffins reichte, ihre Mutter im Kimono, der Vater, Tee trinkend, ihr Haus in Tokio, dampfende Misosuppe aus ihrer Lieblingsschale, der Duft von Ramen. Naski presste ihre Lider zusammen. Ihre Hände waren zu Fäusten verkrampft, Schweiß rann ihr den Hals hinunter.
Dann war plötzlich alles vorbei. Als wäre nichts gewesen, fand die Boeing ihren Halt wieder, die Lichter gingen an, und es war still. Wie die Ruhe nach einem Erdbeben.
Sie atmete tief ein. Ihre Fäuste entspannten sich. Sie begann hemmungslos zu weinen. Irgendwann war da eine Stewardess mit aufgelöstem Haar. Sie rieb ihr sanft den Rücken. »Alles in Ordnung, Miss.«
Der Kapitän sprach beruhigende Worte über den Lautsprecher. Sie fühlte sich wie in einem Nebel. Kaum nahm sie Bewegungen oder Gespräche jenseits ihres Sitzes wahr.
Langsam beruhigte sie sich. Sie lehnte sich zurück und schloss die Augen.

Naski erwachte erst bei der Landung. Es schien ihr, als wären zehn Jahre vergangen, seit sie in Los Angeles abgeflogen war. Viel zu früh erwartete Japan sie da draußen. Viel zu früh. Unendlich langsam packte sie ihre Sachen zusammen, zog die Schuhe an und holte ihr Handgepäck aus dem Fach über ihrem Sitz. Kein klarer Gedanke wollte sich fassen lassen. Hunderte von Passagieren schoben sich erschöpft an ihrem Sitz vorbei zum Ausgang.
Sie verließ das Flugzeug als Letzte.
Der Weg zum Gepäckband war viel zu kurz. Japan. Japanische Werbung, Gesprächsfetzen, schwarzes, glänzendes Haar überall.
Ihr Blick war leer, der Magen schmerzte. Vielleicht weil sie nichts gegessen hatte, vielleicht wegen des Luftlochs. Diesem kleinen, sekundenlangen Tod. Es war, als hätte etwas das Leben aus ihr gesaugt.
Am Gepäckband drängten sich die Menschen.
Ihr Koffer kam gleich als Dritter.
Bevor sie in die Ankunftshalle trat, benutzte sie die Toilette. Als sie sich beim Händewaschen im Spiegel betrachtete, kam sie sich fremd vor, fremder als je zuvor. Ein blasses japanisches Mädchen im grauen, konservativen Kostüm.
Sie sah ihre Mutter sofort. Trotz Hunderter wartender Menschen blickte sie ihr in der Ankunftshalle gleich direkt in die Augen. Sogar der Vater war gekommen.
Man verbeugte sich tief. Die Eltern sahen alt aus. Beide trugen einen schwarzen Kimono, und ihre Trauer war nicht zu übersehen. Fast hätte sie die Mutter umarmt.
Stattdessen verbeugte sie sich.
Sie sprachen kaum auf der Fahrt in die Stadt. Tokio war grau. Nur die unzähligen Werbetafeln leuchteten bunt und aufdringlich.

Für einen Moment versuchte Naski sich ihre Eltern in Los Angeles vorzustellen.
Die Mutter mit losem Haar und Sommerkleid, den Vater in Hawaiishorts mit Badelatschen. Ihre Eltern waren nicht älter als Jim und Jamie. Vielleicht würde Jamies Wärme sie zu einem Lächeln verführen.
Ein seltsamer Gedanke.
»Wie war der Flug?« Die Mutter flüsterte fast.
»Gut. Ich habe viel geschlafen.«

Ihr Zimmer war unberührt.
Alles war exakt so, wie sie es vor acht Monaten verlassen hatte.
Sie musste sich umziehen und frisch machen.
Es waren viele Verwandte und Freunde da. Der Priester würde mit allen gemeinsam beten und dem Toten seinen neuen Namen für das Jenseits geben.
Dann würden sie ins Krematorium fahren. Der dritte Tag der Beerdigungszeremonie war angebrochen.
Sie würde den Großvater nicht mehr sehen. Nur sein verhülltes Gesicht, mit dem Messer auf dem Kopf.
Kurz hatte sie Tante und Onkel begrüßt und ihren Cousinen Hallo gesagt.
Dann hatte sie sich in die Stille ihres kleinen Zimmers zurückgezogen. Sie zog die Schuhe aus und setzte sich aufs Bett. Die Mutter hatte ihren Kimono herausgelegt. Für einen Moment schloss sie die Augen. Gerne hätte sie jetzt Teddys Stimme gehört. Aber es blieb keine Zeit, ihn anzurufen.
Ihre Mutter trat leise ins Zimmer. Sie sah fast durchsichtig aus. Ihr Haar war zurückgebunden und zu einem Knoten gesteckt.
Naski nickte ihr zu.

Die Mutter half ihr, den Kimono zu binden.
»Hattest du eine schöne Zeit?« Sie sah Naski nicht an.
»Ja. Sehr.« Sie deutete eine Verbeugung an. Sie überlegte kurz. Aber der Moment war bereits wieder vorbei. Nur ein kleines Gefühl von wehmütigem Glück blieb.
Sie war froh, dass ihre Mutter gefragt hatte.

Nach den Gebeten aßen sie Suppe und Gyôza, die die Tanten mitgebracht hatten. Dann fuhren die engsten Familienangehörigen mit ins Krematorium.
Während der Leichnam ihres Großvaters eingeäschert wurde, standen alle im Warteraum.
Man versuchte, über andere Dinge zu sprechen.
Naski verhielt sich still. Ihre Seele war noch nicht angekommen.
Ihr iPhone vibrierte unter ihrem Kimono. Eilig entschuldigte sie sich auf die Toilette.
»Sweetie, I hope you get this? I miss you like crazy! Come back soon. Xo Teddy.«
Sie weinte vor Glück. Am liebsten hätte sie ihn gleich von der Toilette des Krematoriums angerufen.
Nachdem man ihrem Vater die Urne überreicht hatte, fuhren sie wieder nach Hause. Die Mutter hielt die Urne auf dem Schoß.
Nach Hause, dachte sie.
Zu Hause, das war das mondäne Haus wenige Minuten von Ginza, mit Wänden aus Reispapier, in dem man im Eingangsbereich die Schuhe gegen Pantoffeln tauschte, in dem es kühl und still war.
Naskis Augen brannten. Sie machte sich einen Tee und schloss den Laptop an.
Jamie hatte bereits gemailt. In acht Tagen hatte Derek Geburts-

tag. Sie solle schnell zurückkommen. Jamie wollte mit ihr zusammen süße Mochi machen.
Naski lächelte.
Es klopfte sanft. Ihr Vater trat ein.
»Wahrscheinlich willst du gerne bald zurückfliegen.« Er sprach leise.
Ihr wurde heiß. Ja! Jaa! Morgen! Übermorgen?, schrie ihr Innerstes.
Ihr Vater setzte sich und fuhr fort: »Ich möchte dich bitten, die Kitamakura einzuhalten. Dann kannst du zurückfliegen.« Er räusperte sich. Dann ging er.
Kitamakura. Daran hatte sie nicht gedacht.
Das bedeutete neunundvierzig Tage trauern. Man durfte an keinem Fest teilnehmen. Während dieser Zeit blieb die Kotsutsubo, die Urne, auf dem Altar im Haus stehen. Danach wurde sie in die Erde gelegt. Der Verstorbene erwacht neunundvierzig Tage nach seinem Tod in einem neuen Leben, in neuer Gestalt.
Sie weinte. Neunundvierzig Tage.
Das waren sieben Wochen.
Sie würde Teddy eine halbe Ewigkeit nicht sehen, Dereks Geburtstag und den Unterricht verpassen.
Japan würde wieder Besitz von ihr ergreifen.
Auf ein Blatt Papier malte sie neunundvierzig Kästchen.
Morgen würde sie eines davon durchstreichen.

Kurt Tucholsky

Erste Liebe

Die erste Liebe: eine Javanerin – seitdem liest er noch heute die javanischen Zuckerkurse.

Morsezeichen

Peter Handke

Eine Frau

Eine Frau ging vorbei, und mir blieb das Herz stehen.

Monica Sabolo

Vom Wunder

Am 29. November 2011 begegnete MS XX im Aufzug. Seine Hand kam näher und rückte einen Knopf an ihrem Cardigan zurecht. Bei Feierabend schlug er ihr vor, sie auf der Vespa nach Hause zu fahren.

Francesco Piccolo

Dieser eine Augenblick

Diese Art bürokratischen Mechanismus, den Frauen und Männer, die sich nicht kennen, in Gang setzen, wenn sie sich gegenseitig gefallen, auf einer Party zum Beispiel.
Sie können sich über schlaue und dumme Dinge unterhalten, versuchen zu verführen oder schüchtern sein. Aber es gibt da einen Augenblick, kurz bevor man sich küsst – bevor also alles beginnt; der Augenblick, der darüber entscheidet, ob wir zu dir oder zu mir gehen; in diesem Augenblick vor dem Kuss besteht eine Konvention zwischen uns, die ausschlaggebend dafür ist, dass wir noch am selben Abend, an dem wir uns auf der Party kennengelernt haben, zusammen im Bett landen: ein oder zwei Sätze, eine Mischung aus Banalitäten, Unwahrheiten und falscher Vertrautheit.
Dinge, von denen man allein beim Gedanken daran Gänsehaut bekommt, und am liebsten würde man vor Scham im Boden versinken; Worte, bei denen man schreien muss, um sich davon zu befreien, zu Hause allein, am Morgen danach.
Nie würde man diese Sätze noch einmal in den Mund nehmen. Man muss vergessen, sie jemals gesagt oder gehört zu haben, und zwar unmittelbar nach dem Kuss, man würde sich so vor sich selbst schämen, dass man unmöglich weitermachen könnte. Ich finde es so beunruhigend wie großartig, dass die Konvention für ein paar Sekunden jegliches Urteil über diese Sätze verbietet, sie zulässt, als hätte man ein paar Sekunden Straffreiheit, sodass alles, was du sagst, hinterher vergessen sein wird, nicht zu den Akten kommt. Du sagst etwas, hörst dir die Antwort an. Und ihr küsst euch.

Roger Willemsen

Auf der U-Bahn-Rolltreppe

Auf der U-Bahn-Rolltreppe: Ein Pärchen raucht. Aber nur kurz, da schallt eine Stimme aus dem Lautsprecher: »Machen Sie sofort die Zigarette aus!« Schon kommt man durch die Tunnel, hetzt durch die Katakomben, den beiden hinterher. Aber sie bleiben, erstarren, küssen sich vehement. Zwei Beamte stehen erst ratlos um sie herum, tippen ihnen dann auf die Schultern, wagen kaum, sie zu stören. Mitten im Kuss ist Ruhe. Anschließend bezahlen sie ihre Strafe.

David Levithan

woo, v. umwerben, V.

Ich hatte dir gesagt, es sei lächerlich, dreißig Dollar für ein Dutzend Rosen am Valentinstag auszugeben. Ich hatte es dir schlichtweg untersagt.

Und was fand ich an diesem Tag, als ich mittags mein Essen bezahlen wollte? Dreißig Eindollarscheine im Portemonnaie, und auf jedem einzelnen eine Rose aufgedruckt. Ich stellte mir vor, wie du deinen Farbkopierer damit gefüttert hast. Und dazu das Lächeln auf deinem Gesicht. Deshalb musste ich die Frau an der Kasse bitten, rasch ein Foto von meinem Lächeln zu machen, das ich dir sofort zurückschicken konnte.

Elke Heidenreich

Rosen I

Wie betrunken der junge Mann an seiner Freundin herumknabbert, wie betrunken auch sie, wir sitzen am Kneipentisch, das Bier vor uns, sie stehen an der Theke, schaukeln, bieten uns allen ein Schauspiel ihrer Liebe. Er trägt ein keckes Hütchen. Ich kenne ihn, seit er klein war. Ich hänge ein wenig an ihm, er ist ein bisschen auch mein Kind. Ich sehe ihn aber scheitern, planlos, ziellos, und so planlos kauft er jetzt dem pakistanischen Rosenverkäufer, der sich in das Lokal verirrt, den ganzen Strauß ab, mit einem großen, mit einem großkotzigen Schein. Er schenkt ihn ihr. Sie legt den Kopf in den Nacken und lacht, beißt eine Blüte ab, isst sie. Er ist entzückt, reißt noch zwei, drei Köpfe ab, steckt sie ihr in den Mund, sie küssen sich, die Blütenblätter fallen aus ihrem Mund, sie lachen, sie sind hinreißend, ich schaue in mein Bier und weiß, wie alt ich schon bin.

Dann kommt er an unsern Tisch, mit dem schon leicht ramponierten Strauß. Er hat ihn ihr abgenommen, gibt ihn mir und lallt: »Wir fliegen morgen früh für zwei Monate auf die Philippinen. Wir können den nicht mitnehmen. Nimm du ihn.«

Sie torkeln hinaus in die kalte Nacht, zu dünn angezogen, zu verliebt, um es zu merken, ich sitze da mit den abgegrasten, immer noch schönen Rosen und bin jung und wieder im Spiel.

Zwei Tage später tobt ein Orkan über die Philippinen, und ich sitze da und schaue die Rosen an und ertappe mich beim Beten. Gott, schütze dieses dumme, verliebte Kind.

Ich rufe seine Mutter an. Ja, er hat sich gemeldet, es geht ihm gut. Von den Rosen sage ich nichts. Das müssen Mütter nicht wissen. Das ist meine eigene Liebesgeschichte.

Julio Cortázar
Morsezeichen

Der Paukenschläger Alcides Radaelli nutzte die sinfonischen Dichtungen von Richard Strauss, um seiner Verlobten, Abonnentin eines Logenplatzes (links, Reihe 8) im Lunapark, Mitteilungen in Morsezeichen zukommen zu lassen.
Ein Funker des Heeres, der bei dem Konzert zugegen war, weil der Boxkampf im Lunapark wegen eines Trauerfalles in der Familie eines der Kämpfer ausgefallen war, dechiffrierte zu seiner Verblüffung den folgenden Satz, der mitten in *Also sprach Zarathustra* erklang: »Hast du dich von deinem Nesselfieber erholt, Mausi?«

Ein Leben lang

F. Scott Fitzgerald

Liebe in der Nacht

Die Worte erregten Val. Sie waren ihm irgendwann während des frischen goldenen Aprilnachmittags in den Sinn gekommen, und in Gedanken wiederholte er sie immer wieder: »Liebe in der Nacht; Liebe in der Nacht.« Er probierte sie in drei Sprachen aus – Russisch, Englisch und Französisch – und entschied sich für Englisch. In jeder Sprache bedeuteten die Worte eine andere Art von Liebe und eine andere Art von Nacht, und die englische Nacht kam ihm am wärmsten und weichsten vor, mit dem dünnsten und kristallensten Sternenschimmer. Die englische Liebe kam ihm am zerbrechlichsten und romantischsten vor – ein weißes Kleid und darüber ein verwischtes Gesicht mit Augen wie Brunnen aus Licht. Und wenn ich hinzufüge, dass die Nacht, die ihm solche Gedanken eingab, schließlich und endlich eine französische Nacht war, wird mir klar, dass ich weiter ausholen und mit dem Anfang beginnen muss.

Val war halb Russe und halb Amerikaner. Seine Mutter war die Tochter jenes Morris Hasylton, der 1892 die Weltausstellung in Chicago mitfinanziert hatte, und sein Vater war – sehen Sie ruhig im Gotha von 1910 nach – Fürst Paul Sergej Boris Rostow, Sohn des Fürsten Vladimir Rostow, Enkel eines Großherzogs – genannt Sergej mit dem kantigen Kinn – und Cousin des Zaren um drei Ecken. Man sieht, auf dieser Seite war alles ziemlich eindrucksvoll, Stadtpalais in Sankt Petersburg, Jagdhütte in der Nähe von Riga und eine dicke, fette Villa, fast schon ein Palast, mit Blick auf das Mittelmeer. In dieser Villa in Cannes verbrachten die Rostows den Winter, und Fürstin Rostow hätte es nicht besonders amüsant gefunden, daran erinnert zu werden, dass diese Villa an der Riviera, vom Marmorspringbrunnen – nach Bernini – bis zu den vergoldeten Likörgläsern – nach dem Abendessen – mit amerikanischem Geld gekauft worden war.

Die Russen waren in der ausgelassenen Zeit vor dem Krieg besonders fröhlich. Von den drei Völkern, denen Südfrankreich als Lustgarten diente, waren sie dasjenige, dessen hochherrschaftliches Auftreten am natürlichsten wirkte. Die Engländer waren zu pragmatisch, die Amerikaner waren zwar freigebig, besaßen aber keine romantische Tradition. Die Russen hingegen – ein Volk, das sich so ritterlich benahm wie die Südländer und außerdem noch reich war! Wenn die Rostows gegen Ende Januar in Cannes eintrafen, bestellten die Restaurants telegraphisch in nördlicheren Regionen die Lieblingsetiketten des Fürsten, um sie auf ihre Champagnerflaschen zu kleben, und die Juweliere legten unvorstellbar prachtvolle Schmuckstücke beiseite, um sie ihm zu zeigen (aber nicht der Fürstin), und die russisch-orthodoxe Kirche wurde für die Feiertage gekehrt und geschmückt, damit der Fürst orthodoxe Vergebung für seine Sünden erbitten konnte. Sogar das Mittelmeer war so entgegenkommend, an den Frühlingsabenden die Farbe dunklen Weins anzunehmen, und Fischerboote mit rotkehlchenfarbenen Segeln schaukelten entzückend vor dem Ufer.

Undeutlich war Val bewusst, dass all das für ihn und seine Familie geschah. Die kleine weiße Stadt am Wasser, in der er die Freiheit hatte, zu tun, was ihm gefiel, weil er reich und jung war und das Blut Peters des Großen indigoblau in seinen Adern rann, war das Paradies der Privilegierten. Im Jahr 1914, in dem diese Geschichte beginnt, war er erst siebzehn Jahre alt, doch er hatte bereits ein Duell mit einem vier Jahre älteren jungen Mann ausgetragen und besaß als Beweis eine kleine haarlose Narbe oben auf seinem schönen Kopf.

Doch Liebe in der Nacht war das, was ihm am Herzen lag. Es war ein schemenhafter schöner Traum, etwas, was ihm eines Tages widerfahren würde, einzigartig und unvergleichlich. Er hätte nicht mehr darüber sagen können, als dass ein bezauberndes, unbekanntes Mädchen darin vorkam und dass sich alles unter dem Mond der Riviera abzuspielen hatte.
Das Merkwürdige an dem Ganzen war nicht, dass er in der erregten und zugleich beinahe spirituellen Hoffnung auf eine Romanze lebte, denn solche Hoffnungen unterhalten alle Knaben, die nur eine Spur Phantasie besitzen, sondern dass sie ihm tatsächlich widerfuhr. Und als es geschah, war es so unerwartet, so ein Gewirr aus Eindrücken und Gefühlen und eigenartigen Wendungen, die ihm auf die Lippen gerieten, aus Anblicken und Tönen und Augenblicken, die sich ereigneten und im nächsten Moment vorbei waren, vergangen waren, dass er kaum begriff, wie ihm geschah. Vielleicht war es gerade das Unfassbare, das die Begebenheit in sein Herz einprägte, so dass er sie nie vergessen konnte.
In jenem Frühling sprach alles um ihn herum von Liebe; da waren die zahlreichen und indiskreten Liebschaften seines Vaters, die Val partiell zu Ohren kamen, wenn er zufällig das Gerede der Dienstboten hörte, und definitiv, als er eines Nachmittags seine amerikanische Mutter dabei überraschte, dass sie dem Porträt seines Vaters an der Wand des Salons eine hysterische Szene machte. Auf dem Porträt trug sein Vater eine weiße Uniform mit einem pelzbesetzten Dolman und erwiderte den Blick seiner Frau unbeeindruckt, als wollte er sagen: »Meine Liebe, hattest du dir etwa eingebildet, in eine Familie von Betbrüdern eingeheiratet zu haben?«
Val entfernte sich auf Zehenspitzen, überrascht, verwirrt – und erregt. Es hatte ihn nicht schockiert, wie es einen amerikanischen Jungen seines Alters schockiert hätte. Seit Jahren

wusste er, wie das Leben der Reichen in Europa beschaffen war, und seinem Vater warf er nur vor, dass er seine Mutter zum Weinen gebracht hatte.

Um ihn herum war alles Liebe, vorwurfslose Liebe genauso wie verbotene Liebe. Als er um neun Uhr die Seepromenade entlangspazierte und die Sterne so hell strahlten, dass sie mit den hellen Lampen wetteiferten, spürte er die Liebe ringsum. Von den Caféterrassen mit den fröhlichen Kleidern frisch aus Paris drang der würzige Geruch von Blumen, Chartreuse, frischem schwarzem Kaffee und Zigaretten, und damit vermischt nahm er einen anderen Duft wahr, den rätselhaften Duft der Liebe. Hände berührten juwelenblitzende Hände auf weißen Tischen. Fröhliche Kleider und weiße Hemdbrüste wogten, und Streichhölzer wurden ein wenig zittrig an langsam Feuer fangende Zigaretten gehalten. Jenseits des Boulevards schlenderten unter den schattigen Bäumen weniger vornehme Liebende, junge Franzosen, die in den Läden von Cannes arbeiteten, mit ihren Bräuten, doch in diese Richtung blickten Vals junge Augen seltener. Der Luxus der Musik, der bunten Farben und leisen Stimmen, all das gehörte zu seinem Traum. All das war der unerlässliche Dekor der Liebe in der Nacht.

Doch Val begann sich allmählich unglücklich zu fühlen, auch wenn er sich größte Mühe gab, das großspurige Gehaben zur Schau zu stellen, das von einem jungen russischen Adeligen erwartet wurde, der allein unterwegs war. Die Aprildämmerung hatte die Märzdämmerung abgelöst, die Saison war fast vorbei, und er hatte bisher keine Verwendung für die warmen Frühlingsabende gefunden. Die Sechzehn- und Siebzehnjährigen aus seinem Bekanntenkreis wurden von der Dämmerung bis zum Schlafengehen streng beaufsichtigt – vergessen wir nicht, es war die Zeit vor dem Krieg –, und die anderen Mädchen, die ihn gerne begleitet hätten, sprachen seiner romantischen Sehnsucht Hohn. So verging der April – eine Woche, zwei Wochen, drei Wochen …

Er hatte bis um sieben Uhr Tennis gespielt und eine weitere Stunde auf dem Tennisplatz vertrödelt, und es war halb neun geworden, als ein müder Droschkengaul den Hügel meisterte, auf dem die Fassade der Rostow-Villa leuchtete. In der Auffahrt funkelten die gelben Scheinwerfer der Limousine seiner Mutter; die Fürstin trat aus der hell erleuchteten Haustür und knöpfte ihre Handschuhe zu. Val warf dem Droschkenkutscher zwei Franc zu und ging zu seiner Mutter, um sie auf die Wange zu küssen.

»Berühr mich nicht«, sagte sie abwehrend. »Du hast Geld angefasst.«

»Aber nicht mit dem Mund, Mutter«, wandte er scherzhaft ein.

Die Fürstin sah ihn ungehalten an.

»Ich bin verärgert«, sagte sie. »Warum musst du dich ausgerechnet heute so verspäten? Wir sind zum Abendessen auf eine Yacht eingeladen, und die Einladung galt auch für dich.«

»Was für eine Yacht?«

»Amerikaner.« Ihre Stimme klang immer leicht ironisch, wenn sie ihr Herkunftsland erwähnte. Ihr Amerika war das Chicago der neunziger Jahre, und in ihrer Vorstellung war es noch immer eine riesige Wohnung über einem Metzgerladen. Selbst die Verfehlungen Fürst Pauls waren kein zu hoher Preis für ihr Entkommen.

»Zwei Yachten«, fuhr sie fort, »und wir wissen nicht, welche die richtige ist. Die Einladung war sehr ungenau. Ausgesprochen schlechte Manieren.«

Amerikaner. Vals Mutter hatte ihrem Sohn beigebracht, Amerikaner mit Geringschätzung zu betrachten, aber es war ihr nicht gelungen, ihn davon zu überzeugen. Amerikanische Männer behandelten einen nicht wie Luft, auch wenn man erst siebzehn war. Val mochte Amerikaner. Er fühlte sich zwar durchaus als Russe, aber nicht lupenrein; das genaue Mengenverhältnis betrug wie das einer berühmten Seife neunundneunzig drei viertel Prozent.

»Ich komme mit«, sagte er. »Ich beeile mich, Mutter. Ich –«

»Wir sind jetzt schon zu spät dran.« Die Fürstin drehte sich um, als ihr Ehemann in der Tür erschien. »Jetzt sagt Val, dass er mitkommen will.«

»Das kommt nicht in Frage«, sagte Fürst Paul schroff. »Er hat sich scheußlich betragen.«

Val nickte. Russische Aristokraten erzogen ihre Kinder ausnahmslos mit bewundernswerter Strenge, auch wenn sie selbst gern über die Stränge schlugen. Widerspruch wurde nicht geduldet.

»Es tut mir leid«, sagte Val.

Fürst Paul begnügte sich mit einem Schnauben. Der Lakai in rot-silberner Livree öffnete die Wagentür. Doch das Schnauben entschied die Sache, denn Fürstin Rostow hegte zufällig einen nicht grundlosen Groll gegen ihren Mann, und das verschaffte ihr die Oberhand.

»Wenn ich es recht überlege, kommst du doch besser mit, Val«, verkündete sie ungerührt. »Nicht zum Essen, dafür ist es zu spät, aber danach. Die Yacht ist entweder die *Minnehaha* oder die *Privateer.*« Sie stieg in die Limousine. »Die, auf die wir eingeladen sind, ist wahrscheinlich die, auf der mehr los ist, die Yacht der Jacksons –«

»Nur Grips«, brummte der Fürst rätselhaft, womit er ausdrücken wollte, dass Val die Yacht finden würde, wenn er nur die geringste Spur Grips besaß. »Zeig dich meinem Diener, bevor du gehst. Nimm eine von meinen Krawatten und nicht den

scheußlichen Bindfaden, auf den du dich in Wien kapriziert hast. Werd erwachsen. Höchste Zeit.«
Die Limousine entfernte sich knirschend aus der gekiesten Einfahrt, und Val blieb mit vor Scham brennendem Gesicht zurück.

2

Im Hafen von Cannes war es dunkel, besser gesagt: Es wirkte dunkel nach der Helligkeit der Promenade, die Val gerade verlassen hatte. Im trüben Lichtschein dreier schwacher Hafenlaternen lagen zahllose Fischerboote wie leere Muschelschalen am Strand. Weiter draußen, wo eine Flotte schlanker Yachten bedächtig und würdevoll auf dem Meer schaukelte, waren Lichter zu sehen, und noch weiter draußen rundete der Vollmond das Wasser zu einem blankgewienerten Tanzparkett. Hin und wieder ertönte ein Klatschen, Knarren und Glucksen, wenn ein Ruderboot sich im seichten Wasser bewegte und sein schattenhafter Umriss sich durch das Labyrinth enggedrängter Fischerkähne und Barkassen schlängelte. Val stieg das samtige Sandufer hinunter, stolperte über einen schlafenden Schiffer und atmete den ranzigen Geruch von Knoblauch und billigem Wein ein. Er schüttelte den Mann an den Schultern, bis dieser ihn erschrocken ansah.
»Wissen Sie, wo die *Minnehaha* und die *Privateer* ankern?«
Als sie in die Bucht hinausglitten, lehnte er sich im Bootsheck zurück und blickte mit leisem Missbehagen zu dem Mond über der Riviera hinauf. Es war der richtige Mond, keine Frage. Oft genug, in fünf von sieben Nächten, war es der richtige Mond. Und da waren die warme Luft mit ihrem beinahe schmerzlichen Zauber und die Musik, viele Melodien, von vielen Kapellen gespielt, die vom Ufer herüberklang. Im Osten

lag das dunkle Kap von Antibes und dahinter Nizza und dahinter Monte Carlo, wo Klang und Klirren von Geld die Nacht erfüllte. Eines Tages würde auch er all das erleben, alle Freuden und alles Glück – dann, wenn er zu alt und vernünftig wäre, um Wert darauf zu legen.

Doch diese Nacht, diese Nacht, dieser Silberstrom, der wie eine breite Strähne lockigen Haars zum Mond hinaufwehte, diese warmen, romantischen Lichter von Cannes hinter ihm und die unwiderstehliche und unbeschreibliche Liebe in dieser Luft – blieben für immer vergeudet.

»Welches?«, fragte der Schiffer unerwartet.

»Welches was?«, fragte Val, der sich aufrichtete.

»Welches Schiff?«

Er zeigte hin. Val drehte sich um; über ihnen erhob sich der graue, wie ein Schwert vorspringende Bug einer Yacht. Während der anhaltenden Sehnsucht seines Verlangens hatten sie eine halbe Meile zurückgelegt.

Er las die Messingbuchstaben über seinem Kopf. *Privateer* stand da, doch das Licht an Bord war gedämpft, und keine Musik war zu hören, kein Stimmengewirr, sondern nur das murmelnde Plätschern der Wellen, die das Schiff berührten.

»Das andere«, sagte Val. »Die *Minnehaha.*«

»Warten Sie.«

Val schrak zusammen. Die Stimme war leise und sanft aus der Dunkelheit über ihm gekommen.

»Warum so eilig?«, sagte die sanfte Stimme. »Ich dachte, es wäre vielleicht jemand zu Besuch gekommen, und jetzt bin ich schrecklich enttäuscht.«

Der Schiffer hob die Ruder aus dem Wasser und sah Val unsicher an. Val aber schwieg, und der Schiffer senkte die Ruderblätter ins Wasser und führte das Boot in das Mondlicht hinaus.

»Augenblick!«, rief Val laut.
»Ade«, sagte die Stimme. »Kommen Sie wieder, wenn Sie bleiben können.«
»Aber ich bleibe jetzt«, sagte er aufgeregt.
Er gab die entsprechende Anweisung, und das Ruderboot wendete zum Fuß des kleinen Fallreeps zurück. Jemand, der jung war, jemand in einem wolkigen weißen Kleid, jemand mit einer bezaubernden leisen Stimme hatte ihn tatsächlich aus der samtenen Dunkelheit angerufen. »Wenn sie Augen hat!«, murmelte Val im Selbstgespräch. Der romantische Klang seiner Worte gefiel ihm, und er wiederholte flüsternd: »Wenn sie Augen hat.«
»Wer sind Sie?« Sie stand unmittelbar über ihm; sie blickte herunter, und er blickte hinauf, als er die Leiter hochkletterte, und als ihre Blicke sich begegneten, mussten beide lachen.
Sie war sehr jung, zierlich, fast zerbrechlich, in einem Kleid, dessen fahle Schlichtheit ihre Jugend betonte. Zwei flache dunkle Flecken auf ihren Wangen zeigten an, wo sich tagsüber die Farbe befand.
»Wer sind Sie?«, fragte sie wieder, trat einen Schritt zurück und lachte erneut, als sein Kopf über der Reling auftauchte.
»Jetzt fürchte ich mich und will Auskunft.«
»Ich bin ein Gentleman«, sagte Val und verneigte sich.
»Was für ein Gentleman? Es gibt alle möglichen Arten. In Paris gab es einen – einen farbigen Gentleman am Nebentisch, und deshalb –« Sie verstummte. »Sie sind kein Amerikaner, oder?«
»Ich bin Russe«, sagte er in einem Ton, als wäre er ein Erzengel. Er dachte kurz nach und sagte: »Und ich bin der glücklichste aller Russen. Den ganzen Tag, das ganze Frühjahr habe ich davon geträumt, mich in einer solchen Nacht zu verlieben, und jetzt hat mir der Himmel Sie geschickt.«

»Einen Augenblick bitte!«, sagte sie und holte schnell Luft. »Jetzt weiß ich mit Sicherheit, dass Ihr Besuch hier ein Irrtum ist. Für so etwas bin ich nicht zu haben. Bitte!«

»Verzeihen Sie.« Er sah sie verwirrt an; ihm war nicht klar, dass er sich zu weit vorgewagt hatte. Dann nahm er Haltung an.

»Ich habe mich geirrt. Wenn Sie mich bitte entschuldigen wollen, verabschiede ich mich jetzt.«

Er wendete sich ab. Seine Hand lag auf der Reling.

»Gehen Sie nicht«, sagte sie und strich sich eine Haarsträhne von undefinierbarer Farbe aus den Augen. »Ich habe es mir überlegt; Sie können so viel Unsinn reden, wie Sie wollen, wenn Sie nur bleiben. Ich bin todunglücklich, und ich will nicht allein sein.«

Val zögerte; irgendetwas entzog sich seinem Verständnis.

Er hatte angenommen, dass ein Mädchen, das nachts einen Fremden anspricht, sogar vom Deck einer Yacht aus, eine Romanze im Sinn haben müsse. Und er wollte unbedingt bleiben. Dann fiel ihm ein, dass dieses Schiff eine der zwei Yachten war, nach denen er gesucht hatte.

»Ich nehme an, dass das Essen auf dem anderen Schiff stattfindet«, sagte er.

»Das Essen? Ach ja, das ist auf der *Minnehaha*. Waren Sie auf dem Weg dorthin?«

»Das war ich – vor langer Zeit.«

»Wie heißen Sie?«

Er war im Begriff, es zu sagen, als ihn etwas veranlasste, stattdessen eine Frage zu stellen.

»Und Sie? Warum sind Sie nicht auf der Party?«

»Weil ich lieber hierbleiben wollte. Mrs Jackson hat gesagt, dass Russen kommen würden – vermutlich Sie.« Sie sah ihn aufmerksam an. »Sie sind jung, oder?«

»Ich bin wesentlich älter, als ich aussehe«, sagte Val steif. »Das fällt allen auf. Jeder wundert sich darüber.«
»Wie alt sind Sie?«
»Einundzwanzig«, log er.
Sie lachte.
»So ein Unsinn! Sie sind höchstens neunzehn.«
Er war so sichtlich verärgert, dass sie sich beeilte, ihn zu besänftigen. »Nur Mut! Ich bin selbst erst siebzehn. Ich hätte die Party besucht, wenn ich gewusst hätte, dass Gäste unter fünfzig dort sein würden.«
Den Themenwechsel nahm er freudig auf.
»Und Sie wollten lieber hier sitzen und im Mondlicht träumen.«
»Ich habe über Irrtümer nachgedacht.« Sie setzten sich in zwei benachbarte Liegestühle. »Ein ausgesprochen fesselndes Thema: Irrtümer. Frauen grübeln fast nie über Irrtümer – sie sind viel eher bereit zu vergessen als Männer. Aber wenn sie es tun –«
»Sie haben einen Irrtum begangen?«, fragte Val.
Sie nickte.
»Etwas, was man nicht rückgängig machen kann?«
»Ich fürchte, ja«, antwortete sie. »Ich weiß es nicht. Darüber dachte ich nach, als Sie herkamen.«
»Vielleicht kann ich irgendwie nützlich sein«, sagte Val. »Vielleicht lässt sich Ihr Irrtum doch noch rückgängig machen.«
»Das können Sie nicht«, sagte sie traurig. »Denken wir nicht mehr daran. Ich bin meinen Irrtum schrecklich leid und fände es viel schöner, von Ihnen zu hören, was für fröhliche und heitere Dinge heute Abend in Cannes vor sich gehen.«
Sie blickten uferwärts zu der geheimnisvollen und verlockenden Lichterkette, zu den großen Spielzeugkisten, in denen Kerzen leuchteten und die in Wirklichkeit elegante Grandho-

tels waren, zu der beleuchteten Uhr in der Altstadt, zu dem verschwommenen Widerschein des Café de Paris und zu den ausgestanzten Punkten der Villenfenster, die sich auf den sacht ansteigenden Bergen zum Himmel reckten.

»Was tun die Leute dort?«, fragte sie flüsternd. »Es sieht aus, als wäre es etwas Herrliches, aber was es ist, kann ich nicht erkennen.«

»Sie sind alle verliebt«, sagte Val ruhig.

»Wirklich?« Mit einem eigenartigen Ausdruck in ihren Augen sah sie lange hin.

»Dann will ich lieber nach Amerika zurückfahren«, sagte sie. »Hier ist mir zu viel Liebe. Am liebsten führe ich schon morgen.«

»Fürchten Sie sich denn davor, sich zu verlieben?«

Sie schüttelte den Kopf. »Das ist es nicht. Es ist nur, dass – für mich gibt es hier keine Liebe.«

»Für mich auch nicht«, fügte Val ruhig hinzu. »Wie traurig, dass wir beide in einer so schönen Nacht an einem so schönen Ort sind und nichts davon haben.«

Er neigte sich eindringlich zu ihr, mit einem Blick voll inniger und keuscher Romantik – und sie wich zurück.

»Erzählen Sie mir von sich«, sagte sie schnell. »Wenn Sie Russe sind, wo haben Sie dann so hervorragendes Englisch gelernt?«

»Meine Mutter ist Amerikanerin«, räumte er ein. »Mein Großvater auch, so dass sie keine andere Wahl hatte.«

»Dann sind Sie auch Amerikaner!«

»Ich bin Russe«, sagte Val würdevoll.

Sie sah ihn aufmerksam an, lächelte und gab nach. »Nun gut«, sagte sie diplomatisch, »dann haben Sie sicher einen russischen Namen.«

Er wollte ihr seinen Namen jedoch nicht jetzt sagen. Ein Name, selbst der Name Rostow, wäre eine Entweihung dieser Nacht gewesen. Sie waren ihre leisen Stimmen, ihre zwei bleichen Gesichter, und das war genug. Ohne zu wissen, warum, aber mit einem Instinkt, der triumphierend in seinem Geist vibrierte, war er überzeugt, dass er binnen kurzem, in einer Minute oder Stunde, in die romantische Liebe eingeweiht werden würde. Sein Name war bedeutungslos neben dem, was sich in seinem Herzen regte.

»Sie sind wunderschön«, sagte er plötzlich.

»Wie wollen Sie das wissen?«

»Weil das Mondlicht das gefährlichste Licht für eine Frau ist.«

»Sehe ich im Mondlicht nett aus?«

»Sie sind das Bezauberndste, was mir je vor Augen gekommen ist.«

»Oh.« Sie dachte darüber nach. »Ich hätte Sie natürlich nie an Bord kommen lassen dürfen. Ich hätte wissen müssen, dass es zu diesem Thema kommen würde – in diesem Mondlicht. Aber ich kann mich nicht damit abfinden, hier zu sitzen und zum Ufer zu sehen, Tag für Tag. Dafür bin ich zu jung. Finden Sie nicht auch, dass ich dafür zu jung bin?«

»Viel zu jung«, pflichtete er ihr in tiefem Ernst bei.

Unversehens wurden sie auf eine neue Musik aufmerksam, die aus nächster Nähe erklang, als stiege sie keine hundert Meter entfernt aus dem Wasser auf.

»Hören Sie nur!«, rief sie. »Das kommt von der *Minnehaha*. Das Essen ist vorbei.«

Einen Augenblick lang lauschten sie schweigend.

»Danke«, sagte Val plötzlich.

»Wofür?«

Er hatte fast nicht gemerkt, dass er etwas gesagt hatte. Er dankte den tiefen und leisen Blasinstrumenten für ihren Gesang in

der Brise, dem Meer für seine warmen, geflüsterten Klagelaute, die den Bug berührten, dem milchigen Sternenlicht dafür, dass es sich über sie ergoss, bis er sich von einer Substanz getragen fühlte, die dichter war als Luft.
»So bezaubernd«, flüsterte sie.
»Was wollen wir damit anfangen?«
»Müssen wir etwas damit anfangen? Ich dachte, wir könnten einfach dasitzen und …«
»Das dachten Sie nicht«, fiel er ihr unaufgeregt ins Wort. »Sie wissen, dass wir etwas damit anfangen müssen. Ich werde Ihnen den Hof machen – und Sie werden sich darüber freuen.«
»Das kann ich nicht«, sagte sie sehr leise. Sie hätte gern gelacht, irgendeine leichtfertige, knappe Bemerkung gemacht, die das Ganze in das sichere Fahrwasser einer harmlosen Liebelei zurückbugsiert hätte. Doch dafür war es zu spät. Val wusste, dass die Musik vollendet hatte, was der Mond begonnen hatte.
»Ich will Ihnen die Wahrheit sagen«, sagte er. »Sie sind meine erste Liebe. Ich bin siebzehn, genauso alt wie Sie und nicht mehr.«
Dass sie gleichaltrig waren, hatte etwas ganz und gar Entwaffnendes. Es machte sie schwach vor dem Geschick, das sie zusammengebracht hatte. Die Liegestühle quietschten, und er war sich eines schwachen und trügerischen Dufts bewusst, als sie sich plötzlich kindlich aneinanderschmiegten.

3

Ob er sie einmal oder mehrmals geküsst hatte, hätte er später nicht zu sagen gewusst, obwohl sie sicherlich eine Stunde in enger Nähe verbrachten und er ihre Hand hielt. Was ihn am meisten verblüffte, war der Umstand, dass das keimende Liebesglück frei von wilder Leidenschaft war – kein Kummer, kein Begehren, keine Verzweiflung, sondern eine so berauschende Vorahnung auf ein Glück, wie er es in der Welt und im Leben noch nie gekannt hatte. Die erste Liebe – denn das war nichts als die erste Liebe! Was war dann erst die Liebe in ihrer Gänze, in ihrer Blüte? Er konnte nicht wissen, dass das, was er empfand, dieses unwirkliche, wunschlose Gemisch aus Ekstase und Frieden, nie wieder erreichbar sein würde.

Die Musik war seit einiger Zeit verstummt, als das Geräusch eines Ruderboots, das die Wellen bewegte, die flüsternde Stille unterbrach. Sie sprang auf, und ihre Augen suchten die Bucht ab.

»Hören Sie!«, sagte sie schnell. »Sagen Sie mir Ihren Namen.«

»Nein.«

»Bitte!«, sagte sie flehend. »Ich reise morgen ab.«

Er schwieg.

»Ich will nicht, dass Sie mich vergessen«, sagte sie. »Ich heiße –«

»Ich werde Sie nicht vergessen. Ich verspreche Ihnen, immer an Sie zu denken. Jede Frau, die ich vielleicht einmal lieben werde, werde ich immer an Ihnen messen, an meiner ersten Liebe. Solange ich lebe, werden Sie immer der erste Eindruck in meinem Herzen bleiben.«

»Ich will, dass Sie sich erinnern«, flüsterte sie stammelnd. »Oh, es hat mir mehr bedeutet als Ihnen, viel mehr.«

Sie stand so nahe neben ihm, dass er ihren warmen jungen Atem auf seinem Gesicht spürte. Wieder schmiegten sie sich aneinander. Er drückte ihre Hände und Handgelenke, denn so schien es ihm geboten, und küsste ihren Mund. Es war, wie er dachte, der richtige Kuss – nicht zu viel, nicht zu wenig. Doch der Kuss war wie ein Versprechen weiterer Küsse, die möglich gewesen wären, und ein wenig enttäuscht hörte er, wie das Ruderboot sich der Yacht näherte, und begriff, dass ihre Familie zurückgekommen war. Der Abend war vorbei.

›Aber das ist nur der Anfang‹, sagte er sich. ›Mein ganzes Leben wird so sein wie diese Nacht.‹

Sie sprach leise und schnell, und er hörte ihr aufmerksam zu.

»Eines müssen Sie wissen: Ich bin verheiratet. Seit drei Monaten. Das ist der Irrtum, über den ich nachdachte, als der Mond Sie herbrachte. Gleich werden Sie es verstehen.«

Sie verstummte, als das Boot am Fallreep anlegte und eine Männerstimme aus der Dunkelheit aufstieg.

»Bist du es, meine Liebe?«

»Ja.«

»Was ist das hier für ein Ruderboot?«

»Einer von Mrs Jacksons Gästen ist aus Versehen hierhergekommen, und ich habe ihn gebeten, für eine Stunde dazubleiben und mir etwas zu erzählen.«

Im nächsten Augenblick zeigten sich über der Reling das dünne weiße Haar und die müden Gesichtszüge eines Sechzigjährigen. Und zu spät erkannte und begriff Val, wie viel es ihm ausmachte.

4

Als die Saison an der Riviera im Mai endete, schlossen die Rostows und alle anderen Russen ihre Villen und begaben sich in nördlichere Regionen, um dort den Sommer zu verbringen. Die russisch-orthodoxe Kirche wurde zugesperrt, das Gleiche geschah mit den Fässern teurer Weine, und das elegante Frühlingsmondlicht wurde bis zu ihrer Rückkehr weggeräumt.

»Zur nächsten Saison kommen wir wieder«, sagten sie wie gewohnt.
Doch das war voreilig, denn sie sollten nie wiederkommen. Die wenigen, die nach fünf schrecklichen Jahren den Weg in den Süden wiederfanden, waren froh, als Zimmermädchen oder *valets de chambre* in den Grandhotels, in denen sie einst diniert hatten, Arbeit zu finden. Viele von ihnen waren im Krieg und in der Revolution umgekommen, viele dämmerten als Schmarotzer und kleine Gauner in den Metropolen Europas dahin, und nicht wenige beendeten ihr Leben in ratloser Verzweiflung.
Als die Kerenskij-Regierung 1917 gestürzt wurde, war Val Leutnant an der Front im Osten und versuchte verzweifelt, in seiner Truppe Autorität durchzusetzen, nachdem es längst keine Autorität mehr gab, und er versuchte es immer noch, als Fürst Paul Rostow und seine Frau an einem verregneten Vormittag aus dem Leben schieden, um für die Verfehlungen des Hauses Romanow zu sühnen, so dass die beneidenswerte Laufbahn der Tochter Morris Hasyltons in einer Stadt endete, die weit mehr Ähnlichkeit mit einem Metzgerladen hatte als das Chicago des Jahres 1892.
Danach kämpfte Val eine Zeitlang in Denikins Armee, bis ihm klar wurde, dass er in einer lächerlichen Farce mitwirkte und dass der Glanz des Russischen Kaiserreichs vergangen war. Dann ging er nach Frankreich und sah sich dort zu seiner Überraschung mit der verblüffenden Frage konfrontiert, wie er überleben sollte.
Natürlich erwog er, nach Amerika zu gehen. Zwei entfernte Tanten, mit denen seine Mutter sich vor vielen Jahren zerstritten hatte, lebten dort in verhältnismäßigem Wohlstand. Doch diese Vorstellung widersprach den Vorurteilen, die seine Mutter ihm eingeimpft hatte, und außerdem konnte er die Über-

fahrt nicht bezahlen. Bis eine eventuelle Konterrevolution ihn wieder in den Besitz der Rostow'schen Ländereien in Russland brachte, musste er sich in Frankreich irgendwie über Wasser halten.

Deshalb suchte er die kleine Stadt auf, die er am besten kannte. Er ging nach Cannes. Mit seinen letzten zweihundert Franc kaufte er eine Fahrkarte dritter Klasse, und als er ankam, überließ er seinen Abendanzug einem entgegenkommenden Zeitgenossen, der mit solchen Dingen handelte, und erhielt Geld für Nahrung und Unterkunft. Im Nachhinein bedauerte er, dass er den Abendanzug verkauft hatte, denn der Anzug hätte ihm zu einer Anstellung als Kellner verhelfen können. Stattdessen fand er Arbeit als Taxifahrer, und in dieser Funktion war er genauso glücklich oder elend.

Manchmal fuhr er Amerikaner zu Villenbesichtigungen, und wenn die Trennscheibe geschlossen war, drangen seltsame Gesprächsfetzen aus dem Fond zu ihm.

»... gehört, dass dieser Bursche ein russischer Fürst sein soll.« – »Psst!« – »Nein, der hier.« – »Esther, halt den Mund!« – und dann unterdrücktes Kichern.

Wenn der Wagen anhielt, drängelten sich die Passagiere, um den Fahrer zu beäugen. Zuerst hatte es Val schrecklich unglücklich gemacht, wenn Mädchen sich so benahmen, aber nach einer Weile machte es ihm nichts mehr aus. Einmal fragte ihn ein angeheiterter Amerikaner, ob er echt sei, und lud ihn zum Lunch ein, und ein andermal ergriff eine ältere Frau, als sie ausstieg, seine Hand, schüttelte sie heftig und drückte ihm dann einen Hundertfrancschein in die Hand.

»So, Florence, jetzt kann ich zu Hause sagen, dass ich einem russischen Fürsten die Hand geschüttelt habe.«

Der beduselte Amerikaner, der ihn zum Lunch eingeladen hatte, war zuerst der Ansicht gewesen, Val sei ein Zarensohn, und

Val hatte ihm erklären müssen, dass ein russischer Fürst nichts weiter war als ein x-beliebiger englischer Lord. Doch er hatte nicht verstehen können, warum jemand wie Val nicht einfach hinging und richtig Geld machte.

»Das ist Europa«, hatte Val ernst erklärt. »Hier macht man nicht einfach Geld. Geld wird entweder vererbt oder langsam über viele Jahre verdient, bis eine Familie nach drei Generationen in eine andere Klasse aufsteigt.«

»Erfinden Sie etwas, worauf die Leute fliegen, so wie wir es machen.«

»Das liegt daran, dass es in Amerika mehr Geld gibt, mit dem man sich einen Wunsch erfüllen kann. Was die Leute sich hier wünschen können, ist schon vor langer Zeit erfunden worden.«

Doch ein Jahr später und mit Hilfe eines jungen Engländers, mit dem er vor dem Krieg Tennis gespielt hatte, fand Val den Weg in die örtliche Niederlassung einer englischen Bank. Er leitete Briefe weiter, besorgte Zugfahrkarten und arrangierte Ausflüge für ungeduldige Touristen. Ab und zu erschien ein vertrautes Gesicht an seinem Schalter; wenn Val erkannt wurde, gab er dem Kunden die Hand, wenn nicht, gab er sich nicht zu erkennen. Nach zwei Jahren wurde er nicht mehr als früherer Fürst oder Prinz herumgezeigt, denn mittlerweile waren die Russen Schnee von gestern, und der Glanz der Rostows und ihrer Freunde war vergessen.

Er ging selten unter Menschen. Abends ging er eine Weile auf der Promenade spazieren, trank in einem Café langsam ein Bier und ging früh zu Bett. Man lud ihn selten ein, weil man seine traurige, angespannte Miene deprimierend fand, doch er sagte sowieso nie zu. Inzwischen trug er billige französische Kleidung statt der teuren Tweed- und Flanellanzüge, die zusammen mit der Garderobe seines Vaters in England bestellt worden waren. Mit Frauen verkehrte er überhaupt nicht. Dabei war er als Siebzehnjähriger mehr als alles andere absolut davon überzeugt gewesen, dass sein Leben ein Leben voll romantischer Liebe sein würde. Acht Jahre später wusste er, dass es darauf keine Hoffnung mehr gab. Er hatte einfach nie Zeit für die Liebe gehabt – Krieg, Revolution und nun seine Armut hatten sich gegen sein erwartungsvolles Herz verschworen. Die Quellen seines Gefühls, die sich zum ersten Mal in einer Aprilnacht ergossen hatten, waren im nächsten Moment versiegt und hatten nur ein dünnes Rinnsal hinterlassen. Seine glückliche Jugend war beendet gewesen, kaum dass sie begonnen hatte. Er sah sich älter und abgerissener werden und sich immer mehr in die Erinnerungen an seine goldene Kindheit zurückziehen. Am Ende würde man ihn belächeln, wenn er ein altes Erbstück in Form einer Uhr aus der Tasche zog und es amüsierten jungen Mitangestellten zeigte, die sich augenzwinkernd seine Rostow-Anekdoten anhörten.

Diesen trübsinnigen Gedanken hing er eines Aprilabends 1922 nach, als er am Meer entlangwanderte und den unveränderlichen Zauber der Lichter betrachtete, die nacheinander aufleuchteten. Der Zauber wurde nicht mehr für ihn veranstaltet, doch er fand immer noch statt, und das stimmte ihn auf diffuse Weise froh. Am nächsten Tag würde er in Urlaub fahren, zu einem billigen Hotel weiter unten an der Küste, wo er baden, ausruhen und lesen konnte; dann würde er zurückkommen und weiterarbeiten. Seit drei Jahren hatte er jedes Jahr diesen Urlaub in den letzten zwei Aprilwochen genommen, vielleicht weil dies die Zeit war, zu der er das größte Bedürfnis hatte, sich zu erinnern. Im April hatte das, was sich als das Schönste an seinem Leben erweisen sollte, in romantischem Mondlicht seinen Höhepunkt gefunden. Es war ihm seitdem heilig; was er für eine Initiation gehalten hatte, für einen Anfang, war das Ende gewesen.

Nun blieb er vor dem Café des Étrangers stehen; nach einigen Sekunden überquerte er aus einem Impuls heraus die Straße und schlenderte zum Ufer hinunter. Ein Dutzend Yachten in frischer Silberfarbe schaukelten ankernd in der Bucht. Er hatte sie schon am Nachmittag gesehen und hatte nur aus Gewohnheit die am Bug aufgemalten Namen gelesen. Seit drei Jahren tat er das, und inzwischen war es fast ein Reflex.

»*Un beau soir*«, bemerkte eine französische Stimme neben ihm. Es war ein Schiffer, dem Val schon öfter aufgefallen war. »Monsieur findet das Meer schön?«

»Wunderschön.«

»Ich auch. Aber ein schlechter Broterwerb außerhalb der Saison. Nächste Woche allerdings verdiene ich ein Extrageld. Ich werde gut dafür bezahlt, hier nur zu warten und nichts zu tun von acht Uhr morgens bis Mitternacht.«

»Das ist sehr schön«, sagte Val aus Höflichkeit.

»Eine verwitwete Dame, sehr schön, aus Amerika, deren Yacht jeden April die letzten zwei Wochen hier vor Anker geht. Wenn die *Privateer* morgen einläuft, werden es drei Jahre sein.«

5

Val fand die ganze Nacht keinen Schlaf, nicht weil er sich darüber unsicher gewesen wäre, was er tun sollte, sondern weil seine Gefühle aus ihrer langwährenden Betäubung erwacht und lebendig geworden waren. Natürlich kam es für einen armseligen Versager wie ihn, dessen Name ein bloßer Schatten war, nicht in Frage, sie zu sehen, doch es würde ihn ein wenig glücklicher machen, zu wissen, dass sie nichts vergessen hatte. Es verlieh seiner eigenen Erinnerung eine neue Dimension, wie eine jener stereoskopischen Brillen, die ein flaches Papierbild räumlich werden lassen. Es überzeugte ihn davon, dass er sich nichts eingebildet hatte – vor langer Zeit hatte er eine bezaubernde Frau bezaubert, und sie hatte es nicht vergessen.

Am nächsten Tag war er eine Stunde vor Abfahrt seines Zugs mit seiner Reisetasche am Bahnhof, um eine zufällige Begegnung auf der Straße zu vermeiden. Im wartenden Zug suchte er sich einen Platz in der dritten Klasse.

Und als er dort saß, sah er das Leben plötzlich anders, mit einer schwachen und trügerischen Hoffnung, die er vierundzwanzig Stunden zuvor nicht gekannt hatte. Vielleicht gab es in den nächsten Jahren irgendeine Möglichkeit, sie wiederzusehen – wenn er schwer arbeitete, sich mit aller Kraft jeder Aufgabe widmete, die er finden konnte.

Er hatte von mindestens zwei Russen in Cannes gehört, die sich mit nichts als guten Manieren und Einfallsreichtum hochgearbeitet hatten und erstaunlich erfolgreich waren. Morris Hasyltons Blut begann in Vals Schläfen leise zu pochen, und es erinnerte ihn an etwas, woran er früher keinen Gedanken verschwendet hatte: daran, dass Morris Hasylton, der seiner Tochter ein Stadtpalais in Sankt Petersburg erbaut hatte, sich ebenfalls hochgearbeitet hatte.

Gleichzeitig ergriff ihn ein anderes Gefühl, weniger befremdlich, weniger aufwühlend, doch keineswegs weniger amerikanisch: das Gefühl der Neugier. Falls es ihm gelänge – falls das Leben ihm jemals ermöglichen sollte, sie wiederzufinden –, dann würde er endlich ihren Namen erfahren.

Er sprang auf, hantierte aufgeregt am Griff der Waggontür

und sprang aus dem Zug. Er warf seinen Koffer in die Gepäckaufbewahrung und lief im Eilschritt zum Amerikanischen Konsulat.
»Heute Morgen ist eine Yacht angekommen«, sagte er hastig zu einem Angestellten, »eine amerikanische Yacht, die *Privateer.* Ich will wissen, wer der Besitzer ist.«
»Einen Augenblick, bitte«, sagte der Angestellte, der Val mit einem sonderbaren Blick musterte. »Ich werde versuchen, es herauszufinden.«
»Ist die Yacht eingelaufen?«
»O ja, sie ist angekommen. Ich denke es wenigstens. Wenn Sie bitte auf dem Stuhl dort drüben Platz nehmen würden.«
Nach weiteren zehn Minuten sah Val ungeduldig auf seine Uhr. Wenn sie sich nicht beeilten, war zu befürchten, dass er den Zug verpasste. Er machte eine nervöse Bewegung, als wollte er aufstehen.
»Bleiben Sie bitte sitzen«, sagte der Angestellte, der sofort von seinem Schreibtisch zu ihm hersah. »Bitte. Setzen Sie sich wieder.«
Val starrte ihn an. Warum sollte es diesen Mann interessieren, ob er blieb oder ging?
»Ich verpasse noch meinen Zug«, sagte er verärgert. »Ich bedaure, Ihnen so viel Mühe gemacht zu haben –«
»Bleiben Sie bitte sitzen! Wir sind froh, dass wir die Sache endlich abwickeln können. Auf Ihre Anfrage warten wir seit – warten Sie – drei Jahren.«
Val sprang auf und setzte hastig seinen Hut auf.
»Warum haben Sie mir das nicht gleich gesagt?«, fragte er zornentbrannt.
»Weil wir unsere – äh, unseren Klienten zuerst informieren mussten. Bitte gehen Sie nicht! Es ist – äh, sowieso zu spät.«
Val drehte sich um. Eine schlanke, strahlende Erscheinung mit

erschrockenen dunklen Augen stand hinter ihm und hob sich von dem Sonnenlicht aus der Tür ab.
»Oh –«
Val öffnete die Lippen, doch kein Laut kam aus seinem Mund. Sie trat einen Schritt auf ihn zu.
»Ich –« Sie sah ihn hilflos an, ihre Augen füllten sich mit Tränen. »Ich wollte nur guten Tag sagen«, murmelte sie. »Ich komme seit drei Jahren zurück, nur um guten Tag zu sagen.«
Val schwieg noch immer.
»Sie könnten wenigstens antworten«, sagte sie ungehalten. »Sie könnten wenigstens antworten, wenn ich – wenn ich langsam glauben musste, Sie wären im Krieg umgekommen.« Sie wandte sich an den Angestellten. »Machen Sie uns bitte miteinander bekannt!«, rief sie. »Ich kann ihm schließlich nicht guten Tag sagen, wenn wir nicht einmal den Namen des anderen kennen.«

Normalerweise hält man ja nicht viel von diesen internationalen Heiraten. Es ist eine tief eingewurzelte amerikanische Überzeugung, dass sie immer schiefgehen, und wir sind Schlagzeilen gewohnt, die da lauten: »Herzogin würde Krone jederzeit gegen wahre amerikanische Liebe eintauschen« oder: »Bettelgraf soll Ehefrau aus Messerdynastie gequält haben«. Die anderen Schlagzeilen gelangen nie an die Öffentlichkeit, denn wer wollte schon lesen: »Frühere Georgia-Schönheit schwärmt von Liebesnest« oder: »Herzog und Fabrikarbeitertochter feiern Goldene Flitterwochen«.
Bisher hat es überhaupt keine Schlagzeilen über die jungen Rostows gegeben. Fürst Val ist viel zu beschäftigt mit der Kette mitternachtsblauer Taxis, die er so außergewöhnlich tüchtig leitet, um Interviews zu geben. Er und seine Frau verlassen

New York nur einmal im Jahr, doch es gibt einen Schiffer, der sich jedes Mal freut, wenn die *Privateer* eines Abends Mitte April in den Hafen von Cannes einläuft.

Francesco Piccolo

Der Bahnübergang

Vor vielen Jahren, als ich noch in einem kleinen Provinzstädtchen lebte, hatte ich mich in ein blondes Mädchen mit dunkler Haut verliebt, das mir schon seit langem gefiel. Auch sie hatte sich in mich verliebt. Zwischen ihr und mir gab es zwei Unterschiede: dass ich ein Fahrzeug besaß und sie nicht; dass ich in der Innenstadt wohnte und sie nicht.

Ein Unterschiedspaar, das, im Nachhinein betrachtet, einen reinen Widerspruch darstellt. Und zwar aus folgendem Grund.

Wenn einer am Stadtrand wohnt und ein Auto hat, ist das gut.

Wenn einer im Zentrum wohnt und kein Auto hat, ist das gut.

Wenn einer am Stadtrand wohnt und kein Auto hat, ist das extrem schlecht.

Aber das ist noch nicht alles. Das Zentrum und der Stadtrand waren in meiner Stadt durch eine Art Mauer in Form eines doppelten Bahnübergangs voneinander getrennt. Meine Stadt ist eine kleine Stadt, aber als Knotenpunkt für den Schienenverkehr durchaus von Bedeutung; das erkennt man an der Anzahl von Gleisen, die in den Bahnhof hinein und aus ihm heraus führen. Derart viele, dass nicht ein, sondern zwei Bahnübergänge in der Umgebung nötig waren. Weil sich die Gleise trennen und in zwei unterschiedliche Teile Italiens führen. Entgegengesetzte würde ich sagen, wenn ich wüsste, wohin sie führten, aber so genau habe ich das nie verstanden. Die Stadt wird von diesem Gleisbündel durchquert. Hier waren wir von der Altstadt, dort die vom Stadtrand. Der Stadtrand lag also sehr am Stadtrand, und meine Freunde aus der Altstadt meinten, als sie hörten, dass ich mit dem blonden Mädchen mit der dunklen Haut ging: Du gehst ja mit einer vom Stadtrand.

Allerdings hatte das Mädchen aber ziemlich blondes Haar und ziemlich dunkle Haut, und ich war ziemlich verliebt; und sie auch. Ich war also enthusiastisch und willig: Am Abend fuhr ich mit dem Auto vom Zentrum los, um sie am Stadtrand abzuholen, dann fuhren wir ins Zentrum zurück, da alles, wo man abends hingehen konnte, im Zentrum lag und nicht am Stadtrand. Am Ende des Abends fuhr ich sie vom Zentrum wieder an den Stadtrand und kehrte ins Zentrum zurück, wo ich wohnte. Insgesamt fuhr ich viermal hin und zurück. Insgesamt überquerte ich achtmal die Bahnübergänge.

Ziemlich oft ist es vorgekommen, dass die Bahnübergänge alle acht Male geschlossen waren. Nie ist es vorgekommen, dass die Bahnübergänge alle acht Male offen waren. Statistisch gesehen war die Wahrscheinlichkeit gleich hoch, dennoch ist der eine Extremfall viele Male eingetreten, der andere nie. An den meisten Tagen waren sie sechs- oder siebenmal geschlossen, auch fünf- oder viermal. Das heißt: Ich fuhr sie abholen, und der Bahnübergang war geschlossen. Ich wartete, bis die Bahn vorbei war. Er öffnete sich. Ich fuhr ein paar Meter vor, da der andere auch geschlossen war. Ich stellte wieder den Motor ab und wartete, bis der Zug vorbei war. Die Schranke öffnete sich, und endlich konnte ich zu dem blonden Mädchen mit der dunklen Haut. Wenn sie herunterkam, versuchte ich, schnell den Bahnübergang zu erreichen, und manchmal gelang es mir, den ersten zu überqueren, aber den zweiten nicht, oder andersherum. Oder alle beide. Und war der Abend zu Ende, ging alles von neuem los.

Am Anfang war es mir egal. Ich wartete geduldig ab. Und fuhr weiter, bis ich schließlich bei ihr war. Sie kam herunter, wir küssten uns, fragten uns, wie geht's, habe ich dir gefehlt, worauf hast du Lust, liebst du mich wirklich so doll. Dann warteten wir auf die Züge und fuhren ins Zentrum. Auf dem Rückweg, während wir warteten, küssten wir uns. Vor ihrem Haus blieben wir stehen, redeten, küssten und berührten uns. Wir beteuerten uns, du wirst mir fehlen, fragten, was machen wir morgen und liebst du mich wirklich so sehr. Dann stieg sie aus dem Auto, und ich schaute ihr hinterher, bis sie im Haus verschwunden war. Liebestrunken fuhr ich wieder nach Hause, wartete, dass ein oder zwei Züge passierten, und dachte daran, wie sehr ich sie liebte.

Seit etlichen Jahren hieß es, es solle eine Unterführung gebaut werden. In den Lokalzeitungen war hin und wieder die Rede davon, und die Leute, die an den Bahnübergängen wohnten, sprachen darüber. Bislang hatte mich das wenig interessiert. Dann aber äußerte sich das erste Anzeichen von Unruhe in mir: Wenn ich in den Lokalzeitungen von dem Projekt der Unterführung las, wurde ich neugierig, versuchte alles zu erfassen und verschlang den gesamten Artikel. Denn seit ein paar Jahren gab es wenige hundert Meter entfernt einen abgezäunten Baustellenbereich, und das Schild kündigte den Bau einer doppelten Unterführung an. Allerdings – fiel mir damals auf – sah man nie jemanden dort arbeiten, sodass wir die Baustelle für die Unterführung am Ende alle nicht mehr als etwas Reales ansahen, wo tatsächlich etwas geschehen würde.

Das zweite beunruhigende Anzeichen war ein innerer Stoß, den ich mit der Zeit spürte, sobald das Glöckchen am Bahnübergang läutete, als Warnhinweis darauf, dass in wenigen Sekunden die rot-weißen Schranken heruntergingen: als würden die Nervenenden sich bemerkbar machen und alle zusammen losschreien.

Das dritte beunruhigende Anzeichen war der hypnotische Zustand, in den ich fiel, während der Bahnübergang geschlossen war und ich die rot-weißen Streifen anstarrte und dachte, dass es gar keine rot-weißen Streifen wären, sondern rote Streifen auf weißem Grund. Und ich dachte, wie sehr sie nachts hervorstachen, denn nachts setzte der hypnotische Zustand tatsächlich in dem Moment ein, wenn ich den Motor ausstellte und die roten Streifen auf weißem Grund anzustarren begann, die meiner Ansicht nach die Schranke nur wie rot-weiß gestreift wirken ließen.

Die Tage zogen ins Land, die Schranken senkten und hoben sich, die Liebe festigte sich, aber damit kam auch die Gewöhnung. Langsam, aber sicher verschob sich meine Konzentration von dem blonden Mädchen mit der dunklen Haut auf die Bahnübergänge.

Wenn es Abend wurde, bekam ich schlechte Laune. Ich nahm das Auto und fuhr los. Wenn ich vor dem geschlossenen Bahnübergang ankam, presste ich die Kiefer zusammen und ballte die Fäuste. Ein paar Mal habe ich ihn sogar mit Vollgas noch überquert, während sich die Schranke schon senkte. Einmal habe ich abrupt gebremst, und wäre ich nur zwanzig Zentimeter später zum Stehen gekommen, wäre die Schranke auf meine Motorhaube geknallt.

Ich rief in den Türsprecher: Komm runter. Und gleichzeitig lauschte ich mit gespitzten Ohren nach dem Glöckchen in der Ferne. Sobald ich es hörte, pressten sich die Kiefer zusammen und ballten sich die Fäuste, und wenn das blonde Mädchen mit der dunklen Haut herunterkam, fragte sie verwundert: Was ist denn los, warum bist du so nervös?

Was ich herausgefunden hatte, war, dass kein Anwohner vom Stadtrand den Bahnübergang als ein Problem ansah. Sie ignorierten ihn. Wahrscheinlich hatten sie das mit der Zeit gelernt, hatten das Problem überwunden oder verdrängt, und nun war es unmöglich, es ihnen zu erklären. Das ständige Hoch und Runter kümmerte sie nicht. Ich konnte mich also nicht einmal abreagieren.

Auf dem Rückweg war ich abgelenkt, während ich sie küsste und wir auf das Öffnen des Bahnübergangs warteten, weil ich mitbekommen wollte, ob der Zug vorbeifuhr und das Glöckchen bereits für den Nächsten klingelte. Vor dem Haus angelangt, warf ich das blonde Mädchen mit der dunklen Haut aus dem Auto, schubste sie förmlich, um mit quietschenden Reifen zurückzusetzen und mit einhundertfünfzig Stundenkilometern auf die Bahnübergänge zuzurasen, bevor sie wieder zugingen. Ich blieb nur dann noch ein bisschen bei ihr, wenn ich das Glöckchen bereits gehört hatte, aber abgelenkt war ich trotzdem, denn mit halbem Ohr lauschte ich schon wieder nach dem vorbeifahrenden Zug. Sie sagte: Du bist merkwürdig. Ich beruhigte sie, aber wenn der Zug vorbei war, warf ich sie raus und haute ab.

Langsam gefielen mir auch die Mädchen, die im Zentrum wohnten. Da war eine, bei mir aus dem vierten Stock, die ich immer wieder anrief, so lange, bis ihr Freund versuchte, mich zu verprügeln. Aber ich verprügelte ihn. Keiner hätte es in jener Zeit mit mir aufnehmen können, dermaßen nervös war ich, in mir hatte sich eine geballte Ladung Frust angestaut, und ich hatte den Eindruck, als ginge während der Hypnose etwas Ähnliches mit mir vor wie mit Hulk, wenn er sich in Hulk verwandelt – ich konnte es kaum erwarten, dass mich jemand verprügeln wollte, um ihn dann selbst ordentlich zu verprügeln.

Die Sache nahm eindeutig besorgniserregende Züge an, als meine Hände, wenn sich der Abend näherte, zu zittern begannen, sich meine Sätze in Fragmente auflösten und meine Laune sich verfinsterte. Bis sie eines Abends beschloss, Klartext zu reden: Du liebst mich nicht mehr. Die Wahrheit konnte ich ihr

nicht sagen: dass ich sie noch immer liebte, und wie. Und dass unsere Geschichte, wäre sie ein Mädchen aus der Altstadt gewesen, nie zu Ende gegangen wäre.
Ich sagte: Stimmt, ich liebe dich nicht. Und es war zu Ende.

In den folgenden Monaten ging es mir blendend. Ich ging mit meinen Freunden aus der Altstadt aus und auch mit dem einen oder anderen Mädchen aus der Altstadt. Ab und zu ging ich sogar zu Fuß aus und sagte Sachen wie: Wie schön das Leben doch sein kann. Manchmal kam das blonde Mädchen mit der dunklen Haut in die Altstadt, und wenn wir uns begegneten, überkam mich eine große Sehnsucht, aber dann hörte ich wieder den Klang des Glöckchens, den ausgehenden Motor und sah die herabsinkenden Schranken vor mir, diese roten, leicht diagonalen Streifen, und ich wehrte mich dagegen, meine Gefühle irgendwie ernst zu nehmen.
Dann kam das Jahr 1990. Einige meinten, dass es der Fußballweltmeisterschaft in Italien zu verdanken sei, andere, dass alles seine Zeit brauche, wiederum andere, dass die Politiker endlich nicht mehr nur an sich dächten. Auf jeden Fall ist 1990 ein Großteil sowohl der städtebaulichen Probleme meiner Stadt gelöst worden als auch der Probleme meines Lebens in Liebesdingen. Im März wurde die Unterführung eingeweiht, und seitdem sind die Bahnübergänge halb verwaist und öffnen und schließen sich unbeirrt, ohne dass es jemand mitbekommt. Ich habe mich wieder häufiger mit dem blonden Mädchen mit der dunklen Haut getroffen und in meinem Inneren keinen Widerstand mehr gegen meine Liebe gespürt. Es hat lange gedauert, sie davon zu überzeugen, dass ich es ehrlich meinte, dass ich nie aufgehört habe, sie zu lieben, denn für sie ergab es keinen Sinn, dass ich mich, obwohl ich sie geliebt habe, so lange von ihr getrennt hatte. Nie hat sie die Bahnübergänge oder

die Unterführung in Verdacht gehabt, aber am Ende hat sie eingesehen, dass es stimmte, dass ich nie aufgehört habe, sie zu lieben, und sie sagte: Ich auch nicht.

Später sind wir nach Rom gezogen, haben geheiratet und zwei Kinder bekommen. Wenn wir zurückkehren, um die Großeltern zu besuchen, fahren wir in die Unterführung hinein und wieder hinaus. Und jedes Mal sage ich: Schön, diese Unterführung, nicht wahr? Meine Tochter schaut sie sich an, in der Hoffnung, irgendetwas Weltbewegendes daran zu entdecken, zuckt mit den Schultern und sagt: Wenn du meinst.
Zur Erklärung sage ich dann, dass man vor 1990 zwei Bahnübergänge überqueren musste, um in den anderen Teil der Stadt zu kommen. Nicht einen, zwei.
Nachdem sie mir mit gebührendem Respekt zugehört haben, sehen sie sich an, als meinten sie: Ja und? Denn meine Erklärung ist nicht schlüssig.
Also füge ich halblaut hinzu: War nur so, zum Spaß.

Claudio Piersanti
Formitrol

Wenn ein Mann merkt, dass eine Frau plötzlich für ihn wichtig wird, die er zwanzig Jahre zuvor, als sie beide gerade vierzehn oder fünfzehn Jahre alt waren, getroffen hatte, so heißt das, dass eine Bombe explodiert, die eigentlich alle seine Lebensjahre zerstört.

Vor ungefähr einem Jahr ist, natürlich ohne Vorankündigung, bei mir die Bombe geplatzt. Ich war lange wie betäubt. War der einzige Überlebende unter all den vielen, die um mich waren, die gestorben sind, ohne noch Zeit für ein Gebet gehabt zu haben. In meinen Augen waren sie tot. Es gab sie nicht mehr, es hatte sie nie gegeben. Klar, das Gedächtnis ist besonders mächtig, wenn es etwas auslöscht.

Die ferne Vergangenheit bleibt der einzige Gedanke. Da unten, auf dem Grund eines Haufens abgerissener Kalender, liegt die unberührte Zeit. Da unten leben noch diejenigen, die eigentlich keinen Einfluss auf die gegenwärtigen Ereignisse gehabt haben, es sei denn gerade dadurch, dass sie aus unserem Leben entschwunden sind und somit nicht die Möglichkeit hatten, es zu verändern. Die Zeit, an die ich vor allem dachte, ist der Winter neunundsechzig/siebzig.

Der Norden Frankreichs war schneebedeckt, und es hörte nicht auf, dicht zu schneien. Die Reise war katastrophal, wenngleich wir sie toll fanden, da wir noch nie verreist gewesen waren. Kaum in Mailand abgefahren, hatte schon jeder seine Wolldecke aus dem Rucksack gezogen, und zehn, fünfzehn Stunden lang biwakierten wir auf einem Gang und vor zwei Toiletten. Wir waren fünfzehn, und nur zwei oder drei von uns waren über achtzehn. Ich gehörte zu den Jüngsten und auch zu den größten Extremisten, war schon seit längerer Zeit Anarchist, hatte mich jedoch der Gruppe kritischer Katholiken angeschlossen, da ich nicht den Mut hatte, das Hauptquartier der Anarchisten zu betreten. Besser gesagt: Ich hatte es eines Tages betreten, um mir ihre Zeitung zu besorgen, aber die Fotos der erschossenen Anarchisten an den Wänden und das misstrauische Gesicht des alten Pförtners hatten mich eingeschüchtert. Mit meinen langen Haaren und dem schwarzen Schal hatte ich gehofft, freundlich empfangen zu werden. Ohne Groll war ich dann weggegangen, in der Hoffnung, jemanden zu treffen, der mich in den ersehnten Malatesta-Kreis hätte einführen können.

Während dieser Zeit des Wartens, die lange genug dauerte, um meine Meinung zu ändern, schloss ich mich der Gruppe an, die als Wohngemeinschaft in einer Hütte auf dem Land lebte. Es waren noch weitere Anarchisten aus anderen Städten in der Gruppe, und sie hatten unter den gleichen Verständigungsschwierigkeiten gelitten; sie hatten zwar meinen Bakunin nicht gelesen, kannten dafür aber die ganzen wunderschönen Anarchistenlieder.

Einige davon sangen wir, sobald wir in dem Dorf angekommen waren, wo das Treffen über Antimilitarismus stattfinden sollte. Es waren viele Katholiken da (sie waren die Gastgeber, hatten gute Aufnahmekapazitäten und erträgliche Stätten des Gebets, einfach und ruhig, erträglich selbst für junge Anarchisten), aber auch viele Heimkehrer des Pariser Mai. Ich erinnere mich vor allem an einen, der ein von Schlägen völlig entstelltes Gesicht hatte. Das Jahr 68 war für mich weit weg, aber ihm sagte ich das nicht, sondern ich hörte mir seine Kriegserzählungen an, so wie ich mir die meines Großvaters angehört hatte. Ich war ein Anarchist, der keine echten Anarchisten kannte, deswegen verstand ich nichts von der Gegenwart: Ich wusste, dass Bakunin als Priester verkleidet geflohen war, aber von Valpreda wusste ich nur das, was ich in den Zeitungen las. Man schlief in hübschen sauberen Häuschen und verbrachte die Zeit schwatzend im warmen und überfüllten sowie völlig verrauchten Gemeinschaftshaus, wo es aber auch gute Sachen zu essen gab. Ich mochte vor allem das *pain doux*, wovon ich viel aß, am liebsten zum Abendessen. Der Wein war ebenfalls gut und ließ einen die Kälte vergessen. Die Scheiben des Hauses waren vereist, und irgendeiner schrie immer *La porte!*, weil ständig jemand reinkam oder rausging. An den Tischen entwickelten sich sehr angeregte Gespräche, und es war nicht selten, dass man einen Pater Marcuse zitieren hörte. Meine anarchistischen Anwärter und ich verstanden so gut wie nichts, aber wir waren glücklich, und wer weiß, warum ich mich schließlich mit dem *pain doux*, das ich aß, identifizierte, jedenfalls kam ich mir gut vor und war nicht mehr davon überzeugt, für Waffengewalt eintreten zu wollen. Das tat Guido, indem er sich gegen die Armeen, aber für den Kampf des Volkes aussprach, und ich weiß nicht, warum er plötzlich aus dem *Zarathustra* zitierte, den er in jenen Tagen gerade las. Nicht einmal die 68er nahmen ihn ernst, und ich musste ihn den ganzen Abend trösten und ihm recht geben.

Ich war noch gar nicht richtig vorhanden. Ich hörte zu, hörte zu und beobachtete, so als wäre ich für die Erfahrung noch nicht reif. Ich erwartete nicht, geliebt, ja nicht einmal bemerkt zu werden: Es bedeutete mir schon viel, wenn jemand neben mir saß und mit mir sprach, als hätte ich auch etwas zu sagen.

Ich bekam Halsschmerzen, wie viele, aber im Unterschied zu den anderen liebte ich sie wie einen alten Freund. Dank meinen Halsschmerzen lernte ich Formitrol kennen, ein Mädchen aus Turin, das Gitarre spielte. Sie sang wenig, weil auch sie Halsschmerzen hatte, und sie nahm dagegen Formitrol-Tabletten, die gut schmeckten, wenn sie auch nichts halfen. Aus Spaß nannte ich sie Formitrol, und sie sagte, ich könne sie nach so viel Tabletten fragen, wie ich wollte, sie habe noch einige Packungen in Reserve. Auch Formitrol war noch nicht richtig vorhanden, sie schien jedoch auf dem Weg zu sein: Ich hatte gleich den Eindruck, dass sie gerade dabei war, eine Wahl zu treffen, aber sie sprach mit mir nie darüber.

Sie sprach mit mir über ihren Vater, der Dichter war. Er war gut, sie hatte ihn gern, aber er war so langweilig, und sie traute sich nicht, es ihm zu sagen. Auch sie mochte das *pain doux* und den Rotwein, unser tägliches Abendbrot. Nach dem Essen gingen wir mit brennenden Zigaretten ins Freie. Über der dicken Jacke hatte jeder eine karierte Decke, die vor der großen Kälte und dem Schnee schützen sollte. Ich weiß nicht, wie es uns gelang, aber wir fassten uns, während wir gingen, an den Händen, obwohl wir, um die Decken festzuhalten, die Arme verschränkt hatten. Die von welchem Licht auch immer erhellten verschneiten und vereisten Hügel waren herrlich. Wir waren nicht allein auf den ländlichen Wegen, oft trafen wir angetrunkene junge Holländer, die Formitrol kannte und auf Englisch grüßte.

Während unseres ersten nächtlichen Spaziergangs begegneten wir einem Jungen, der irgendwie eine Bedeutung für unser Treffen haben sollte, auch wenn wir nie mit ihm sprachen. Formitrol hatte ihn ein paarmal in Turin gesehen, wusste aber seinen Namen nicht. Bei Schneetreiben kam er nachts auf seinem Moped an. Er schützte sich mit einem großen Plastiksack, und da er groß und schwer war, schien es nahezu unmöglich, dass er auf seinem wackeligen Gefährt Hunderte von Kilometern gefahren war. Er war ein trauriger und einsamer Junge,

aber verrückt war er nicht; ganz sicher hatte er große, für ihn unlösbare Probleme. Er rührte uns.
Formitrol war ein zierliches hübsches Mädchen. Selbst in einer eisigen Nacht verbreitete sie noch einen angenehmen Duft. Wenn sie auf dem Eis ausglitt, hielt ich sie fest, damit sie nicht hinfiel: Ich weiß nicht, welcher Gabe der Natur ich es zu verdanken habe, dass ich so gut wie nie rutsche oder falle. Ich sprach mit ihr über diese Eigenschaft von mir, die sie gleich bemerkt hatte, und sagte ihr, dass mich das manchmal verwirrte, vor allem in den Bergen: Hinzufallen war für meinen Körper gegen die Natur, war die Verletzung eines inneren Gleichgewichts, das sich sorgfältig über Generationen von Bergbewohnern entwickelt hatte.
Wir sprachen nie über Politik, weil wir beide der Ansicht waren, schon zu viel darüber gesprochen zu haben; wir unterhielten uns locker und verstanden uns auf Anhieb, nun, wir hatten uns ineinander verliebt und wussten nicht, was wir tun sollten. Anstatt uns voneinander zu entfernen, brachte die kalte Luft uns einander immer näher. Ich war schon zweimal verliebt gewesen, aber nie hatte ich die Geliebte geküsst. So war es auch bei Formitrol. Es war nicht der Augenblick dafür, ich fühlte, dass es leider nicht der richtige Zeitpunkt war: Ich war immer noch nicht vorhanden, durfte kaum sprechen, und wenn, dann nur Belangloses. Formitrol verstand mich, vielleicht war sie ganz wie ich. Meinen Freunden gefiel das Gruppenleben, wir schliefen im selben Raum, wachten zusammen auf, aber ich war nur froh, wenn ich Formitrol traf. Das antimilitaristische Treffen interessierte mich überhaupt nicht mehr, und ich schwänzte die morgendlichen Sitzungen, Formitrol schlief lange, auch weil sie unklare Vorstellungen vom Umgang mit Waffen hatte und die Diskussionen sie noch mehr verwirrten. Außerdem musste sie über ihr Geheimnis nachdenken, wie

alle in jenem seltsamen Dorf. Tausende von Personen hatten sich hier eingefunden, jeder mit seinen geheimen Gedanken. So vergingen die Tage und Nächte, und mit Formitrol vergingen sie gut, waren wunderschön. Wir besuchten einen Mönch des Orts, der in einer kleinen romanischen Kirche auf einem Friedhof voller verschneiter Gräber wohnte. Der Mönch kochte Tee und bot sehr gutes Gebäck an, sprach aber nicht als Mönch oder Gelehrter mit uns. Er freute sich über alles, über unseren Besuch, über das Treffen der jungen Leute, über die Gebete, denen er beigewohnt hatte, über den Schnee, über den Tee. Kichernd verließen wir sein kleines Haus, aber im Grunde hatte der Mönch uns noch fröhlicher gemacht, und es war uns nicht mehr so kalt.
Es gab noch viele andere Augenblicke für uns beide allein in jenem eisigen Dorf. Wir verbrachten Stunden in der freudigen Erwartung der Trennung, die immer näher kam. Ich war so glücklich, dass selbst eine endgültige Trennung mich nicht traurig machen konnte. Am letzten Abend, den wir zusammen verbrachten, sahen wir den Jungen mit dem Moped abfahren. Verzückt über die herabfallenden dicken Schneeflocken hatte er einige Stunden allein vor dem Fenster gesessen, und gegen Abend sich dann beeilt, seine Sachen zu packen. So, wie er gekommen war, in den Plastiksack gewickelt, fuhr er wieder ab, angsterregend die weiße Straße hinunterschleudernd, die Rauchwolke seines Mopeds sah aus wie der letzte Atemzug des kleinen ausgedienten Motors. Formitrol ging in das Schneetreiben hinaus, um ihm nachzuschauen, und als sie wieder hereinkam, hatte sie nasse Haare und einen feuchten Pullover. Sie war den Tränen nahe und musste sich noch einen Becher Wein einschenken, um sich zu beruhigen. Wir redeten bis spät in die Nacht. Ein Freund nach dem anderen ging zu Bett, an den Nachbartischen waren nur noch wenige,

fast alle betrunken. Ich weiß nicht mehr, worüber wir sprachen: Wir sahen uns in die Augen, das weiß ich noch, und die Worte kamen uns wie gehaucht aus dem Mund. So saßen wir in Liebe versunken, während um uns herum die Gespräche über ein nahezu beendetes und schon vergessenes Treffen verstummten.

Im Flur vor der Tür ihres großen Zimmers, wo sie zu zehnt schliefen, verabschiedeten wir uns. Die Rucksäcke ihrer Freunde lagen schon auf einem Haufen auf dem Flur, man wollte diejenigen, die nicht so früh wie man selber abreisen musste, nicht wecken. Wir küssten uns auf die Wangen und trennten uns mit dem Versprechen, uns an unsere Adressen, die wir, auf zwei Papierfetzen gekritzelt, ausgetauscht hatten, zu schreiben. Im Zimmer angekommen, kletterte ich über die schlafenden Körper meiner Freunde und streckte mich auf meinem Feldbett aus. Ich hatte Angst, nicht schlafen zu können, fiel jedoch sofort in einen seligen Schlaf. In der Morgendämmerung weckte mich etwas, und ich riss die Augen auf, ohne zu wissen, warum. Formitrol hatte bestimmt keinen Lärm gemacht. Ganz leise öffnete sie die Tür und tauchte in dem schwachen Licht des Flurs auf. Sie verharrte eine Weile und schaute mich an, ohne zu bemerken, dass auch ich sie ansah, aber ich wusste nicht, was ich tun sollte. Als die Tür sich schloss, war ich wieder so allein, wie ich es bis vor wenigen Tagen immer gewesen war.

Von den darauffolgenden Wochen, die ich in Paris zur Verteilung revolutionärer Blätter im Quartier Latin verbrachte, ist nichts als eine blasse Erinnerung geblieben. Wenn ich mich anstrenge, sehe ich das Paar militanter Dreißigjähriger, die mich beherbergten, wieder vor mir. Jedes Mal wenn ich das Licht in meinem Zimmer ausmachte, begannen sie sich zu lieben und hinderten mich so am Einschlafen. Ich glaubte, dass sie mich

vergessen hatten, mich, den dummen Jungen und fast unsichtbaren Gast.
Das, was ich in jener Zeit alles erlebte, ist wirklich unbedeutend – ausgenommen Formitrol. Ja, ich erinnere mich an die dunklen Straßen des Quartier Latin, höre wieder die Stimmen der Freunde, die den Namen der Zeitung ausrufen, sehe wieder den Polizisten, der sich den Hintern wärmt, den Feuerschein der Molotowcocktails, den kämpferischen Alten, der mich wegschickt, weil ich zu klein und Ausländer bin. Formitrol habe ich verloren, sagte ich mir, für immer verloren. Ich verkehrte mit Revolutionären, sie waren für mich allerdings wie die Fremdenlegion.
Ende Januar kehrte ich zurück nach Italien und in die Schule, die ich verlassen hatte. Für viele Jahre vergaß ich Formitrol.
Dann, ganz plötzlich nach der Bombe, als ich zu nichts mehr Lust hatte und mich ans Fenster begab, weil es der einzige Ort war, den ich ertragen konnte, begann ich wieder an sie zu denken. Da ich nie wissen konnte, wie unser Leben gemeinsam hätte sein können, wäre es dumm gewesen, es sich vorzustellen. Ich dachte oft an den Augenblick, als Formitrol ihren Kopf in mein Zimmer steckte und die Freunde um mich herum schliefen wie eifersüchtige Feinde. Sie sagte mit leiser Stimme: »Ciao« und nannte auch meinen Namen. Es war so etwas wie ein Weinen in ihrer Stimme.
Vielleicht dachte ich so oft daran, weil ich hoffte, mit meiner zwanghaften Erinnerung, mit meinem so oftmaligen schmerzlichen und reuevollen Leben in der Vergangenheit, diese zu ändern. Ich nahm den unerfahrenen Jungen unter meine Fittiche, ließ ihn über die blöden Schlafsäcke der Freunde steigen und rufen: Ich komme mit dir nach Turin, ich will dich nicht verlieren!

Warum habe ich ihre Adresse, den zerknitterten Zettel, der sogar viele meiner Brieftaschen begleitete, nicht aufgehoben? Ich weiß es nicht, weiß nicht, wann ich ihn verloren habe. Ich war mir sicher, dass wir uns eines Tages wiedertreffen würden. Wenn eine fremde Frau ein Röhrchen Formitrol aus ihrer Handtasche nahm, blieb mir das Herz stehen, ich schaute ihr in die Augen und war sofort enttäuscht. Ich konnte mich nicht sehr gut an die Augen von Formitrol erinnern, ich hoffte, sie an ihrem Blick wiederzuerkennen.
Als ich anfing, in Turin zu arbeiten, wo ich entmutigende Tätigkeiten annahm, tat ich es auch ihretwegen. Kaum aus dem Schlafwagen gestiegen, ging ich sofort in einen schicken Herrensalon, der von sehr netten und tüchtigen Mädchen geführt wurde, die sich an sonderbare erste Kunden mit Koffer gewöhnt hatten. In den Straßen hoffte ich unter Tausenden von Frauen Formitrol zu treffen. Eine Frau, nicht sehr groß, mit einem Blick wie eine Umarmung. Wenn ich mit niemandem darüber sprach, wenn ich das Geheimnis für mich behalten konnte, würde ich sie früher oder später finden. Richtige Freunde hatte ich nicht, aber ich ging fast jeden Abend mit drei oder vier Kollegen aus, auch sie auf Durchgangsstation. Man redete oft von den Turiner Frauen, einige sagten, sie wären das einzig Schöne an der Stadt, dass die Männer hier sie vernachlässigten, und der übliche Unsinn, den man über Städte so daherredet. Jede witzige Bemerkung über die Turiner Frauen verletzte mich zutiefst. Süße Formitrol, wenn ich sie nur nicht träfe, während ich gerade mit diesen riesigen zerbeulten Schlitten meiner Kollegen unterwegs war.
Wir trafen viele Frauen, und fast immer schlief einer aus unserer Gesellschaft auswärts. Wir anderen kehrten gegen drei Uhr morgens mit dem Taxi zurück in das Appartementhotel und machten Pläne für die nächste Nacht.

Nach einem Monat kam ich langsam zu der Überzeugung, dass meine Übersiedlung nach Turin gescheitert war. Formitrol würde ich nie treffen. Vielleicht war sie nach Amerika gegangen, vielleicht hatte sie fünf Kinder, vielleicht war ich verrückt geworden.

Und trotzdem, selbst bei kühler Überlegung musste ich mir weiterhin eingestehen, dass sie meine einzige Hoffnung blieb. Der liebe Gott hatte an mich und an sie gedacht: Wir sollten zusammenleben. Ich dachte an nichts anderes. Aber die morgendlichen zweistündigen Spaziergänge vor der Arbeit, das Auskundschaften der Milchhallen und schicken Bars, der Geschäfte, all dies begann mich zu belasten.

Eines Morgens, während ich so vor mich hinging, ohne mich noch suchend umzusehen, hatte ich den Einfall, den ich schon viel eher hätte haben sollen, und rannte zum nächsten Taxistand. Es war meine letzte Hoffnung, ich wollte, dass der Fahrer schneller führe, dass die verstopfte Stadt mich durchließe.

Bei der Kulturredaktion stieg ich aus und begab mich zum ältesten Redakteur.

»Es wird dir seltsam vorkommen«, sagte ich zu ihm und schlug, schreibbereit, meinen Kalender auf, »aber ich muss die Namen aller Turiner Dichter der letzten zwanzig Jahre wissen. Es wird dir seltsam vorkommen, aber das ist eine sehr ernsthafte Angelegenheit, mehr kann ich dir nicht sagen.« Er ließ sich nicht aus dem Konzept bringen und nannte mir sofort ungefähr zehn Namen, dann fügte er weitere hinzu, immer mehr in die Tiefen seines Gedächtnisses vordringend. Erst am Schluss fügte er hinzu: »Und da ist der alte … genau, wer weiß, warum ich immer denke, er sei tot.«

Ich wusste, dass es sich um ihn handelte: Das musste der Nachname von Formitrol sein. Ich eilte in mein Büro, das Gott sei

Dank noch ganz verlassen war, und ließ mir die Nummer des Dichters geben.
»Ich bin ein Freund Ihrer Tochter«, sagte ich ihm. »Ich habe sie vor vielen Jahren aus den Augen verloren und da ich gerade in Turin bin …«
»Sie meinen Tiziana?«
»Ja!«
Genau, so hieß sie, das war sie, es gab sie also noch. Ich war aufgestanden und presste den Hörer an mein Ohr.
»Wenn Sie möchten, kann ich Ihnen ihre Nummer geben. Sie wohnt schon seit Jahren nicht mehr hier.«
Lieber, freundlicher alter Dichter, wie liebte ich ihn von dem Augenblick an. Er wollte, dass ich ihm meinen Namen wiederholte, und ich buchstabierte ihn deutlich und beschrieb mich näher, indem ich den Namen der Zeitung nannte.
Jetzt hatte Formitrol eine Telefonnummer. Es genügte, sie zu wählen, und aller Wahrscheinlichkeit nach würde sie antworten: »Hallo?« Ich war außer mir vor Freude und rief nicht gleich an, sondern ging um die Tische und setzte mich für ein paar Sekunden auf jeden Drehstuhl. Erst wählte ich die Nummer zweimal, ohne es klingeln zu lassen, aber dann wartete ich mit angehaltenem Atem auf ihre Antwort.

Das Treffen in einer ruhigen Bar im Zentrum war nett, es kam keinerlei Verlegenheit auf. Ich fand sie sehr schön, aber auf der Straße hätte ich sie nicht wiedererkannt. Ihr Blick umarmte einen immer noch. In ihr lebte immer noch Formitrol.
Wir sprachen von unserer Arbeit, aber ohne allzu genau zuzuhören, sahen uns vor allem an und machten nicht einmal den Versuch, uns unser Leben gegenseitig zu erzählen. Es kam sogar so weit, dass wir, als sie schließlich keine Zeit mehr für mich hatte, auch von den Straßen Turins sprachen und von

der Stadt im Allgemeinen: wie zwei Fremde. Ich begleitete sie zur Tür. »Auch ich habe dich sehr gerngehabt«, sagte sie mir jetzt, wo sie wieder verschwand. »Und ich kann mich sehr gut daran erinnern. Aber es muss hierbleiben, es darf nicht mehr raus.«

Zwei Tage später gab ich meine Arbeit auf und nahm den Nachmittagszug. Meine Koffer schienen leicht und meine Stimmung war heiter. Ich war allein, vollkommen allein. Es gab niemanden mehr, weder in der Vergangenheit noch in der Gegenwart. Man konnte auch darüber lachen, und ich lachte. Die Reise war sehr lang, aber die ländliche Gegend war schön und Nebelbänke hier und da ließen sie geheimnisvoll und äußerst zart erscheinen.

Die gute Stimmung hielt viele Tage an, war stabil, auch wenn die Wirklichkeit sie hätte in Stücke reißen müssen. Ich sah niemanden, niemand suchte nach mir, und das beunruhigte mich nicht. Ganz im Gegenteil, je mehr Tage vergingen, umso fröhlicher war ich, genau wie damals, als ich noch ein Junge war und mich in den süßen Brötchen wiederfand.

Vor einem Augenblick wie dem hatte ich mich immer gefürchtet, stattdessen fühlte ich mich gut und schlief ruhig. Man bot mir sogar für die Dauer von ein paar Monaten eine neue Arbeit an. Eine nicht sehr verantwortungsvolle Tätigkeit.

Vielleicht wusste ich im Innersten, dass man nur so, ohne Erwartung, etwas Neuem begegnen kann.

Eines Samstagmorgens weckte mich das Telefon.

»Ciao«, sagte eine holde Stimme. »Hier ist Formitrol.«

»Du bist es?«

»Darf ich zu dir kommen? Ich bin am Bahnhof und habe gerade einen Anschluss verpasst.«

»Ob du darfst? Natürlich darfst du.«

Eine Stunde später betrat sie zum ersten Mal meine Wohnung.

»Ich kann es nicht glauben«, sagte sie immer wieder. Sie ging zum Fenster, lachte, sah mich an, verbarg ihre Augen in den Händen. »Das ist nicht möglich!« Aber man sah, dass sie begann, glücklich zu sein.

Paul Auster

Fünf

Im Kindergarten meines Sohnes war ein Mädchen, dessen Eltern sich gerade scheiden ließen. Der Vater der Kleinen war mir recht sympathisch, ein glückloser Maler, der sich mit Vorträgen zu architektonischen Themen über Wasser hielt. Mir gefielen seine Bilder sehr, aber er fand einfach keine Galeristen, die sich für seine Arbeit einsetzten. Und als er endlich einmal eine Ausstellung hatte, machte die Galerie prompt Bankrott.

B. und mich verband nur eine lockere Freundschaft, aber wir waren gern zusammen, und von jedem meiner Besuche bei ihm kehrte ich mit erneuerter Bewunderung für seine Beharrlichkeit und innere Ruhe nach Hause zurück. Er war keiner von denen, die ständig schimpften oder sich in Selbstmitleid ergingen.

So düster sich seine Lage in den letzten Jahren auch gestaltet haben mochte (endlose Geldschwierigkeiten, Ausbleiben des künstlerischen Erfolgs, Kündigungsdrohungen seines Vermieters, Scherereien mit seiner Exfrau), nichts von alldem schien ihn aus der Bahn zu werfen. Er malte mit stets gleichbleibender Leidenschaft weiter, und im Gegensatz zu so vielen anderen bekundete er niemals Verbitterung oder Neid auf weniger talentierte Künstler, denen es besser ging als ihm.

Wenn er nicht an eigenen Gemälden arbeitete, ging er gelegentlich ins Metropolitan Museum und fertigte Kopien von alten Meistern an. Ich erinnere mich an einen Caravaggio, den er einmal kopierte und den ich äußerst bemerkenswert fand. Es war eher eine Reproduktion als eine Kopie, ein exaktes Duplikat des Originals. Bei seiner Arbeit im Museum wurde B.

einmal von einem texanischen Millionär beobachtet, und der war so beeindruckt, dass er ihn beauftragte, eine Kopie eines Gemäldes von Renoir anzufertigen – die er dann seiner Verlobten zum Geschenk machte.

B. war außergewöhnlich groß (knapp zwei Meter), er sah gut aus und hatte ein freundliches Wesen – Eigenschaften, die ihn für Frauen besonders attraktiv machten. Als er nach der Scheidung wieder zu haben war, konnte er sich die Frauen praktisch aussuchen. Ich sah ihn nur zwei- oder dreimal im Jahr, aber dann hatte er jedes Mal eine andere. Sie alle waren offensichtlich verrückt nach ihm. Man brauchte nur zu beobachten, wie sie B. ansahen; sie zeigten ihre Gefühle deutlich genug, aber aus irgendwelchen Gründen hielten diese Affären nie sehr lange.

Nach zwei, drei Jahren machte B.s Vermieter seine Drohungen schließlich wahr und kündigte ihm den Mietvertrag für seinen Loft. B. zog aus der Stadt, und ich verlor den Kontakt zu ihm.

Es vergingen etliche Jahre, und dann kam B. eines Abends in die Stadt zurück, um an einer Dinnerparty teilzunehmen. Meine Frau und ich waren auch da, und da wir wussten, dass B. demnächst heiraten würde, baten wir ihn zu erzählen, wie er seine künftige Frau kennengelernt habe.

Vor etwa sechs Monaten, sagte er, habe er mit einem Freund telefoniert. Dieser Freund habe sich Sorgen um ihn gemacht und nach einer Weile angefangen, B. Vorhaltungen zu machen, dass er nicht wieder geheiratet habe. Deine Scheidung liegt jetzt sieben Jahre zurück, sagte er, und in dieser Zeit hättest du ein Dutzend attraktive und bemerkenswerte Frauen heimführen können. Aber keine ist gut genug für dich, du hast sie alle abgewiesen. Was hast du bloß, B.? Was erwartest du denn eigentlich?

Ich habe überhaupt nichts, sagte B. Ich habe bloß noch nicht die Richtige gefunden, das ist alles.
Bei deinem Verschleiß wird dir das nie gelingen, erwiderte der Freund. Ich meine, hast du jemals eine Frau kennengelernt, die dem, was du suchst, nahekommt? Nenn mir eine. Na los, nenn mir eine, eine einzige.
Verblüfft von der Heftigkeit seines Freundes, wurde B. still und dachte sorgfältig über die Frage nach. Ja, sagte er schließlich, eine habe es gegeben. Ihr Name sei E., er habe sie vor über zwanzig Jahren während seines Studiums in Harvard kennengelernt. Aber sie sei damals mit einem anderen zusammen gewesen, und er selbst habe auch eine andere gehabt (seine künftige Exfrau), deshalb habe sich nichts mit ihr ergeben. Er habe keine Ahnung, wo E. jetzt lebe, sagte er, aber wenn er jemanden wie sie kennenlernen könnte, würde er mit Sicherheit nicht zögern, noch einmal zu heiraten.
Damit war das Telefonat zu Ende. Bis er sie seinem Freund gegenüber erwähnt hatte, hatte er mehr als zehn Jahre lang nicht an diese Frau gedacht, aber jetzt, da sie wieder in seinen Gedanken aufgetaucht war, konnte er kaum noch an etwas anderes denken. Ich den nächsten drei, vier Tagen dachte er unablässig an sie, er konnte das Gefühl nicht loswerden, dass er vor vielen Jahren seine einzige Chance auf ein glückliches Leben verspielt hatte. Und dann, fast als wäre durch die Intensität dieser Gedanken ein Signal in die Welt hinausgeschickt worden, klingelte eines Abends das Telefon, und am anderen Ende der Leitung war E.
B. ließ sie erst nach über drei Stunden wieder auflegen. Er wusste kaum, was er zu ihr sagte, redete aber bis nach Mitternacht weiter, denn ihm war klar, dass sich etwas Wichtiges ereignet hatte und dass er diese Frau nicht noch einmal ziehen lassen durfte.

E. hatte sich nach dem Collegeabschluss einer Tanztruppe angeschlossen und dann zwanzig Jahre lang nur für ihre Karriere gelebt. Geheiratet hatte sie nicht, und nun, da sie als Tänzerin aufhören wollte, versuchte sie wieder Kontakt mit der Welt aufzunehmen und rief alte Freunde aus ihrer Vergangenheit an. Sie hatte keine Familie (ihre Eltern waren bei einem Autounfall ums Leben gekommen, als sie noch ein kleines Mädchen war) und war bei zwei Tanten aufgewachsen, die inzwischen beide gestorben waren.

B. verabredete sich mit ihr für den nächsten Abend. Als sie erst zusammensaßen, brauchte er nicht lange, um festzustellen, dass seine Gefühle für sie tatsächlich genauso stark waren, wie er sich vorgestellt hatte. Er verliebte sich noch einmal in sie, und einige Wochen später waren sie verlobt.

Und was die Geschichte noch perfekter machte: Es stellte sich heraus, dass E. finanziell vollkommen unabhängig war. Ihre Tanten waren reich gewesen, und nach ihrem Tod hatte sie das ganze Geld geerbt – B. hatte also nicht nur seine wahre Liebe gefunden, sondern war auch plötzlich die drückenden Geldsorgen los, die ihn seit so vielen Jahren geplagt hatten. Und das alles auf einen Streich.

Ein, zwei Jahre nach der Hochzeit bekamen sie ein Kind. Nach jüngsten Berichten sind Mutter, Vater und Baby glücklich und zufrieden.

Lily Brett

Mein Vater verliebte sich in meine Mutter

Mein Vater verliebte sich in meine Mutter, als er neunzehn war und sie zwölf. Er kam aus einer wohlhabenden Familie und galt ein wenig als Playboy. Ihre Familie war arm. Sie war ein lerneifriges, stilles Kind. Aber sie war wunderschön. Sie selbst dachte nicht viel darüber nach. Sie war viel zu sehr damit beschäftigt zu lernen und nach der Schule Nachhilfestunden zu geben, um etwas Geld nach Hause zu bringen.

Mein Vater war von ihr hingerissen. Er kaufte ihr eine Armbanduhr. Damals waren Armbanduhren sehr teuer. Meine Mutter weigerte sich, das Geschenk anzunehmen. Mein Vater drohte, die Uhr auf die Schienen der Straßenbahn zu werfen, die durch Lodz fuhr. Meine Mutter war entsetzt. Sie nahm die Uhr.

Mein Vater machte ihr unablässig den Hof. Er gab nicht auf. Hitler half ihm. Als der Krieg ausbrach, zerbrachen ihre Pläne, Medizin zu studieren. Alle Juden Polens wurden in Ghettos getrieben. Meine Mutter heiratete meinen Vater. Sie war siebzehn.

Die ersten fünf Jahre ihrer Ehe verbrachten sie im Ghetto von Lodz. Sie lebten in Angst und Schrecken, von Krankheit, Hunger und Tod umgeben. In dem Viehwaggon, der sie nach Auschwitz brachte, sagte mein Vater meiner Mutter immer und immer wieder, wie sehr er sie liebte. Zwei Minuten bevor sie nach ihrer Ankunft in Auschwitz voneinander getrennt wurden, ergriff mein Vater die Hand meiner Mutter und sagte ihr, dass er sie immer lieben werde.

Es dauerte fast eineinhalb Jahre, bevor sie sich wiedersahen. Eineinhalb Jahre des Grauens. Eines Grauens, das entsetzlicher war, als die meisten von uns es sich vorstellen können.

Meine Mutter und mein Vater tauchten aus diesem Grauen auf und mussten erfahren, dass alle, die sie geliebt hatten, tot waren. Keiner von beiden wusste, ob der andere noch lebte.
Ich wusste, dass meine Eltern nach dem Krieg ein halbes Jahr gebraucht hatten, um sich wiederzufinden. Ich hatte vage Vorstellungen vom Nachkriegseuropa – Vorstellungen von Chaos und Dreck; Vorstellungen von fehlenden Dokumenten und Geldmangel; Vorstellungen von Soldaten, die ein lahmgelegtes Transportsystem kontrollierten; Vorstellungen von Ohnmacht, Heimatlosigkeit und Einsamkeit.
Als ich ungefähr dreizehn war, erfand ich eine Geschichte, wie meine Eltern sich wiedergefunden hatten. Ich habe diese Geschichte jahrelang erzählt. Bis ich Mitte dreißig war, wusste ich nicht, dass ich sie erfunden hatte.
In meiner Geschichte reiste meine Mutter auf Kohlewaggons kreuz und quer durch Europa, um meinen Vater zu suchen. Sie schlief auf Äckern und in Straßengräben. Immer wenn sie auf polnische Armeeangehörige traf – mein Vater war vor dem Krieg in der polnischen Armee gewesen – oder auf andere Juden, fragte sie, ob jemand Moniek Brajsztajn kannte.
So reiste sie ein halbes Jahr umher. Eines Tages war sie auf einem Bahnhof. Sie fragte einen jungen polnischen Feldwebel, ob er meinen Vater gesehen hätte. »Ja«, antwortete der polnische Feldwebel. »Der ist in dem Zug da drüben.« Er deutete auf einen Zug, der gerade aus dem Bahnhof herausfuhr. Meine Mutter, die vor lauter Aufregung fast die Sprache verloren hatte, machte ihm klar, worum es ging. Der Feldwebel orderte einen Lastwagen und fuhr mit ihr mit hoher Geschwindigkeit zum nächsten Bahnhof. Dort stieg meine Mutter in den Zug und ging von Waggon zu Waggon. Im letzten Abteil sah sie meinen Vater und wurde ohnmächtig.
Diese Geschichte trieb den Leuten immer die Tränen in die

Augen. Ich hatte die Geschichte aus Unterhaltungsbrocken und Gesprächsfetzen zusammengesetzt: aus beiläufigen Unterhaltungen und aus wütenden Gesprächen. Aus Bruchstücken von Geheimnissen. Geheimnisse, die meine Mutter enthüllte, und Geheimnisse, die sie zu bewahren suchte. Und aus kleinen Fragmenten ihrer Vergangenheit, die ihr entschlüpften.

Ich verfügte nicht über ausreichende Informationen, um eine richtige Geschichte daraus zu machen, also erfand ich eine. Die Wahrheit, wie meine Mutter und mein Vater sich nach dem Krieg wiederfanden, ist ebenso faszinierend wie die Geschichte, die ich mir ausdachte.

Meine Mutter fuhr tatsächlich auf Güterwaggons durch ganz Europa, um meinen Vater zu suchen. Sie schlief auf Äckern und in Straßengräben. Schließlich fand sie meinen Vater in der Tschechoslowakei, wo er zwei Monate lang wegen einer Flüssigkeitsansammlung im Gehirn im Krankenhaus lag.

Als sie ihn fand, war er aus dem Krankenhaus entlassen worden und befand sich auf dem Weg der Besserung. Er hatte geglaubt, sie sei tot. Er wusste, dass seine Mutter und sein Vater tot waren. Er wusste, dass seine Schwester und seine beiden Brüder tot waren. Er war überzeugt, auch meine Mutter wäre tot. Er war mehrmals mit einer Frau ausgegangen, die er noch aus Lodz kannte. Das hat er sich niemals verziehen. Und ich halte es für möglich, dass auch meine Mutter ihm niemals verziehen hat.

Als ich noch klein war und mein Vater abends aus der Fabrik nach Hause kam, gab er meiner Mutter immer einen liebevollen Klaps auf den Hintern. »Meine schöne Rooshka«, sagte er. Sie zuckte jedes Mal zur Seite, als ob die Geste sie ärgerte oder irritierte, aber ich wusste, dass jemand, der auf Kohlewaggons und in Straßengräben geschlafen hatte, um ihn zu suchen, ihn wirklich lieben musste.

Er war verrückt nach ihr. Und er blieb es bis zu dem Tag, an dem sie starb. Und dann starb er selbst fast vor Kummer. Die Liebe meines Vaters zu meiner Mutter war greifbar, vierundzwanzig Stunden am Tag. Er betrachtete sie morgens als Erstes mit Entzücken, und abends nach der Arbeit kam er schnurstracks zu ihr nach Hause.

In einem jüdischen Sprichwort heißt es: »Drei Dinge kann man nicht verbergen – den Husten, die Armut und die Liebe.« Die Liebe meines Vaters zu meiner Mutter war so offensichtlich. Er war verrückt nach ihr. Er war wahnsinnig in sie verliebt.

Warum sagen wir *wahnsinnig verliebt*? Ist es deshalb, weil es irrational ist, einen Menschen mehr als einen anderen oder mehr als alle anderen zu lieben? Ich denke mir oft, dass die Liebe meines Mannes zu mir irrational ist. Er hätte sich eine aussuchen können, die gelassener ist als ich, ausgeglichener, weniger nervös und angespannt. Er sieht über so vieles bei mir hinweg, das schwer zu ertragen ist. Das muss irrational sein. Ich glaube, vor Jahrzehnten gab es noch mehr dieser irrationalen Gefühle. Ich glaube, die Menschen liebten sich innig, sie betrachteten sich als zusammengeschweißt.

Meine Eltern hatten in ihrem Freundeskreis nur Ehepaare, die einander, wie mir schien, wirklich liebten. Kein Mensch fragte danach, ob Shoolak und Marilla wirklich zueinanderpassten oder ob Regina und Edek übereilt geheiratet hätten. Fragen nach Bindungsfähigkeit, Bindungsbereitschaft oder dem richtigen Zeitpunkt schienen noch keine Stolpersteine zu bedeuten. Die Leute verliebten sich, heirateten und blieben verheiratet. Sie fragten sich nicht, ob sie die richtige Wahl getroffen hätten. Sie hatten keine Vorbehalte in Bezug auf Freiheitsverlust, Abbau der Individualität oder einer Einschränkung ihrer Selbstbestimmung.

Kein Mensch kannte Begriffe wie psychische oder physische Abhängigkeit. »Ich brauche Raum für mich« bedeutete »rutsch' mal ein Stück auf dem Sofa«. Die Optionen waren begrenzt. Das Glück wurde nicht seziert. Bin ich glücklich? oder bin ich so glücklich, wie ich sein sollte? waren keine Fragen, über die man nachgedacht hätte. Die Idee, die eigene Befindlichkeit zu prüfen, war noch nicht aufgekommen. Erst meine Generation begann mit dieser Flut der Selbstbefragung, und das hat auch seine Nachteile.

Wir hatten Forderungen und Erwartungen. Wir hatten das Fernsehen und Zeitschriften, die uns verrieten, ob das, was wir erlebten, das Beste war, das wir erleben konnten. Waren wir so befreit, wie wir es sein könnten?, fragten wir uns. So aufgeklärt und ungehemmt? Waren wir einfühlsame Geliebte? Hatten wir vaginale oder klitorale Orgasmen? Fanden wir unseren G-Punkt? Da waren so viele Fragen. Da gab es so vieles zu bedenken.

Wir waren die Generation, die die Fehler ihrer Eltern nicht wiederholen wollte. Wir waren bereits intim, bevor wir heirateten. Wir heirateten später. Wir wählten unsere Ehepartner überlegter aus. Und unsere Scheidungsziffern brachen alle Rekorde.

Eine der leidenschaftlichsten Liebesbeziehungen, die ich außer der Liebe meiner Eltern zueinander kannte, war die zwischen Topcha und Herschel. Im Gegensatz zu anderen Freunden meiner Eltern waren sie nicht wohlhabend. Herschel arbeitete sein Leben lang als Schneider. Sie lebten in einer Zweizimmerwohnung im Melbourner Osten. Sie waren beide klein und rund. Herschel war dunkel und Topcha blond. Sie nannte ihn Ma Herschel, mein Herschel. Und er nannte sie Ma Topcha, meine Topcha.

Sie waren stets zusammen und hielten sich immer an der Hand.

Sie hatten nur einander. Sie hatten keine Kinder. Ich habe nie nach dem Grund dafür gefragt. Ich war immer sehr gern bei Topcha und Herschel. Sie waren so glücklich, zusammen zu sein. Ihr Glück breitete sich aus und schloss jeden in ihrer Nähe mit ein.

Amour fou

Isabel Allende

Die Liebenden im Guggenheimmuseum

Ein Nachtwächter fand die Liebenden in einem der Säle des Guggenheimmuseums von Bilbao, wo sie als ein Knäuel aus Armen und Haaren in der Gischt eines ramponierten Brautkleids schliefen. Das war um fünf Uhr morgens, wie zunächst der Nachtwächter und dann auch die Polizisten zu Protokoll gaben. Inspektor Aitor Larramendi schrieb in seinem Bericht außerdem, im ganzen Gebäude hätten sich unverkennbare Anzeichen für eine Orgie gefunden. Zwar hatte er selbst nie an einer teilgenommen – was er im Stillen bedauerte –, seine Erfahrung mit allen erdenklichen Arten menschlicher Ausschweifung befähigte ihn jedoch, die Spuren zweifelsfrei zu deuten. Wie es diesem unverfrorenen Paar gelungen war, in das Museum einzudringen und dort unentdeckt zu bleiben, konnte nie aufgeklärt werden; die beiden Festgenommenen versicherten, die Nacht im Gebäude verbracht zu haben, die in ihrer Berufsehre gekränkten Museumswärter schwören aber bis heute, das sei ausgeschlossen, da sie wie jede Nacht unermüdlich ihre Runden gedreht hätten. Außerdem, so erklärten sie, erforschen die Videokameras noch den verborgensten Hintergedanken, und die Infrarotmelder lösen bei der geringsten Störung Alarm aus. Das Museum verfügt über magische Augen, und wenn die nur mit der Wimper zucken, bricht ein Weltuntergangsgetöse los, das die Polizei, die Feuerwehr und den Museumsdirektor auf den Plan ruft, einen nervös veranlagten Mann, der ganz gebeugt ist vom Gewicht der Verantwortung. Die Sicherheitsexperten versichern, dass keine Kakerlake im Guggenheimmuseum unbemerkt bleibt, zwei hemmungslos Verrückte wie diese beiden also erst recht nicht.

»Ich habe die ganze Nacht keine Menschenseele gesehen«, sagte das Mädchen, als sie elf Stunden später im Krankenhaus wieder zur Besinnung kam.

Die Sanitäter hatten sie auf einer Bahre aus dem Gebäude getragen, aber obwohl man sie zugedeckt hatte wie eine Leiche, waren ihre Umrisse unter dem Laken für alle zu erkennen gewesen. Die Schleppe ihres Brautkleides und ihr dunkles Sirenenhaar schleiften über den Boden. In Handschellen wurde unterdessen der nackte junge Mann von zwei Uniformierten zu einem Streifenwagen bugsiert. Die Umstehenden blickten ihm bewegt und neidisch hinterher.

»Von Museumswärtern keine Spur, ehrlich. Die Typen müssen Karten gespielt oder ferngesehen haben. Die halbe Welt hat doch letzte Nacht vor der Kiste gesessen wegen dem Papstskandal, davon haben Sie bestimmt gehört, oder? Wir haben einander wie die Kaninchen durch das ganze Gebäude gejagt, ich, wie Gott mich erschaffen hat, und sie die ganze Zeit im Brautkleid, weil ich diese verflixten Flohknöpfchen nicht aufbekommen habe«, sagte der junge Mann auf der Polizeiwache aus.

Inspektor Larramendi wanderte von Stockwerk zu Stockwerk und sammelte die welken Blumen des Brautstraußes ein. Die Rosen, die in ihrem jungfräulichen Zustand einmal weiß gewesen waren, ruhten als angegilbte Weichtiere auf dem Marmorfußboden und schwängerten die Luft des Guggenheimmuseums mit einem deplatzierten Geruch, als wäre hier soeben ein Straßenmädchen zu Grabe getragen worden. Das Brautkleid mit seinen zwölf Metern durchscheinendem Seidentüll, das neu eine zwischen Nähten eingepferchte Wolke gewesen sein musste, war durch die unverwechselbaren Spuren der Liebe zu einem Fetzen Stoff entweiht. Der Rock und der dreilagige Unterrock hatten als Kopfkissen gedient, und die Königinnenschleppe hatte sechsundsechzig Prozent der Marmorfußböden gefegt, wie der Inspektor durch gewissenhafte Inaugenscheinnahme feststellte. Larramendi, der den treffenden Spitznamen »Bulldogge von Bilbao« trägt, ist ein respekteinflößender Mann, ganze eins fünfundfünfzig hoch, dazu der eidechsenähnliche Körperbau und der riesenhafte Walrossschnäuzer, der wie ein Friseurscherz in seinem Gesicht prangt. Ebendieser Beamte war es auch, der Streifen von Organza fand, gekräuselte Haare und Reste verschiedener Körperflüssigkeiten. Sein Spürhundinstinkt erlaubte es ihm überdies, in der unbewegten Luft des Museums die Erinnerung an die Zärtlichkeiten, die Erregung und die von den Verdächtigen gehauchten Liebesworte wahrzunehmen, und zwar vom Eingang bis in den allerletzten Saal auf der rechten Seite, aber trotz seiner legendären Fähigkeit, Spuren für ein Verbrechen auch da zu entdecken, wo es sie nicht gibt, fand er nicht eine einzige leere Flasche, keinen achtlos weggeworfenen Korken, keinen ausgedrückten Joint, keine Heroinspritze. Folglich konnte Larramendi nicht beweisen, dass die Festgenommenen die Hausordnung in dieser Hinsicht verletzt hatten. Das Mädchen mit dem Brautkleid muss sich betrunken haben, ehe die beiden ins Gebäude eingedrungen sind, schloss der Inspektor messerscharf. Was ihren Begleiter angeht, fanden sich bei der Untersuchung seines Urins lediglich minimale Spuren von Marihuana. Da sich die Hausordnung des Museums über jegliche Form der Unzucht ausschweigt, konnten die beiden juristisch nur dafür belangt werden, dass sie sich nach Schließung noch in dem Gebäude aufgehalten hatten, ein Bagatelldelikt, wenn man bedenkt, dass sie, von der leichten Verunreinigung auf den verschiedenen Stockwerken einmal abgesehen, keinerlei Schaden angerichtet hatten; ganz im Gegenteil strahlten nach Aussage der Angestellten am Tag darauf alle Säle wie von Sonnenlicht durchflutet, obwohl es draußen weiter unablässig regnete. Es hatte die ganze Woche geregnet.

»Deshalb sind wir ja hineingegangen, weil es geregnet hat«, sagte das Mädchen. »Wenn mein Haar feucht wird, kringelt es sich immer so.«

»Warum hattest du das Brautkleid an?«, wollte Aitor Larramendi wissen.

»Weil ich keine Zeit zum Umziehen hatte.«

»Wo war die Hochzeit?«

»Welche Hochzeit?«

»Die Hochzeit von dir und Pedro Berastegui, Himmel nochmal.«

»Wer ist das denn?«

»Ja, wer wohl?! Dein Ehemann oder Verlobter, ebendieser Typ, der mit dir im Museum war.«

»Pedro heißt er? Hübscher Name. Und so männlich ... finden Sie nicht, Herr Inspektor?«

»Also noch einmal von vorne. Wo und wann habt ihr euch kennengelernt?«

»Das weiß ich nicht mehr. Ich vertrage überhaupt nichts, zwei Gläser, und ich bin ganz beduselt.«

»Offensichtlich. Du warst im Vollrausch.«

»Im Liebesrausch ...«

»Liebesrausch nennst du das, aber mit wem du es im Museum getrieben hast, weißt du nicht.«

»Keinen Schimmer.«

»Wie seid ihr dort hineingekommen?«

»Durch die Tür natürlich.«

»Das heißt, ihr seid noch während der Öffnungszeit hineingegangen.«

»Nein, ich glaube, es war schon geschlossen ...«

Auch Pedro Berastegui, der glückliche junge Mann, der in der

Zeitung nur noch »der Zauberer der Liebe« hieß, versicherte in seiner Aussage, das Museum habe geschlossen ausgesehen, sie hätten aber einfach hineingehen können, weil die Tür aufgesprungen sei, als sie dagegen drückten. Innen habe ein sanftes Dämmerlicht geherrscht, und die Heizung musste eingeschaltet gewesen sein, denn sie hätten nicht einen Moment gefroren.

»Wegen der Kunstwerke müssen wir Temperatur und Luftfeuchtigkeit konstant halten«, erklärte der am Boden zerstörte Museumsdirektor dem Inspektor und auch, dass die beiden Beschuldigten niemals wie behauptet in das Gebäude hätten gelangen können, da die Türen pünktlich um Viertel nach fünf zufallen und das Museum durch ein elektronisches System zur uneinnehmbaren Festung wird.

»Wir konnten einfach hineingehen«, wiederholte Pedro nun schon zum hundertsten Mal.

»Und dann?«, fragte Larramendi.

»Sind Sie auf Einzelheiten scharf, Herr Inspektor? Geliebt haben wir uns, und zwar die ganze Nacht, das war dann.«

»Wo und wann hast du Elena Etxebarría kennengelernt?«

»Elena?! So heißt sie also … wie die schöne Helena.«

Aitor Larramendi musste zähneknirschend einsehen, dass sich die beiden Missetäter vor dem Vergehen nicht gekannt hatten und man ihnen weder Vorsatz noch Heimtücke unterstellen konnte.

An jenem denkwürdigen Samstag war Elena Etxebarría drauf und dran gewesen zu tun, was seit Sandkastentagen ausgemachte Sache schien, nämlich diesen guten Jungen zu heiraten, der jetzt in der kleinen Bäckerei seines Vaters arbeitete und es seinerzeit sogar zum Torwart in der Schulmannschaft des Colegio San Ignacio de Loyola gebracht hatte. Durch geschicktes Befragen des Jesuitenpaters, der die Trauung hatte vornehmen sollen, sowie weiterer Augenzeugen, fand der Inspektor jedoch heraus, dass sich Elena Etxebarría und der Fußballer das Jawort niemals gaben. Man erzählte ihm, die Braut sei, nur mühsam vom starken Arm ihres älteren Bruders auf den Beinen gehalten, mit einer Stunde Verspätung in die Kirche gestolpert und habe dabei geschluchzt wie eine Witwe. Wegen ihres Weinens habe man den Hochzeitsmarsch der Orgel kaum hören können. Ein weiteres Indiz sprach für den gestörten Gemütszustand der Braut, denn vor dem Altar zog sie die Schuhe aus und kickte sie mit zwei Fußtritten von sich, und als hätte es noch eines letzten Beweises dafür bedurft, dass sie nicht bei Trost war, drehte sie sich um und stürzte unter den verdatterten Blicken des Fußballers, des Priesters und des Rests der Hochzeitsgesellschaft aus der Kirche. Die Zurückgelassenen hörten erst am nächsten Tag wieder etwas von ihr, als ihr Foto unter der Schlagzeile »Mysteriöses Liebespaar im Guggenheimmuseum« im *Correo Español* erschien.

»Du hast meine Frage nicht beantwortet: Wo habt ihr euch kennengelernt?« Der Inspektor blieb beharrlich.

»An der Theke von Iñigos Bar. Sie ist mir sofort aufgefallen«, gab Pedro Berastegui zu Protokoll.

»Warum?«

»Warum was?«

»Warum sie dir gleich aufgefallen ist natürlich.«

»Na ja, man sieht doch nicht alle Tage verheulte Frauen in Brautkleidern, die sich wie die Kosaken in einer Bar volllaufen lassen.«

»Und was hast du gemacht?«

»Ich habe sie angesprochen.«

»Und weiter?«

»Sie hat mich angesehen, da war ich schlagartig in sie verliebt. Ehrlich, das können Sie mir glauben. Ihre Schminke war völlig zerlaufen, sie hat ausgesehen wie ein Clown, aber dieser Blick aus den grünen Katzenaugen, der ist mir durch und durch gegangen. Ich kann Ihnen sagen, Herr Inspektor, so etwas ist mir noch nie passiert. Es war wie ein wahnsinniger Stromschlag, als hätte ich in die Steckdose gegriffen.«

»Und sie?«

»Sie hat ihren Kopf an meine Brust gelehnt und weitergeflennt wie ein kleines Kind. Ich wusste nicht, was ich machen soll. Nach einer Weile bin ich mit ihr zum Klo gegangen und habe ihr das Gesicht abgewischt. Ich habe sie gefragt, warum sie so weint, und sie hat gesagt, weil ihr Verlobter ein unverbesserlicher Schafskopf ist. Da habe ich ihr angeboten, sie dort auf der Stelle zu heiraten.«

»Klar, ihr wart betrunken.«

»Sie war ein bisschen beschwipst, aber ich trinke nicht. Bin sozusagen abstinent. Ich hatte was geraucht, aber Alkohol keinen Tropfen. In der Bar war ich bloß, weil Iñigo mir Geld schuldet; wir hatten gewettet wegen der Sache mit dem Heiligen Vater.«

»Und was hat sie geantwortet?«

»Sie hat gesagt, in Ordnung, sie würde mich heiraten, wo sie doch das Kleid schon hat. Dann hat sie mich voll auf den Mund geküsst.«

»Und du?«

»Ich habe zurückgeküsst. Was hätten Sie denn an meiner Stelle getan? Ein richtiger Verzweiflungskuss war das, wir konnten gar nicht mehr aufhören. Es war Liebe auf den ersten Blick, wie im Kino.«

»Und dann?«

»Dann ist diese Nervensäge von Iñigo dazwischengegangen und hat uns hinausgeworfen, er hat gesagt, wir sollten uns ein Motel suchen, das wäre ja nicht jugendfrei, was wir da machten. Alles nur, weil er mir die Wette nicht bezahlen wollte.«

»Und weiter?«

»Wir sind gegangen. Haben nicht gewusst, wohin, haben irgendeine Kneipe gesucht, weil wir uns gerne einmal hingesetzt hätten, und ein belegtes Brötchen wäre auch nicht verkehrt gewesen, aber wir haben nichts gefunden. Es hat die ganze Zeit genieselt, und wir hatten keinen Schirm; ich habe ihr meine Jacke umgelegt, aber das Kleid hat trotzdem ziemlich gelitten. Ich wollte sie mit zu mir nehmen, dann ist mir aber eingefallen, dass meine Mutter mit sämtlichen Onkeln und Tanten vor dem Fernseher sitzt, wegen dem Papstskandal, Sie haben doch davon gehört, oder?«

»Ja, Himmel nochmal, ich habe davon gehört.«

»Dann steht da plötzlich das Museum vor mir, wie aus dem Hut gezaubert. Eine Wucht!«

Und Pedro Berastegui verstummte, ganz versunken in die Erinnerung an seine rauschende Nacht.

»Weiter, verdammt!«, verlangte der Inspektor.

»Ich habe gedacht, wir können uns dort unterstellen, und wir sind über diesen langgestreckten Platz gerannt, dort vor dem Eingang, den kennen Sie doch, oder?«

»Und niemand hat euch aufgehalten? Wo waren die Museumswärter?«

»Da war niemand, wirklich überhaupt niemand, Herr Inspektor.«

»Und?«

»Das habe ich Ihnen doch schon erzählt, wir haben die Tür kaum angefasst, da ist sie schon aufgegangen, als wollte sie uns einladen. Sie hat mich wieder geküsst und gesagt, sie will wie eine richtige Braut über die Schwelle getragen werden. Ich hebe sie also hoch, verheddere mich aber in der Brautschleppe, und wir fallen beide halb tot vor Lachen hin. Als wir wieder aufstehen wollen, noch einmal das Gleiche, deshalb sind wir dann auf allen vieren hineingekrochen, haben uns geküsst dabei und gelacht und uns überall gestreichelt. Jetzt weiß ich, was das heißt, dass einen die Liebe verrückt macht, Herr Inspektor. Ich habe noch nie …«

»Willst du mir weismachen, dass du sie nicht gefragt hast, wie sie heißt, und auch nicht, warum sie dieses Brautkleid trägt?«, unterbrach ihn der Inspektor, der nach dreiundzwanzig sterbenslangweiligen Ehejahren nicht sonderlich erpicht war, etwas über Freuden zu hören, die er womöglich nie am eigenen Leib erfahren würde.

»Ich habe nicht daran gedacht, ehrlich, Herr Inspektor. Außerdem bin ich kein Mann der vielen Worte, ich komme gleich zur Sache, Sie verstehen.«

Larramendi ist auch einer von denen, die lieber gleich zur Sache kommen, aber für das weitere Verhör von Elena Etxebarría hatte er sich vorgenommen, eine gewisse Subtilität walten zu lassen, denn er wollte die junge Frau nicht erschrecken.

»Bist du eine Nutte?«, fragte er sie.

Das Mädchen saß kerzengerade auf einem Krankenhausstuhl, trug einen schwachsinnigen Anstaltskittel, hatte ihr Haar zu einem langen Pferdeschwanz zusammengebunden und fing jetzt tief getroffen an zu weinen. Schniefend erklärte sie, sie sei bei den Nonnen zur Schule gegangen, habe sich ihre Jungfräulichkeit bis zu dieser Nacht im Museum bewahrt und denke nicht daran, sich von einem schnauzbärtigen und krummbeinigen Halbaffen ungestraft beleidigen zu lassen, was er sich einbilde, er werde schon sehen, was ihre drei Brüder machten, wenn sie davon Wind bekämen.

»Ist ja gut, mein Kind, beruhige dich. Das ist eine reine Routinefrage, nicht böse gemeint. Ich finde es nur ein bisschen sonderbar, dass Berastegui und du so mir nichts, dir nichts getan habt, was ihr getan habt, wo ihr doch nichts voneinander wusstet, nicht einmal den Namen, rein gar nichts …«

»Es war, als würden wir uns ewig kennen, Herr Inspektor, als wären wir uns in einem früheren Leben schon einmal begegnet. Glauben Sie an Wiedergeburt?«

»Nein. Ich bin Christ.«

»Ich ja auch, aber wenn Sie genauer darüber nachdenken, schließt das eine das andere doch nicht aus. Als die Schwelle des Museums hinter uns lag, war es mit einem Mal, als wären wir vor Gott und dem Standesamt vermählt«, sagte Elena feierlich und erklärte weiter, dass sie mit ihrem Freund, dem früheren, dem Fußballer, so etwas nie empfunden habe.

»Können Sie sich das vorstellen, Herr Inspektor? Das ist doch Schicksal. Einmal angenommen, ich wäre nicht aus der Kirche gerannt und nicht in diese Bar gegangen, dann hätte ich vielleicht nie erfahren, was wahre Liebe ist.«

»Das hat mit Liebe nichts zu tun, das ist Wollust, gepaart mit Delirium tremens, weiter nichts. Wie soll das denn gehen, die ganze Nacht in dem Museum herumspringen, ohne dass die Videokameras etwas aufzeichnen?«

»Vielleicht waren wir durchsichtig …«

»Jetzt werd bloß nicht witzig!«

»Aber, Herr Inspektor, wissen Sie denn nicht, dass das Guggenheimmuseum verzaubert ist?«

»Was redest du da? Es ist das modernste Museum der Welt!«, fiel ihr Inspektor Aitor Larramendi ins Wort, obwohl er genau wusste, worauf die junge Frau mit den grünen Augen anspielte.

Der Bau hatte kaum begonnen, da waren die Gerüchte schon ins Kraut geschossen: Es hieß, etwas von solcher Schönheit zu schaffen sei menschenunmöglich, und folglich müsse es einen Pakt mit dem Überirdischen geben.

»Das Gebäude strotzt nur so von Alarmanlagen. Ich begreife nicht, wieso keine einzige funktioniert hat.«
»Sind Sie denn sicher, dass wir im Museum waren?«
»Willst du mich auf den Arm nehmen?«
»Ich meine, mal im Ernst, Herr Inspektor. Wenn, wie Sie sagen, das Gebäude geschlossen war und wenn kein Alarm ausgelöst wurde, dann waren wir vielleicht überhaupt nicht dort. Ehrlich gesagt, wo wir uns geliebt haben, das hat auch nicht ausgesehen wie ein Museum, mir ist es eher vorgekommen wie ein Glaspalast, wie eine dieser Zitadellenstädte auf anderen Planeten, die man manchmal in Filmen sieht.«
»Wieso?« Auch diese Frage stellte Larramendi aus reiner Routine, denn im Grunde war er die ganze Angelegenheit mittlerweile leid.
»Vor den Fenstern sind Diamanten herabgefallen, wir haben melodisches Geplätscher gehört wie von einem Wasserfall …«
»Regen, Kindchen, es hat geregnet.«
»Und es hat geduftet nach reifen Pflaumen.«
»Bestimmt nach den Rosen von deinem Brautstrauß.«
»Nein. Nach Pflaumen. Kennen Sie diesen Geruch von Pflaumen im Sommer, Herr Inspektor? Es ist ein so schwerer Duft, das Wasser läuft einem im Mund zusammen.«
»Also schön, es hat nach Pflaumen gerochen.«
»Sie behaupten, wir waren im Guggenheimmuseum, aber ich sage Ihnen, wir waren an einem phantastischen Ort, da waren keine Wände, nur weite Räume aus Licht.«
»Die Mauern sind aus Beton, Elena.«
»Glauben Sie mir, es waren erdachte Säle, ganz zart, wie hingetupft. Wir haben nicht nur Wasser plätschern gehört, ich bin mir sicher, die Luft hat gebebt, da war so ein Murmeln wie dieser Strom von Wörtern, die man ohne nachzudenken

sagt, während man sich liebt. Sie wissen doch, was ich meine, oder?«

»Nein.«

»Schade. Jedenfalls sind wir dann geflogen.«

»Wie, geflogen?«

»Waren Sie denn nie verliebt, Herr Inspektor?«

»Ich stelle hier die Fragen, ist das klar?«

»Wir sind Hand in Hand geflogen, eine leichte Brise hat uns getragen, hat die Schleier an meinem Kleid gebauscht.«

»In dem Gebäude gibt es keine Brise. Wahrscheinlich war es die Heizung.«

»Sicher, Herr Inspektor. Pedro, er heißt doch so, oder? Also Pedro hat die Hose ausgezogen, das Hemd, die Unterhose, und auch seine Kleider sind herumgeflogen wie Luftballons.«

»Unzucht an einem Ort mit Publikumsverkehr«, fasste der Inspektor mit Nachdruck zusammen.

»Da war kein Publikumsverkehr. Pedro wollte mir das Kleid ausziehen, hat es aber nicht aufbekommen. Diese Knöpfe sind eine Zumutung, wissen Sie.«

»Du willst mir also erzählen, dass ihr weiter dort herumgeschwirrt seid wie die Fliegen?«

»Genau so. Wir waren in allen Sälen, haben alle Bilder besucht und die Farben getrunken und im Labyrinth gespielt und mit den Skulpturen getanzt, und danach sind wir gelandet.«

»Wo genau?«, fragte Aitor Larramendi.

»Woher soll ich das wissen?«

Die Bulldogge von Bilbao schnaufte: Dieses Mädchen hatte weniger Hirn als ein Brathuhn. Er kehrte auf die Wache zurück, wo Pedro Berastegui, noch immer in Handschellen, Kaffee trank und sich mit zwei Beamten über den Papstskandal unterhielt. Larramendi war kein Anhänger der Verbrüderung mit den Inhaftierten, denn das untergrub die Autorität und war gegen die Vorschriften. Nachdem er dem jungen Mann den Pappbecher aus der Hand gerissen hatte, führte er ihn am Schlafittchen in das grün gestrichene Verhörzimmer.

»Du hast sie also nicht gefragt, wie sie heißt«, setzte er das Verhör fort, wo er es Stunden zuvor unterbrochen hatte.

»Wir hatten keine Zeit für lange Gespräche, wir waren ziemlich beschäftigt.«

»Es miteinander zu machen wie die Hunde«, fiel ihm der Inspektor ins Wort.

»Wie die Engel, würde ich sagen.«

»Wie zwei Übergeschnappte, noch dazu splitterfasernackt.«

»Ich schon, das gebe ich zu, aber sie hatte das Kleid an, und außerdem war ihr Haar offen und hat sie ganz eingehüllt. Haben Sie gesehen, was für schönes Haar sie hat? Reinste Seide, wie Puppenhaar.«

»Spar dir die blumigen Vergleiche, Berastegui. Wie hast du die Alarmanlage ausgeschaltet und die Videoüberwachung?«

»Ich habe nichts angerührt. In diesem Museum gehen seltsame Dinge vor. Mein Onkel, der mit dem steifen Bein, ein Bruder von meiner Mutter, der musste einmal Karfreitagabend hin, um den Fahrstuhl zu reparieren, und er sagt, er hat mit eigenen Augen gesehen, wie sich eine der Skulpturen bewegt hat.«

»Welche?«

»Eine von diesen gekrümmten mit Darmverschlingung.«

»Und dein Onkel, wie heißt der?«

»Legen Sie sich nicht mit meiner Familie an, Herr Inspektor«, sagte Pedro Berastegui entschlossen.

Der junge Mann bestätigte Elena Etxebarrías Aussage Punkt für Punkt. Obwohl Aitor Larramendi dafür berüchtigt war, durch seine Gerissenheit Verdächtige bei fatalen Widersprüchen zu ertappen, musste er schließlich einsehen, dass es keine

Beweise gab, um die beiden für einige Monate hinter Gitter zu bringen, wie sie es zweifellos verdient hätten. Aber die Niederlage verdarb ihm nicht die Laune, ganz im Gegenteil, er konnte nur mit Mühe die Leichtigkeit seiner Schritte und den Anflug eines Lächelns unter Kontrolle halten, die mit aller Macht seine wahre Gemütslage offenbaren wollten. Zum ersten Mal schlug sein eingerostetes Polizistenherz höher, weil ein Delikt ungesühnt blieb. Letztlich, dachte er, war es doch auch nur ein Vergehen aus Liebe gewesen. Wie Pedro Berasteguis Onkel mit dem steifen Bein glaubten viele, dass die Skulpturen im Museum nachts Conga tanzten, die Gestalten ihre Gemälde verließen, um durch die Säle zu schlendern, und sich das Gebäude mit ausgelassenen Gespenstern füllte. Scharfsinnig mutmaßte der Inspektor unter anderem, die beiden Liebenden könnten genau in dem Moment ins Guggenheimmuseum hineingegangen sein, als das Gebäude in die Dimension der Träume hinüberglitt, und könnten so, ohne es zu wollen, in eine Zeit gestürzt sein, die von keiner Uhr angezeigt wird. Es würde schwierig sein, seinen Vorgesetzten diese Theorie begreiflich zu machen, dachte der Inspektor, während er seine Zigarettenkippe austrat, aber mit ein bisschen Glück bräuchte er das gar nicht. Es war Wahlkampf, es gab Probleme mit den Terroristen und einen Streik im Gesundheitswesen, da konnte man seine Zeit nicht mit übersinnlichen Liebenden verplempern. Das Guggenheimmuseum war doch bloß ein Museum, und wen kümmerte schon die Kunst? Wenn die beiden die Sicherheitssysteme der Bank von Bilbao ausgehebelt hätten, ja, das wäre etwas anderes gewesen.

Wenige Tage später klappte Aitor Larramendi die Fallakte zu und verstaute sie ganz unten in dem Schrank mit den auf unbestimmte Zeit verschobenen Angelegenheiten, wo sie in den bedächtig mahlenden Mühlen der Bürokratie schließlich zu

Staub zerfallen würde. Die Presse, die noch immer mit dem Skandal im Vatikan beschäftigt war, hatte die mysteriösen Liebenden im Guggenheimmuseum bald vergessen. Nur der Museumsdirektor litt noch an den Folgen, konnte seine Furcht nicht loswerden, obwohl er die Wächter austauschte, ein neues Sicherheitssystem installieren ließ und eine berühmte holländische Parapsychologin damit beauftragte, dem Museum die Geister auszutreiben. Was die beiden Hauptpersonen jenes Aufruhrs der Liebe betrifft, bleibt lediglich zu sagen, dass Elena Etxebarría, als sie das Brautkleid aus der Reinigung holte, von Pedro Berastegui an der Straßenecke mit einem frischen Strauß Rosen erwartet wurde.

Mario Vargas Llosa

Die kleinen Chileninnen

Was für ein grandioser Sommer! Pérez Prado kam mit seinem Zwölf-Mann-Orchester und animierte die Faschingsbälle im Terrazas-Klub in Miraflores und im Lawn-Tennis-Klub von Lima, in der Stierkampfarena wurde ein landesweiter Mambo-Wettbewerb veranstaltet, der trotz der Drohung des Erzbischofs von Lima, Kardinal Juan Gualberto Guevara, sämtliche teilnehmenden Paare zu exkommunizieren, ein großer Erfolg wurde, und meine Clique, das Fröhliche Viertel der Straßen Diego Ferré, Juan Fanning und Colón in Miraflores, trug mit ihrem Gegenpart aus der Calle San Martín olympische Wettkämpfe in Straßenfußball, Radrennen, Leichtathletik und Schwimmen aus, die wir natürlich gewannen.

In jenem Sommer 1950 geschahen außergewöhnliche Dinge. Hinkefuß Lañas erklärte sich zum ersten Mal einem Mädchen – der rothaarigen Seminauel –, und diese sagte zum Erstaunen von ganz Miraflores ja. Hinkefuß vergaß sein Hinken und ging fortan wie ein Charles Atlas mit stolz geschwellter Brust durch die Straßen. Tico Tiravante brach mit Ilse und erklärte sich Laurita, Víctor Ojeda erklärte sich Ilse und brach mit Inge, Juan Barreto erklärte sich Inge und brach mit Ilse. Es kam zu einer so großen Umschichtung der Gefühle im Viertel, dass wir wie benommen waren, Liebesbande lösten sich auf und wurden neu geknüpft, und wenn die Samstagsfeten zu Ende waren, fanden sich nicht immer dieselben Paare zusammen, die gekommen waren. »Was für lockere Sitten!«, empörte sich meine Tante Alberta, bei der ich seit dem Tod meiner Eltern lebte.

Am Badestrand von Miraflores brachen sich die Wellen zweimal, das erste Mal in der Ferne, zweihundert Meter vom Ufer entfernt, und bis dorthin schwammen wir Mutigen hinaus, um sie zu reiten, und ließen uns an die hundert Meter mitreißen, bis an die Stelle, wo die Wellen ausliefen, nur um sich erneut zu prächtigen Bergen aufzutürmen und sich abermals zu brechen, in einem zweiten Überschlag, der uns Wellenreiter bis zu den Kieseln des Strandes trug.

In jenem außergewöhnlichen Sommer wurden auf den Feten keine Walzer, Corridos, Blues, Boleros und Huarachas mehr getanzt, denn der Mambo fegte sie alle hinweg. Der Mambo, eine Lawine, die sämtliche Paare erfasste und alle, egal ob Kinder, Jugendliche oder Erwachsene, dazu brachte, auf den Partys im Viertel die Hüften zu schwingen, zu hüpfen, zu springen und wilde Figuren zu tanzen. Und sicher geschah das auch außerhalb von Miraflores, was so viel hieß wie jenseits der Welt und des Lebens überhaupt, in Lince, Breña, Chorrillos oder in noch exotischeren Vierteln wie La Victoria, dem Zentrum von Lima, Rímac und El Porvenir, die wir, die Bewohner von Miraflores, niemals betreten hatten oder jemals betreten zu müssen glaubten.

Und so wie wir von den Walzern und den Huarachas, den Sambas und den Polkas zum Mambo übergegangen waren, gingen wir auch von den Rollschuhen und Rollern zum Fahrrad über und manche, Tato Monje und Tony Espejo zum Beispiel, zum Motorrad und einer oder zwei sogar zum Auto, wie Luchín, die Bohnenstange der Clique, der seinem Vater zuweilen das Chevrolet-Kabriolett stibitzte und mit uns eine Runde über die Uferstraßen drehte, vom Terrazas-Klub bis zur Quebrada de Armendáriz, mit hundert Sachen in der Stunde.

Doch das bemerkenswerteste Ereignis jenes Sommers war die Ankunft zweier Schwestern, die aus Chile, ihrer fernen Heimat, nach Miraflores gekommen waren und mit ihrer aufsehenerregenden Erscheinung und unverwechselbaren, schnellen Redeweise, bei der sie die Endsilben der Wörter verschluckten und die Sätze mit einem gehauchten Ausruf beendeten, der wie »pff« klang, uns Jungen aus Miraflores, die wir gerade die kurzen gegen die langen Hosen eingetauscht hatten, gehörig den Kopf verdrehten. Und mir am allermeisten.

Die jüngere schien die ältere zu sein und umgekehrt. Die ältere hieß Lily und war etwas kleiner als Lucy, der sie ein Jahr voraus war. Lily mochte vierzehn oder höchstens fünfzehn sein und Lucy dreizehn oder vierzehn. Das Adjektiv »aufsehenerregend« schien wie gemacht für sie beide, aber Lucy, auf die es durchaus zutraf, war es weniger als ihre Schwester, nicht nur, weil ihr Haar weniger blond und kürzer war und sie sich weniger gewagt anzog als Lily, sondern auch, weil sie schweigsamer war und beim Tanzen, obwohl sie ebenfalls Figuren konnte und einen kühnen Hüftschwung hatte, wie ihn kein Mädchen aus Miraflores wagte, fast gehemmt und unscheinbar wirkte im Vergleich zu diesem Kreisel, dieser flackernden Flamme, diesem Irrlicht, in das Lily sich verwandelte, wenn mit dem Aufsetzen der Nadel auf dem Plattenteller der Mambo explodierte und wir zu tanzen begannen.

Lily tanzte sinnlich, rhythmisch und mit großer Anmut, dabei lächelte sie und trällerte den Text des Liedes mit, reckte die Arme hoch, entblößte die Knie und bewegte Hüften und Schultern in einer Weise, als würde ihr kleiner, von Rock und Bluse so durchtrieben kurvenreich modellierter Körper unter Hochspannung stehen, vibrieren und von den Füßen bis in die Haarspitzen am Tanz beteiligt sein. Wer Mambo mit ihr tanzte, dem erging es immer schlecht, denn wie konnte man ihr folgen, ohne sich im teuflischen Wirbel dieser hüpfenden Beine und Füße zu verfangen? Unmöglich! Man hinkte von Anfang an hinterher und wusste dabei genau, dass die Augen

sämtlicher Paare auf Lilys Mambo-Künste gerichtet waren. »Dieses Mädchen!«, wetterte meine Tante Alberta, »sie tanzt wie eine Tongolele, wie eine Rumbatänzerin in einem mexikanischen Film. Na ja, wir dürfen nicht vergessen, dass sie Chilenin ist«, antwortete sie sich selbst, »Tugend ist nicht gerade die Stärke der Frauen dieses Landes.«
Ich verliebte mich wie ein Mondkalb in Lily, was die romantischste Form des Verliebtseins ist – man sagte auch: sich total verknallen –, und erklärte mich ihr dreimal in jenem unvergesslichen Sommer. Das erste Mal auf dem oberen Rang im Ricardo Palma, dem Kino, das sich im Parque Central in Miraflores befand, bei der sonntäglichen Nachmittagsvorstellung, und sie gab mir einen Korb, sie sei noch zu jung, um einen Freund zu haben. Das zweite Mal auf der Rollschuhbahn, die in ebenjenem Sommer am Fuß des Parque Salazar eröffnet wurde, und sie gab mir einen Korb, sie müsse es sich überlegen, gefallen würde ich ihr schon ein bisschen, aber ihre Eltern hätten sie gebeten, vor dem Abschluss der vierten Klasse keinen Freund zu haben, und sie sei erst in der dritten. Und das letzte Mal wenige Tage vor dem großen Schlamassel, im Cream Rica in der Avenida Larco, während wir einen Vanille-Milchshake tranken, und natürlich sagte sie wieder nein, warum sollte sie ja sagen, wenn wir so, wie die Dinge lagen, längst wie ein Liebespaar wirkten. Taten sie uns bei Marta nicht immer als Paar zusammen, wenn wir das Wahrheitsspiel spielten? Saßen wir nicht am Strand von Miraflores nebeneinander? Tanzte sie mit mir nicht mehr als mit jedem anderen auf den Feten? Warum sollte sie mir also formell ja sagen, wenn ganz Miraflores uns schon für ein Pärchen hielt? Mit ihrer Mannequin-Figur, ihren dunklen, schalkhaften Augen und ihrem kleinen Mund mit den vollen Lippen war Lily die Frau gewordene Koketterie.
»Mir gefällt alles an dir«, sagte ich zu ihr. »Am meisten aber die

Art, wie du redest.« Sie war witzig und originell, was an der Betonung und der Melodie lag, die so ganz anders waren als im Peruanischen, auch an gewissen Ausdrücken, kleinen Wörtern und Wendungen, die uns Jungen in der Clique im Dunkeln tappen ließen, so dass wir raten mussten, was sie bedeuteten und ob sich irgendein Spott in ihnen verbarg. Lily sagte ständig doppeldeutige Dinge, gab Rätsel auf oder erzählte so pikante Witze, dass die Mädchen der Clique puterrot wurden. »Diese kleinen Chileninnen sind *schrecklich*«, befand meine Tante Alberta, voll Sorge, diese beiden Fremden könnten die Moral von Miraflores untergraben.

Es gab noch keine Hochhäuser im Miraflores der beginnenden fünfziger Jahre, es war ein Viertel mit kleinen, ein oder höchstens zweigeschossigen Häusern, in deren Gärten nie die Geranien fehlten, dazu Poinsettien, Lorbeer, Bougainvilleen, Rasenflächen und ebenerdige Terrassen, von denen sich Geißblatt oder Efeu hochrankten, mit Schaukelstühlen, in denen die Bewohner, umgeben vom Duft nach Jasmin, plaudernd die Nacht erwarteten. In einigen Parks wuchsen dornige Kapokbäume mit roten und rosafarbenen Blüten, auf den geraden, sauberen Bürgersteigen standen kleine Magnolien, Jakaranda- und Maulbeerbäume, und die farbige Note lieferten, neben den Gartenblumen, die gelben Wägelchen der D'Onofrio-Eisverkäufer, die einheitliche weiße Kittel und schwarze Mützen trugen, Tag und Nacht umherzogen und ihr Kommen durch eine Hupe ankündigten, die sich mit ihrem langsamen Aufheulen wie ein barbarisches Horn ausnahm, das an Urzeiten denken ließ. Man hörte noch die Vögel singen in diesem Miraflores, wo die Familien die Pinien fällten, wenn die Mädchen ins heiratsfähige Alter kamen, denn wenn sie es nicht taten, dann würden die Armen alte Jungfern werden wie meine Tante Alberta.

Lily sagte mir niemals ja, aber es stimmte, dass wir, von dieser Formalität abgesehen, in allem Übrigen wie ein Liebespaar waren. Wir hielten Händchen bei den Nachmittagsvorstellungen im Ricardo Palma, im Leuro, im Montecarlo und im Colina, und wenn man auch nicht behaupten konnte, dass wir im Dunkel der Ränge fummelten wie andere, ältere Paare – fummeln war etwas, das von harmlosen Küsschen bis zu tiefen Zungenküssen und unzüchtigen Berührungen reichte, die man am ersten Freitag des Monats dem Pfarrer als Todsünde beichten musste –, so ließ Lily doch zu, dass ich sie auf die Wangen, auf den Rand der kleinen Ohren, auf die Mundwinkel küsste, und bisweilen vereinte sie eine Sekunde lang ihre Lippen mit den meinen, um sie sofort mit einer melodramatischen Grimasse zu lösen: »Nein, nein, das auf keinen Fall, Dürrer.« »Du bist ein Mondkalb, Dürrer, dich hat's erwischt, Dürrer, du schmilzt ja dahin vor Liebe, Dürrer«, spotteten meine Freunde aus dem Viertel, die mich nie bei meinem Namen – Ricardo Somocurcio –, sondern immer nur bei meinem Spitznamen nannten. Sie übertrieben nicht im Geringsten: Ich war total verknallt in Lily.

Um ihretwillen prügelte ich mich in jenem Sommer mit Luquen, einem meiner besten Freunde. Bei einem Treffen zwischen den Mädchen und Jungen der Clique, an der Ecke Colón und Diego Ferré, im Garten der Familie Chacaltana, spielte Luquen sich auf und behauptete plötzlich, die kleinen Chileninnen seien ordinäre Aufsteigerinnen und keine echten Blondinen, sondern gebleichte, und man habe in Miraflores begonnen, sie hinter meinem Rücken »Die Kakerlaken« zu nennen. Ich verpasste ihm einen Kinnhaken, dem er knapp auswich, und dann gingen wir bis zur Uferstraße La Reserva, an der Steilküste, um dort unseren Streit mit Fausthieben auszutragen. Eine ganze Woche lang redeten wir kein Wort miteinander, bis die Mädchen und Jungen der Clique uns auf der nächsten Fete miteinander versöhnten.

Lily ging an den Nachmittagen gern in den dicht mit Palmen, Stechapfelbäumen und Glockenmalven bewachsenen Winkel des Parque Salazar, wo wir uns auf die niedrige Mauer aus roten Ziegelsteinen setzten, vor uns die ganze Bucht von Lima, wie ein Schiffskapitän, der von der Kommandobrücke aus das Meer betrachtet. Wenn der Himmel klar war, und ich würde schwören, dass der Himmel in jenem Sommer immer wolkenlos war und die Sonne über Miraflores schien, ohne uns einen einzigen Tag im Stich zu lassen, sah man in der Ferne, an den Grenzen des Ozeans, die rote, flammende Scheibe, die sich mit ihren Strahlen und einem letzten Aufblitzen verabschiedete, während sie in den Wassern des Pazifiks versank. Lilys Gesicht hatte den gleichen konzentrierten, inbrünstigen Ausdruck, mit dem sie bei der Zwölf-Uhr-Messe in der Pfarrkirche am Parque Central die heilige Kommunion empfing, den Blick fest auf die Feuerkugel gerichtet, während sie auf den Augenblick wartete, in dem das Meer den letzten schwachen Strahl verschluckte, um dann den Wunsch zu formulieren, den das Gestirn oder Gott erfüllen würde. Auch ich wünschte mir etwas, obwohl ich nur halb glaubte, dass es in Erfüllung gehen könnte. Und es war immer das Gleiche, natürlich: dass sie endlich ja sagen würde, dass wir ein richtiges Paar wären, dass wir fummeln, uns lieben, uns verloben und heiraten und am Ende reich und glücklich in Paris leben würden.

So weit ich zurückdenken konnte, träumte ich davon, in Paris zu leben. Schuld daran war wahrscheinlich mein Vater, waren die Bücher von Paul Féval, Jules Verne, Alexandre Dumas und vielen anderen, die er mir zu lesen gab, bevor er bei dem Unfall ums Leben kam, der mich zur Waisen machte. Diese Romane füllten meinen Kopf mit Abenteuern und überzeugten mich davon, dass das Leben in Frankreich reicher, heiterer, schöner und überhaupt in allem besser war als irgendwo sonst. Deshalb brachte ich meine Tante Alberta dazu, mich zusätzlich zu meinem Englischunterricht am Peruanisch-Nordamerikanischen Institut an der Alliance Française in der Avenida Wilson einzuschreiben, wohin ich dreimal in der Woche ging, um die Sprache der Franzmänner zu lernen. Obwohl ich mir gern mit meinen Kumpels von der Clique die Zeit vertrieb, war ich ziemlich fleißig, erhielt gute Noten, und die Sprachen machten mir Spaß.

Wenn das Taschengeld es mir erlaubte, lud ich Lily zum Tee – es war noch nicht Mode geworden, *tomar lonche* zu diesem Ritual zu sagen – in *La Tiendecita Blanca* ein, das Café mit der schneeweißen Fassade, den kleinen Tischen, den Markisen über dem Bürgersteig und Herrlichkeiten wie aus Tausendundeinernacht – Biskuits, Gewürzkuchen mit Milchkonfitüre, Cremegebäck! – am Ende der Avenida Larco, der Avenida Arequipa und der Alameda Ricardo Palma, der Allee, der die Kronen der hohen Gummibäume Schatten spendeten.

Mit Lily in *La Tiendecita Blanca* zu gehen und ein Eis und ein Stück Torte zu essen war ein Glück, das leider fast immer durch die Anwesenheit ihrer Schwester Lucy getrübt wurde, die ich ebenfalls am Hals hatte, wenn wir ausgingen. Sie spielte unverdrossen die Anstandsdame, verdarb mir das Rendezvous und hinderte mich daran, allein mit Lily zu sprechen und ihr all die hübschen Dinge zu sagen, die ich ihr gerne ins Ohr geflüstert hätte. Aber obwohl wir bei unserem Gespräch Lucys wegen gewisse Themen vermeiden mussten, war es unbezahlbar, mit Lily zusammen zu sein, zu sehen, wie ihre kleine Mähne mitschwang, wenn sie den Kopf bewegte, wie der Schalk in ihren Augen von der Farbe dunklen Honigs blitzte, ihre so andere Redeweise zu hören und ab und zu im Ausschnitt ihrer enganliegenden Bluse einen Blick auf den Ansatz der kleinen Brüste zu erhaschen, die sich schon formten, rund und mit zarten Knospen.

»Ich weiß nicht, was ich hier bei euch verloren habe, als Anstandsdame«, entschuldigte Lucy sich zuweilen. Ich belog sie: »Wie kommst du denn darauf, wir freuen uns doch über deine Gesellschaft, nicht wahr, Lily?« Lily lachte und gab den für sie so typischen Laut von sich, während ihre Pupillen spöttisch funkelten: »Klar, pfff …«

Ein Spaziergang über die Avenida Pardo, unter den von Singvögeln besetzten Gummibäumen, zwischen den niedrigen Häusern auf beiden Seiten, in deren Gärten kleine Jungen und Mädchen über den Rasen und die Terrassen tollten, überwacht von Kindermädchen in weißen, gestärkten Uniformen, war ebenfalls ein Ritual in jenem Sommer. Da es aufgrund von Lucys Anwesenheit schwierig war, mit Lily über das zu sprechen, worüber ich gern gesprochen hätte, lenkte ich das Gespräch auf harmlose Themen: auf meine Pläne für die Zukunft zum Beispiel, wenn ich nach meinem Abschluss als Anwalt in diplomatischem Auftrag nach Paris gehen würde – denn in Paris fand das richtige Leben statt, Frankreich war das Land der Kultur – oder mich vielleicht der Politik widmen würde, um diesem armen Peru ein wenig zu helfen, wieder groß und wohlhabend zu werden, weshalb ich die Reise nach Europa etwas verschieben müsste. Und sie, was würden sie gerne machen, wenn sie erwachsen wären? Lucy, die vernünftig war, hatte sehr genaue Ziele: »Als Erstes die Schule abschließen. Dann eine gute Anstellung bekommen, vielleicht in einem Plattenladen, das macht bestimmt Spaß.« Und Lily dachte an ein Reisebüro oder an eine Fluggesellschaft, sah sich als Stewardess, wenn sie ihre Eltern davon überzeugen konnte, auf diese Weise würde sie kostenlos durch die ganze Welt reisen. Oder vielleicht als Filmschauspielerin, aber sie würde sich nie im Bikini filmen lassen. Reisen, reisen, alle Länder kennenlernen, das würde ihr am meisten gefallen. »Na ja, du kennst schon mindestens zwei, Chile und Peru, was willst du mehr«, sagte ich zu ihr. »Vergleich dich mit mir, ich bin nie aus Miraflores rausgekommen.«

Alles, was Lily über Santiago erzählte, war für mich wie ein Vorgeschmack auf das Pariser Paradies. Mit welchem Neid ich ihr zuhörte! Dort gab es im Unterschied zu hier keine Armen und keine Bettler auf den Straßen, die Eltern ließen die Jungen und Mädchen ihre Feten bis zum frühen Morgen feiern, *cheek to cheek* tanzen, und nie sah man, wie hier, die Alten, die Mütter, die Tanten den jungen Leuten beim Tanzen hinterherspionieren und sie zur Ordnung rufen, wenn sie zu weit gingen. In Chile durften die Jungen und Mädchen in Filme für Erwachsene gehen und nach ihrem fünfzehnten Geburtstag rauchen, ohne sich zu verstecken. Dort war das Leben lustiger als in Lima, denn es gab mehr Kinos, Zirkusvorstellungen, Theater, Veranstaltungen und Bälle mit Orchester, und ständig traten Eislauf- und Ballettkompanien und Musikgruppen aus den Vereinigten Staaten auf, und die Chilenen verdienten mit egal welcher Arbeit das Doppelte oder Dreifache wie die Peruaner.

Wenn es aber so war, warum hatten dann die Eltern der kleinen Chileninnen dieses herrliche Land verlassen und waren nach Peru gekommen? Weil sie nicht reich waren, sondern, wie man mit bloßem Auge erkennen konnte, ziemlich arm. Vor allem lebten sie nicht wie wir, die Mädchen und Jungen aus dem Fröhlichen Viertel, in Einfamilienhäusern mit Hausdienern, Köchinnen, Dienstmädchen und Gärtnern, sondern in einer kleinen Wohnung in einem schmalen, dreistöckigen Gebäude in der Calle La Esperanza, auf der Höhe des Restaurants *Gambrinus*. Und im Unterschied zu späteren Zeiten, als die Mietshäuser in die Höhe zu wachsen begannen und die kleinen Villen verschwanden, wohnten im Miraflores jener Jahre nur arme Schlucker zur Miete, jene mindere menschliche Spezies, zu der – leider, leider – die kleinen Chileninnen zu gehören schienen.

Nie bekam ich ihre Eltern zu Gesicht. Weder ich noch sonst ein Mädchen oder ein Junge der Clique durfte sie je zu Hause besuchen. Nie feierten sie einen Geburtstag oder gaben eine Fete oder luden uns zum Tee ein und zu Spielen, als wäre es eine Schande für sie, wenn wir sehen würden, wie bescheiden sie lebten. Dass sie arm waren und sich für alles schämten, was sie nicht besaßen, weckte mein Mitgefühl, verstärkte meine Liebe zu der kleinen Chilenin und gab mir edelmütige Vorsätze ein: ›Wenn Lily und ich heiraten, werden wir ihre ganze Familie zu uns holen.‹

Doch meine Freunde und vor allem meine Freundinnen aus Miraflores machte es misstrauisch, dass Lucy und Lily uns nicht die Tür ihres Zuhauses öffneten. »Sind sie denn solche Hungerleider, dass sie nicht mal eine Fete machen können?«, fragten sie. »Vielleicht sind sie nicht arm, sondern knausrig«, versuchte Tico Tiravante zu beschwichtigen, womit er es nur noch schlimmer machte.

Plötzlich begann man in der Clique darüber herzuziehen, wie die kleinen Chileninnen geschminkt und angezogen waren, sich über die wenigen Kleidungsstücke zu mokieren, die sie besaßen – alle kannten wir sie bereits auswendig, die Röcke, Blusen und Sandalen, die sie in jeder nur erdenklichen Weise kombinierten, damit man es nicht merkte –, aber ich verteidigte sie voll heiliger Empörung: Diese Verleumdungen seien Neid, grüner Neid, giftiger Neid, weil die kleinen Chileninnen bei den Feten niemals sitzenblieben, sämtliche Jungen standen

Schlange, um mit ihnen zu tanzen – »weil sie hauteng tanzen, da bleibt keine sitzen«, konterte Laura –, oder weil sie bei den Treffen der Clique, bei den Spielen, am Strand oder im Parque Salazar immer im Mittelpunkt standen, umringt von sämtlichen Jungen, während sie die anderen Mädchen ... »Weil sie erwachsen tun und frech sind und weil ihr euch traut, ihnen schmutzige Witze zu erzählen, was wir euch nie erlauben würden!«, attackierte Teresita. Und nicht zuletzt, weil die kleinen Chileninnen toll, modern, aufgeschlossen waren und sie dagegen zimperliche, rückständige Betschwestern voller altmodischer Vorurteile. »Allerdings!«, antwortete Ilse herausfordernd.

Trotzdem luden die Mädchen aus dem Fröhlichen Viertel die beiden weiter zu den Feten ein und gingen mit ihnen vereint zum Strand von Miraflores, zur Zwölf-Uhr-Messe an den Sonntagen, zu den Nachmittagsvorstellungen und drehten mit ihnen die obligaten Runden durch den Parque Salazar, von der Abenddämmerung bis zum Auftauchen der ersten Sterne, die in jenem Sommer von Januar bis März am Himmel von Lima funkelten, ohne dass die Wolken, ich bin sicher, sie auch nur einen Tag verdunkelten, wie es in dieser Stadt zu vier Fünfteln des Jahres geschieht. Sie taten es, weil wir Jungen sie darum baten und die Mädchen aus Miraflores im Grunde so fasziniert von den Chileninnen waren wie die Heilige von der Sünderin, der Engel vom Teufel. Sie beneideten die fremden Mädchen um die Freiheit, die sie selbst nicht besaßen, die Freiheit, überallhin gehen und bis spät in der Nacht ausbleiben oder tanzen zu können, ohne um ein bisschen Verlängerung betteln zu müssen, ohne dass ihr Vater, ihre Mutter oder eine ältere Schwester oder eine Tante durch die Fenster beobachteten, mit wem und wie sie tanzten, oder sie mit nach Hause nahmen, weil es schon zwölf Uhr war, die Stunde, in der anständige Mädchen nicht tanzten oder auf der Straße mit Männern redeten – das taten die Möchtegern-Erwachsenen, die ordinären Aufsteigerinnen und die Frauen aus der Unterschicht –, sondern zu Hause und im Bett waren und den Schlaf der Unschuld schliefen. Sie waren neidisch darauf, dass die Chileninnen so ungeniert waren, so ungezwungen tanzten, dass es ihnen nichts ausmachte, wenn ihre Knie sich entblößten, dass sie ihre Schultern, ihre kleinen Brüste und den Po bewegten, wie es kein Mädchen in Miraflores tat, und dass sie sich womöglich bei den Jungen Freiheiten herausnahmen, an die sie nicht einmal zu denken wagten. Wenn sie aber so frei waren, warum wollten dann weder Lily noch Lucy einen Freund haben? Warum gaben sie allen, die wir uns ihnen erklärten, einen Korb? Nicht nur mir hatte Lily einen Korb gegeben; auch Lalo Molfino und Lucho Claux, und Lucy hatte Loyer, Pepe Cánepa und dem hübschen Julio Bienvenida einen Korb gegeben, der als erster Junge in Miraflores zu seinem fünfzehnten Geburtstag, noch vor dem Schulabschluss, von seinen Eltern einen Volkswagen geschenkt bekam. Warum nur wollten die kleinen Chileninnen, die so frei waren, keinen festen Freund haben?

Dieses und andere Rätsel im Zusammenhang mit Lily und Lucy klärten sich unverhofft am 30. März 1950, am letzten Tag jenes denkwürdigen Sommers, auf der Fete von Marirosa Álvarez-Calderón, genannt Schweinchen Dick. Eine Fete, die das Ende einer Epoche markierte und allen Teilnehmern für immer im Gedächtnis bleiben sollte. Das Haus der Familie Álvarez-Calderón an der Ecke 28 de Julio und La Paz mit seinem weitläufigen, von hohen Bäumen bewachsenen Garten, seinen Rosenholzbäumen mit gelben Blüten, seinen Glockenmalven und Rosenstöcken und seinem gekachelten Swimmingpool war das schönste von Miraflores und vielleicht sogar von ganz Peru. Bei Marirosas Feten gab es immer ein Orchester und einen

Schwarm von Kellnern, die den ganzen Abend Kuchen, Häppchen, Sandwichs, Säfte und alle möglichen nichtalkoholischen Getränke herumreichten, es waren Feten, auf die wir Gäste uns vorbereiteten, als gälte es, den Himmel zu gewinnen. Alles lief bestens, bis wir, an die hundert Mädchen und Jungen, Marirosa bei gelöschten Lichtern umringten, Happy Birthday für sie sangen, sie die fünfzehn kleinen Kerzen auf der Torte ausblies und wir uns anstellten, um die üblichen Wangenküsse auszutauschen.

Als Lily und Lucy an der Reihe waren, sagte Marirosa, ein glückliches kleines Schweinchen, deren Locken sich, von einer großen Haarschleife im Nacken gehalten, über das rosafarbene Kleid ergossen, plötzlich mit großen Augen, nachdem sie die beiden auf die Wange geküsst hatte:

»Ihr seid doch Chileninnen, nicht? Ich werde euch meiner Tante Adriana vorstellen. Sie ist auch Chilenin und gerade aus Santiago gekommen. Los, kommt mit.«

Sie nahm sie bei der Hand und führte sie ins Innere des Hauses, während sie rief: »Tante Adriana, Tante Adriana, ich habe eine Überraschung für dich.«

Durch die Scheiben des großen Glasfensters, ein erleuchtetes Rechteck, das einen großen Salon mit einem erloschenen Kamin, Wänden mit Landschafts- und Porträtbildern in Öl, Sesseln, Sofas, Teppichen und einem Dutzend Damen und Herren mit Gläsern in der Hand umrahmte, sah ich Augenblicke später Marirosa mit den kleinen Chileninnen hereinplatzen und konnte verschwommen und flüchtig die Gestalt einer sehr großen, sehr zurechtgemachten, sehr schönen Frau mit einer brennenden Zigarette in einer langen Zigarettenspitze erblicken, die mit einem herablassenden Lächeln auf ihre jungen Landsmänninnen zuging, um sie zu begrüßen.

Ich holte mir einen Mangosaft und ging zwischen den Ankleidekabinen am Swimmingpool heimlich eine Viceroy rauchen. Dort traf ich meinen Freund und Kameraden von der Champagnat-Schule, Juan Barreto, der sich ebenfalls in diese Einsamkeit geflüchtet hatte, um eine zu rauchen. Ohne Umschweife fragte er mich:

»Würde es dir was ausmachen, wenn ich mich Lily erklären würde, Dürrer?«

Er wusste, dass wir kein Liebespaar waren, obwohl es so aussah, und er wusste auch – wie alle, betonte er –, dass ich mich ihr dreimal erklärt und dass sie mich ebenfalls dreimal abgewiesen hatte. Ich antwortete ihm, dass mir das sehr viel ausmachen würde, denn Lily habe mir zwar einen Korb gegeben, aber das sei ein Spielchen von ihr – in Chile waren die Mädchen so –, in Wirklichkeit gefiele ich ihr, wir seien gewissermaßen ein Paar, und außerdem hätte ich an dem Abend schon angefangen, mich ihr zum vierten und endgültigen Mal zu erklären, und sie habe gerade ja sagen wollen, als das Erscheinen von Schweinchen Dicks Torte mit den fünfzehn kleinen Kerzen uns unterbrochen habe. Doch jetzt, wenn sie mit der Tante von Marirosa fertig geredet hätte, würde ich mich ihr weiter erklären, und sie würde mich akzeptieren und von heute an meine Freundin sein mit allem, was dazugehört.

»Wenn es so ist, werde ich mich Lucy erklären müssen«, sagte Juan Barreto resigniert. »Das Dumme ist nur, dass Lily mir gefällt, Bruderherz.«

Ich ermunterte ihn, sich Lucy zu erklären, und versprach ihm, sie zu bearbeiten, damit sie ja sagte. Er mit Lucy und ich mit Lily – wir wären ein tolles Quartett.

Während ich mich am Swimmingpool mit Juan Barreto unterhielt und zusah, wie die Paare zu den Takten des Orchesters der Brüder Ormeño tanzten – es mochte ja nicht das von Pérez Prado sein, aber es war Spitze, was für Trompeter, was für

Trommler –, rauchten wir jeder zwei Viceroy. Warum war es Marirosa gerade in diesem Moment eingefallen, Lucy und Lily ihrer Tante vorzustellen? Was tratschten sie da so lange? Das machte mir einen Strich durch die Rechnung, verdammt. Denn es stimmte, als man die Torte mit den fünfzehn Kerzen ankündigte, hatte ich meine vierte – und, ich war sicher, dieses Mal erfolgreiche – Liebeserklärung an Lily begonnen, denn ich hatte das Orchester überredet, *Me gustas* zu spielen, den Bolero, der wie dafür geschaffen war, sich einem Mädchen zu erklären.

Es dauerte eine Ewigkeit, bis sie zurückkamen. Und sie kamen völlig verändert zurück: Lucy ganz blass und mit dunklen Augenschatten, als hätte sie ein Gespenst gesehen und würde sich gerade von dem Schrecken erholen, den das Jenseits ihr bereitet hatte, und Lily, mürrisch, einen bitteren Zug um den Mund, mit blitzenden Augen, als hätten die schnöseligen Herrschaften dort drinnen ihr böse zugesetzt. Ich forderte sie sogleich zum Tanzen auf, es war einer dieser Mambos, die ihre Spezialität waren – der Mambo Nummer 5 –, und ich konnte es nicht glauben: Lily brachte nichts zustande, sie kam aus dem Takt, war nicht bei der Sache, irrte sich, stolperte, und ihre Matrosenmütze verrutschte, was ihr ein leicht lächerliches Aussehen verlieh. Sie machte sich nicht einmal die Mühe, sie wieder geradezurücken. Was war passiert?

Ich bin sicher, dass am Ende von Mambo Nummer 5 die ganze Fete Bescheid wusste, denn Schweinchen Dick hatte dafür gesorgt. Wie genussvoll muss diese Klatschtante die Geschichte erzählt, sie ausgemalt und übertrieben haben, die Augen weit aufgerissen vor Neugier, Abscheu und Glück! Was für eine böse Freude müssen sämtliche Mädchen der Clique empfunden haben – was für eine Genugtuung, was für eine Rache – in ihrem Neid auf die kleinen Chileninnen, die nach Miraflores gekommen waren, um die Sitten von uns kleinen Jungen zu revolutionieren, die wir in jenem Sommer die Reifeprüfung als Teenager ablegten!

Ich war der Letzte, der es erfuhr, als Lily und Lucy bereits auf mysteriöse Weise verschwunden waren, ohne sich von Marirosa oder sonst jemandem verabschiedet zu haben – »sie haben die Bremse der Scham gezogen«, erklärte später meine Tante Alberta –, und das rätselhafte Gerücht sich auf der ganzen Tanzfläche ausgebreitet und die hundert Jungen und Mädchen aufgescheucht hatte, die das Orchester, ihre Liebeleien und Fummeleien vergaßen und die Köpfe zusammensteckten, die gleichen Worte wiederholten, sich ereiferten, sich erhitzten und große, vor Bosheit glühende Augen machten: »Weißt du schon? Hast du's schon gehört? Wie findest du das? Ist dir das klar? Kannst du dir so was vorstellen?« »Die sind gar keine Chileninnen! Nein, sie waren keine! Reine Erfindung! Weder Chileninnen, noch wussten sie was über Chile! Die haben gelogen! Die haben uns angeschmiert! Die haben alles erfunden! Die Tante von Marirosa hat ihnen die Tour vermasselt! Diese Gaunerinnen!«

Sie waren schlicht Peruanerinnen. Noch dazu arme, ärmste! Tante Adriana, gerade aus Santiago eingetroffen, muss ziemlich verdutzt gewesen sein, als sie die beiden mit dem Akzent reden hörte, der uns so gut getäuscht hatte, den sie jedoch sofort als Hochstapelei erkannte. Was müssen die kleinen Chileninnen gelitten haben, als Schweinchen Dicks Tante, da sie die Farce ahnte, sie nach ihrer Familie in Santiago fragte, nach dem Viertel in Santiago, in dem sie gelebt hatten, nach der Schule, die sie in Santiago besucht hatten, nach ihrer Verwandtschaft und nach den Freunden ihrer Familie in Santiago und Lucy und Lily damit den bittersten Augenblick ihres kurzen Lebens bescherte; sie setzte ihnen so lange zu, bis sie ihren Verwandten und Freunden und der verdatterten Marirosa verkünden konnte, nachdem die beiden in schrecklicher Verfassung das Wohnzimmer verlassen hatten: »Von wegen Chileninnen! Diese Mädchen haben nie einen Fuß nach Santiago gesetzt und sind Chileninnen, so wie ich Tibetanerin bin!«

An jenem letzten Sommertag des Jahres 1950 – auch ich war kurz zuvor fünfzehn Jahre alt geworden – begann für mich das wirkliche Leben, das Leben, das die Luftschlösser, die Illusionen und die Märchen von der rauen Wirklichkeit scheidet.

Die vollständige Geschichte der falschen kleinen Chileninnen habe ich nicht erfahren, auch sonst kannte sie niemand, außer ihnen beiden, aber ich habe die Vermutungen, Klatschgeschichten, Hirngespinste und angeblichen Enthüllungen gehört, die ihnen lange Zeit wie eine Kielspur folgten, nachdem sie gleichsam aufgehört hatten zu existieren, denn sie wurden nie wieder zu den Feten oder den Spielen oder zum Tee oder zu den Treffen der Clique eingeladen. Böse Zungen behaupteten, dass zwar die anständigen Mädchen aus dem Fröhlichen Viertel und von ganz Miraflores nicht mit ihnen verkehrten und sich von ihnen abwandten, wenn sie ihnen auf der Straße begegneten, aber die Jungen, die Jugendlichen, die Männer sie sehr wohl aufsuchten, heimlich, so wie man eben die ordinären Mädchen und Frauen aufsucht – und was waren Lily und Lucy anderes als zwei ordinäre Möchtegerns aus irgendeinem Viertel wie Breña oder El Porvenir, die ihre Herkunft verleugnet und sich als Ausländerinnen ausgegeben hatten, weil sie sich bei den anständigen Leuten von Miraflores einschleichen wollten? –, um mit ihnen zu fummeln, um all die Sachen mit ihnen zu machen, die nur die Mädchen aus der Unterschicht mit sich machen lassen.

Später dann, denke ich, haben die einen wie die anderen Lily und Lucy allmählich vergessen, weil andere Menschen, andere

Ereignisse an die Stelle jenes Abenteuers im letzten Sommer unserer Kindheit traten. Aber ich nicht. Ich vergaß die beiden nicht, vor allem Lily nicht. Obwohl so viele Jahre vergangen sind und Miraflores sich ebenso verändert hat wie die Sitten und obwohl die Schranken und Vorurteile verschwunden sind, auf die man sich früher ohne jede Scheu berief und heute hinter vorgehaltener Hand, habe ich sie in Erinnerung behalten und denke bisweilen an sie zurück, höre abermals ihr durchtriebenes Lachen, sehe den spöttischen Blick ihrer Augen von der Farbe dunklen Honigs und wie sie sich einem Schilfrohr gleich im Mambotakt biegt. Und ich denke noch immer, obwohl ich schon so viele Sommer erlebt habe, dass jener Sommer von allen der grandioseste war.

Botho Strauß

Erregungen

Solid Pendrar war in manchem ein Kind geblieben, eine zierliche Person, deren Reife länger als bei anderen zwischen Mädchen und Frau unentschieden schwankte. So trug sie mit zwanzig noch den Namen ihrer Lieblingsschokolade, den sie als Teenager angenommen hatte. (»Damals war Mona zu mir gekommen. Sie klingelte an der Wohnungstür. Sie fragte, ob ich bereit sei, drei verschiedene Sorten Schokolade zu essen und darüber einen Fragebogen auszufüllen. Sie machte Interviews für eine Süßwarenfabrik. Sie verdiente damit ihr Geld in den Semesterferien. Ich kostete von einer Vermicellschokolade mit Kastanienpüree. Von einer Wacholdercreme-Schokolade und von einer Schokolade unter dem Decknamen Solid Pendrar. Ihre Füllung wurde mir nicht bekannt gegeben und ich musste ihren Geschmack besonders ausführlich beschreiben. Ich wusste, dass diese Sorte mein Leben verändern würde …«)

Eines Tages nahm sie während ihres Aufenthaltes in M. an einer Stadtführung teil, die zum Kloster der Unbeschuhten Karmelitinnen führte. Dort im dunklen Seitenschiff der Basilika wurde sie plötzlich von einem unbekannten Mann bedrängt, der ihr ein Bündel Briefe in die Hand schob und sie am Arm festhielt.
»Bleiben Sie stehen! Warten Sie!«, flüsterte er erregt.
»Was ist? Was wollen Sie von mir?«, fragte Solid, und beide verharrten einen Augenblick, vom Schrecken gerührt. Wie manche Echse je nach Befinden ihre Färbung, so wechselte in diesem Augenblick Solid vom unbeschwerten Mädchen zur resoluten Frau.

Während die Gruppe der Besucher sich hinüber in die Vierung bewegte, sagte der Mann: »Ich will versuchen, Sie nie wiederzusehen!«

Er küsste sie hastig und verzittert auf den Mund. Dann ging er mit beeilten, ein unwürdiges Tempo nur mühsam unterdrückenden Schritten durch das Querhaus zum Nordportal der Kirche, von wo er über den Klosterhof dann endlich losrannte.

Später – das geschlechtliche Empörungsrot war längst abgeklungen – las Solid mit kindlich-grausamem Vergnügen die Briefe, die nicht an sie gerichtet waren, sondern an eine andere Frau, eine geliebte, vor allem aber zutiefst gesehene Frau. In der höchsten Erregung der Lossagung hatte der Unglückliche sie jedoch verwechselt und zum Abschied die Falsche geküsst.

Verpasste Liebe

Yasushi Inoue

Lieben, geliebt werden

Lieben, geliebt werden – was für ein jammervolles Menschentun! Als ich im zweiten oder dritten Jahr in die Mädchen-Oberschule ging, wurden wir bei einer Prüfung in Englischer Grammatik nach aktiven und passiven Verbformen, also etwa ›schlagen-geschlagen werden‹, ›sehen-gesehen werden‹ gefragt. Unter vielen solchen Beispielen befand sich auch das blendende Wortpaar ›lieben-geliebt werden‹. Während nun jedes Mädchen, den Bleistift im Munde kauend, eifrig auf diese Fragen starrte, wurde mir – ein nichtsnutziger Einfall irgendeiner meiner Mitschülerinnen – von hinten heimlich ein Blatt Papier zugesteckt, auf dem ich zwei Sätze vorfand: »Möchtest du lieben? Oder möchtest du geliebt werden?« Unter die Worte »Möchtest du geliebt werden?« waren viele Kreise mit Tinte und den verschiedensten Blau- und Rotstiften geschrieben worden, während unter »Möchtest du lieben?« kein einziges Ja-Zeichen zu sehen war. Ich bildete keine Ausnahme und setzte meinen kleinen Kreis unter die Frage »Möchtest du geliebt werden?«. Die Mädchen begriffen offenbar schon mit vierzehn, fünfzehn Jahren, wenn sie noch gar nicht wissen, was Liebe und Geliebtwerden bedeutet, instinktiv das Glück, geliebt zu werden.

Aber als dann während der Prüfung das Mädchen neben mir das Papier aufnahm, schaute es nur flüchtig darauf und machte, ohne auch nur einen Augenblick zu zögern, mit ihrem dicken Bleistift einen großen Kreis auf die leere Stelle. Das hieß: »Ich möchte lieben!« Noch heute erinnere ich mich genau, dass ich, obgleich mir eine solche Entschiedenheit fast abstoßend erschienen war, dadurch tief verwirrt wurde, so als hätte mich jemand geschickt aus einem Hinterhalt verwundet. Es handelte sich um eine nicht besonders begabte Schülerin unserer Klasse, ein unauffälliges, etwas düster wirkendes Mädchen. Ich weiß nicht, was aus diesem Kind, dessen Haare bräunlich schimmerten und das immer allein war, später geworden ist. Aber noch jetzt, nach zwanzig Jahren, muss ich, während ich dies niederschreibe, aus irgendeinem Grunde an das Gesicht dieses einsamen Mädchens denken.

Wenn eine Frau am Ende ihres Lebens ruhig ihr Antlitz der Wand des Todes zukehrt, wird da Gott einer Frau, die das Glück, geliebt zu werden, genossen hat, oder einer Frau, die sagen kann, sie habe, obgleich sie dabei nicht glücklich wurde, mit heißem Herzen geliebt – den ewigen Frieden schenken? Aber gibt es denn auf dieser Erde überhaupt Frauen, die vor Gott behaupten können, sie hätten geliebt? Ja, das gibt es. Jenes Mädchen mit den dünnen Haaren ist vielleicht zu einer von diesen wenigen Auserwählten herangereift. Mit wirren Haaren, am ganzen Leib verwundet und in abgerissenen Gewändern, erhebt sie wohl stolz ihr Gesicht zum Himmel auf und sagt: Ich habe geliebt! Und dann tut sie den letzten Atemzug. Ach, wie ich es hasse! Ich möchte weit, weit fortlaufen! Aber das Gesicht dieses Mädchens holt mich immer wieder ein, sosehr ich mich auch bemühe, sie abzuschütteln. Ich bin nun am Ende meiner Kraft. Woher wohl diese furchtbare Unruhe vor dem Tode rührt, der in wenigen Stunden hier erscheinen wird? Ich werde jetzt unausweichlich als eine Frau bestraft, welche die Qual des Liebens nicht hat ertragen wollen und nur immer nach dem Glück, geliebt zu werden, jagte.

Roger Willemsen

Eine junge Frau

Eine junge Frau hängt nächtlich über der Brüstung der Brücke. Sie schreibt kopfüber, die Worte Buchstabe für Buchstabe bauend. Zwischendurch richtet sie sich auf, um die Sprühdose klackernd in der Nachtluft zu schütteln. Ich muss erst die Brücke verlassen und auf der leeren Uferpromenade ankommen, um lesen zu können, was sie dort, von hinten nach vorne buchstabierend, in Blocklettern in die Welt schreit: »Reikyo, mio amore, come back, you are my allelujah.«

Haruki Murakami

Wie ich eines schönen Morgens im April das 100%ige Mädchen sah

Eines schönen Morgens im April komme ich auf einer kleinen Seitenstraße in Harajuku an dem 100%igen Mädchen vorbei.

Ehrlich gesagt, ist sie nicht besonders hübsch. Sie ist weder besonders auffällig, noch ist sie schick gekleidet. Ihre Haare sind hinten vom Schlaf verlegen. Sie ist nicht mehr jung. So an die dreißig wird sie sein, nicht eigentlich ein Mädchen. Aber trotzdem weiß ich schon aus fünfzig Meter Entfernung: Sie ist für mich das 100%ige Mädchen. Bei ihrem Anblick dröhnt es in meiner Brust, und mein Mund ist trocken wie eine Wüste.

Vielleicht gibt es einen bestimmten Typ Mädchen, der dir gefällt, mit schmalen Fesseln zum Beispiel oder großen Augen, vielleicht stehst du auf schöne Finger oder fühlst dich, warum auch immer, von Mädchen angezogen, die sich beim Essen viel Zeit lassen. Dieses Gefühl meine ich. Auch ich habe natürlich meine Vorlieben. Manchmal ertappe ich mich dabei, wie ich im Restaurant gebannt auf die Nase des Mädchens am Nachbartisch starre.

Aber den Typ des 100%igen Mädchens kann keiner definieren. An die Form ihrer Nase kann ich mich gar nicht erinnern. Ich weiß noch nicht einmal mehr, ob sie überhaupt eine hatte. Ich weiß nur, dass sie keine nennenswerte Schönheit war. Irgendwie seltsam.

»Gestern kam ich an dem 100%igen Mädchen vorbei«, erzähle ich jemandem.

»Hm«, antwortet er, »war sie hübsch?«

»Nein, das nicht.«

»Also dein Typ.«
»Ich weiß es nicht mehr. Ich erinnere mich an nichts. Weder an die Form ihrer Augen noch daran, ob sie große oder kleine Brüste hatte.«
»Das ist sonderbar.«
»Ja, es ist sonderbar.«
»Na und«, sagt er scheinbar gelangweilt, »hast du was gemacht? Hast du sie angesprochen, oder bist du ihr nachgelaufen?«
»Nein, nichts. Ich bin einfach an ihr vorbeigegangen.«
Sie ging von Osten nach Westen, ich von Westen nach Osten. An einem besonders schönen Morgen im April.
Ich möchte mit ihr sprechen, und wenn nur für eine halbe Stunde. Ich möchte von ihrem Leben erfahren und ihr von meinem erzählen. Mehr als alles andere aber möchte ich die Umstände des Schicksals klären, das uns an einem schönen Morgen im April neunzehnhunderteinundachtzig in einer kleinen Seitenstraße in Harajuku aneinander vorbeigeführt hat. Bestimmt birgt es wohlige Geheimnisse, so wie eine alte Maschine aus friedlichen Zeiten.
Nachdem wir uns unterhalten hätten, würden wir irgendwo zu Mittag essen, einen Woody-Allen-Film sehen oder an einer Hotelbar einen Cocktail trinken. Wenn alles gut ginge, würde ich später vielleicht mit ihr schlafen.
Die Chance pocht an die Tür meines Herzens.
Nur noch 15 Meter liegen zwischen ihr und mir.
Also, wie soll ich sie ansprechen?
»Guten Tag. Würdest du dich kurz mit mir unterhalten? Nur eine halbe Stunde.«
Das klingt ziemlich albern. Wie ein Versicherungsvertreter. »Entschuldigung, gibt es hier in der Nähe eine 24-Stunden-Reinigung?«

Das ist genauso albern. Ich habe noch nicht einmal einen Wäschesack. Wer würde mir so etwas abnehmen?
Vielleicht sollte ich sie ganz offen ansprechen. »Hallo. Du bist für mich das 100%ige Mädchen.«
Nein, Quatsch. Das wird sie bestimmt nicht glauben. Und wenn, wird sie sich kaum mit mir unterhalten wollen. Ich mag für dich das 100%ige Mädchen sein, wird sie vielleicht antworten, aber du bist für mich leider nicht der 100%ige Mann. Das ist ziemlich wahrscheinlich. Und in einer solchen Situation käme ich bestimmt furchtbar durcheinander. Von einem solchen Schock würde ich mich vielleicht nie wieder erholen. Ich bin schon zweiunddreißig. So also fühlt es sich an, alt zu werden.
Vor dem Blumenladen gehe ich an ihr vorbei. Ein warmer Luftzug streift meine Haut. Der Asphalt ist mit Wasser besprengt, und ringsum verbreitet sich Rosenduft. Ich kann sie nicht ansprechen. Sie trägt einen weißen Pullover und hält einen weißen Umschlag in der rechten Hand, noch ohne Briefmarken. Sie hat jemandem einen Brief geschrieben. Ihre Augen wirken sehr müde, vielleicht hat sie die ganze Nacht geschrieben. Und vielleicht enthält dieser Umschlag alle ihre Geheimnisse. Als ich mich nach einigen Schritten umdrehe, ist ihre Gestalt bereits in der Menschenmenge verschwunden.

Jetzt weiß ich natürlich genau, wie ich sie damals hätte ansprechen müssen. Es wäre bestimmt lang geworden, und ich hätte nicht die richtigen Worte gefunden. Mir fällt nie etwas Brauchbares ein.
Jedenfalls beginnt es mit »vor langer, langer Zeit« und endet mit »eine traurige Geschichte, findest du nicht?«.

Vor langer, langer Zeit waren einmal ein Junge und ein Mädchen. Der Junge war achtzehn, das Mädchen sechzehn Jahre alt. Der Junge sieht nicht besonders gut aus, und auch das Mädchen ist nicht besonders hübsch. Ein einsamer und gewöhnlicher Junge und ein einsames und gewöhnliches Mädchen, wie man sie überall findet. Doch glauben sie fest daran, dass es irgendwo auf dieser Welt ein Mädchen oder einen Jungen gibt, der 100%ig zu ihnen passt. Ja, sie glaubten an ein Wunder. Und dieses Wunder geschah.

Eines Tages begegnen sich die beiden zufällig an einer Straßenecke.

»Unglaublich«, sagt der Junge zu dem Mädchen, »ich habe dich schon die ganze Zeit gesucht! Ob du's glaubst oder nicht, du bist für mich das 100%ige Mädchen.«

Und das Mädchen erwidert: »Und du bist für mich der 100%ige Junge. Genau wie ich ihn mir vorgestellt habe. Es ist wie im Traum.«

Die beiden setzen sich auf eine Parkbank, halten sich an den Händen und reden in einem fort, ohne dass ihnen langweilig wird. Sie sind nicht mehr einsam. Sie haben ihren 100%igen Partner gefunden und sind von ihm gefunden worden. Seinen 100%igen Partner zu finden und von ihm gefunden zu werden ist etwas ganz Außerordentliches. Ein Wunder des Kosmos.

Aber ihre Herzen durchfährt ein kleiner, ganz kleiner Zweifel. Durfte ihr Traum so einfach in Erfüllung gehen?

Als das Gespräch einmal abbricht, sagt der Junge:

»Wir wollen uns nur einmal noch auf die Probe stellen. Wenn wir wirklich 100%ig füreinander geschaffen sind, werden wir uns bestimmt irgendwann irgendwo wiederbegegnen. Beim nächsten Mal wissen wir, dass wir 100%ig füreinander bestimmt sind, und wollen sofort heiraten. Einverstanden?«

»Einverstanden«, antwortet das Mädchen.

Und so trennten sie sich. Nach Westen und nach Osten.

Doch es war in Wirklichkeit vollkommen unnötig, das Schicksal auf die Probe zu stellen. Sie hätten es nicht tun dürfen. Sie waren wirklich 100%ig füreinander bestimmt. Ihre Liebe war ein Wunder. Da sie aber noch zu jung waren, konnten sie es nicht wissen. Und so wurden sie von der immerwährenden, unbarmherzigen Welle des Schicksals fortgerissen.

Eines Tages im Winter erkrankten beide an einer in jenem Jahr grassierenden schweren Grippe. Wochenlang schwebten sie zwischen Leben und Tod, und als sie wieder genesen waren, war ihr Gedächtnis an ihr früheres Leben ausgelöscht. Wie soll ich es sagen, als sie wieder aufwachten, waren ihre Köpfe so leergefegt wie die Spardose des jungen D. H. Lawrence.

Aber da er ein intelligenter und ausdauernder Junge und sie ein intelligentes und ausdauerndes Mädchen war, scheuten sie keine Mühe, erwarben von neuem Bewusstsein und Gefühle und kehrten erfolgreich in die Gesellschaft zurück. Ja, bei Gott, sie waren richtig ordentliche Bürger. Sie wussten, wie man in der U-Bahn korrekt umsteigt und wie man bei der Post einen Eilbrief aufgibt. Sie liebten auch, mal 75%, mal 85%.

Der Junge war zweiunddreißig, das Mädchen war dreißig geworden. Die Zeit war im Fluge vergangen.

Und eines schönen Morgens im April geht der Junge von Westen nach Osten durch eine kleine Seitenstraße in Harajuku, um einen Kaffee zu trinken, und das Mädchen geht, um Briefmarken für einen Eilbrief zu kaufen, dieselbe Straße von Osten nach Westen. In der Mitte der Straße kommen sie aneinander vorbei. Für einen Moment blitzt der schwache Schein verlorener Erinnerung in ihren Herzen auf. Es dröhnt in ihrer Brust. Und sie wissen.

Sie ist für mich das 100%ige Mädchen. Er ist für mich der 100%ige Junge.

Aber der Schein ihrer Erinnerung ist zu schwach, ihre Sprache besitzt nicht mehr die gleiche Klarheit wie vor vierzehn Jahren. Beide gehen, ohne ein Wort zu sagen, aneinander vorbei und verschwinden in der Menge. Auf immer. Eine traurige Geschichte, findest du nicht?

Ich weiß, so hätte ich sie ansprechen müssen.

Botho Strauß

Verkennung

Nach einem Streit lief sie allein durch die Felder, auf dem Plattenweg von Gölßen zum Wald hin. Sie trug einen langen Stoffmantel, den Schal um den Scheitel geschlungen, eine eher städtische Winterfrau. Auf einmal drehte sie sich um und entdeckte auf dem abzweigenden Feldweg weit hinter sich, beinah einen Kilometer zurück, eine männliche Gestalt, die ihren Weg ging, mich.

In ihrer Erregung hielt sie mich sofort für ihren Mann, von dem sie nach einem Zerwürfnis davongelaufen war. Sie sah ihn, ohne zu zweifeln, seinerseits untröstlich durch die Felder rennen, verstört wegen der ungewohnt bösen Worte, die zwischen ihnen gewechselt worden waren.

Auf der Stelle kehrte sie um, lief, eilte zurück, rief mich über das Feld mit seinem Namen. Ich ging ungerührt weiter. Sie nahm es für ein Zeichen der tiefen Kränkung, die sie ihrem Mann zugefügt hatte. Eine Art Reuekoller ergriff sie, ihr Gesicht war von Tränen überschwemmt. Sie wollte, sie musste mich umarmen und mich bis zuletzt verkennen. Nun wandte ich mich um, da stand sie verwirrt und erstarrte. Stammelte etwas von einem Versehen.

»Wohnen Sie hier im Dorf?«, fragte ich überflüssigerweise.

»Hier in Gölßen?«

»Ja. Wir sind erst vor kurzem hierhergezogen. Mein Mann hat drüben im Forst sein Jagdrevier. Von Bielefeld nach Gölßen ins Barnimer Land. Wissen Sie, was das bedeutet!? Ich habe Sie für meinen Mann gehalten. Wir sind zu Haus ins Streiten gekommen. Ich bin aus dem Haus gerannt, und als ich dort in der leeren Landschaft jemanden gehen sah, dachte ich, es kann nur mein Mann sein, der es wie ich zu Hause nicht mehr aushielt.«

»Ich sehe ihm wohl ähnlich«, fragte ich mit gespielter Unwissenheit.

»Nur von der Größe, nur von fern. Aus der Nähe dann nicht mehr. Ich war besessen von dem Bild, dass er da allein durch die Felder rennt, ich wollte ihn sehen, und deshalb bin ich auf Sie zugerannt, um mich … bei ihm zu entschuldigen –«

Sie brach ab und sah unschlüssig zu Boden.

»Tun Sie es. Sie müssen es loswerden, was Ihnen auf der Zunge brennt. Es wird Sie erleichtern. Sagen Sie es mir.«

Mit einem einzigen mutigen Augenaufschlag sah sie mich an, so dass ich niemand anderes als ihr Mann sein konnte.

»Ich bitte dich um Entschuldigung. Ich habe böse Worte gebraucht, um dich zu kränken. Du musst mir glauben, dass das nur ein kleiner, winziger Bruchteil meiner Gefühle für dich ist, alles andere an mir bleibt für immer an dich gebunden.«

Und ich antwortete ihr: »Auch ich bitte dich um Verzeihung. Denn ich habe dich ja in die Lage gebracht, dass du dich so boshaft wehren musstest. Für mich ist nun alles vorüber. Du bist für mich der Inbegriff von Anmut und Herzlichkeit. Es ist, als wäre zwischen uns ein dunkler Vorhang aufgezogen, und ich stehe endlich vor der, die ich wirklich liebe.«

Ihre Hände umgriffen meinen Nacken, wir küssten uns und gingen schnell auseinander.

Das einzige Heilmittel

Max Frisch

Eine Geschichte für Camilla:

(eine tröstliche)

Ali, wie der Name schon sagt, war ein Araber, ein junger Schafhirt am oberen Euphrat, und es kam die Zeit, da er sich beweiben wollte. Aber Ali war arm. Ein anständiges Mädchen kostete in jener Gegend damals 15 Pfund, viel Geld für einen Schafhirten. Ali hatte einfach nur 10 Pfund. Als er hörte, im Süden seien die Bräute billiger, zögerte er nicht lang, nahm seinen Esel, füllte die Schläuche mit Wasser und ritt gegen Süden viele Wochen lang. Es war einfach Zeit, dass er sich beweiben sollte, er war jung und gesund. So ritt er voller Hoffnung, 10 Pfund in der Tasche, am Euphrat hinunter, wie gesagt, viele Wochen lang, indem er sich von Datteln nährte. Als Ali endlich in die gelobte Gegend kam, fehlte es nicht an Töchtern, die ihm gefielen, nicht an Vätern, die verkaufen wollten; aber auch im Süden hatten die Bräute unterdessen aufgeschlagen, und für 10 Pfund war nichts zu heiraten, nicht einmal ein hässliches Mädchen. 12 Pfund war der Tageskurs, 11 Pfund eine einmalige Occasion; Ali handelte tagelang, jedoch erfolglos, 10 Pfund war kein Angebot, sondern eine Beleidigung, und als Ali erkannte, dass nichts zu bestellen war, nahm er wieder seinen Esel, füllte die Schläuche mit Wasser und ritt gegen Norden, zu Tode betrübt mit seinen 10 Pfund in der Tasche, denn er hatte nichts davon verbraucht, als glaubte er noch immer an ein Wunder. Und natürlich blieb das Wunder nicht aus, das Ali verdiente, wenn er es erkannte. Es war halbwegs zwischen Süd und Nord, als Ali an einem Brunnen, wo er seinen traurigen Esel und sich selbst labte, ein Mädchen erblickte wie noch keines zuvor, schöner als alle, die er für seine 10 Pfund nicht hatte bekommen können, ein blindes Mädchen. Das war schade. Das Mädchen war aber nicht nur schöner als alle, sondern auch lieber, da es blind war und in keinem Brunnen je gesehen hatte, wie schön es war, und als Ali es ihr sagte, wie schön sie sei, mit allen Worten, die einem arabischen Schafhirten geläufig sind, liebte sie ihn auf der Stelle und bat ihren Vater, dass er sie an Ali verkaufte. Sie war billig, ihrer Blindnis wegen wollte der Vater sie los sein, erschreckend billig: 6 Pfund. Denn keiner am ganzen Euphrat wollte eine blinde Braut. Aber Ali nahm sie, setzte sie auf seinen gelabten Esel und nannte sie Alil, während er selber zu Fuß ging. In den Dörfern, wo immer Ali mit seiner Alil erschien, trauten die Leute ihren eignen Augen nicht, niemand hatte je ein schöneres Mädchen gesehen oder auch nur geträumt; nur war es leider blind. Aber Ali hatte noch 4 Pfund in der Tasche, und als er nach Hause kam, führte er sie zu einem Wunderarzt und sagte: Hier sind 4 Pfund, jetzt mach, dass Alil ihren Ali sieht. Als es dem Wunderarzt gelungen war und als Alil sah, dass ihr Ali, verglichen mit den andern Schafhirten ringsum, gar nicht schön war, liebte sie ihn trotzdem, denn er hatte ihr alle Farben dieser Welt geschenkt durch seine Liebe, und sie war glücklich, und er war glücklich, und Ali und Alil waren das glücklichste Paar am Rande der Wüste …

Camilla ist enttäuscht.

»Nun ja«, sagt sie, ohne aufzuschauen und ohne die Manicure zu unterbrechen, »das ist aber ein Märchen.«

Camilla will nicht weiterhören.

»Warten Sie!«, sage ich. »Warten Sie!«

Camilla feilt.

… das Märchen dauerte ein Jahr, da war's aus; der Umgang mit Alil hatte ihn angesteckt, so dass Ali langsam, aber sicher erblindete, und es kam eine böse Zeit, denn kaum war Ali erblindet, konnte er nicht mehr glauben, dass sie ihn liebte, und jedes Mal wenn Alil aus dem Zelt ging, wurde er eifersüchtig. Es nützte nichts, dass sie ihm schwor. Vielleicht ging sie wirklich zu den andern Schafhirten, das weiß man nicht. Ali konnte es ja nicht sehen, und da er solche Ungewissheit nicht aushielt, begann er sie zu schlagen. Das war schlimm. Sonst rührte er seine Alil nicht mehr an. So ging es lange Zeit, bis Ali sich rächte, indem er ein anderes Mädchen umarmte, das öfter und öfter in sein Zelt schlich. Aber auch das machte ihn nicht gesund, im Gegenteil, es wurde immer schlimmer. Wenn er wusste, dass es seine Alil war, die jetzt in seinem Zelt lag, schlug er sie, und sie weinte, dass man es draußen hörte, und Ali und Alil waren das unglücklichste Paar am Rande der Wüste. Das war bekannt. Als der Wunderdoktor davon hörte, erbarmte es ihn und er kam, um Ali zu heilen, obschon dieser kein einziges Pfund mehr zahlen konnte. Ali konnte wieder sehen, aber er sagte es seiner Alil nicht, dass er wieder sehen konnte, denn er wollte ihr nachschleichen, und das tat er auch. Aber was sah er? Er sah Alil, wie sie weinte, da er sie im Zelt geschlagen hatte, und er sah, wie sie ihr Gesicht wusch, um in sein Zelt zu schleichen als das andere Mädchen, damit der blinde Ali sie umarme –

»Nein«, sagt Camilla, »wirklich?«

Die Manicure ist zu Ende.

»Im Ernst«, fragt sie, indem sie die Scherchen und Feilchen zusammenpackt, »das ist eine wahre Geschichte?«

»Ja«, sage ich, »ich finde.«

Isabel Allende

Nívea, die Kühne

Severo del Valle wurde mit Tausenden anderer Verwundeter per Schiff nach Chile gebracht. Während in den improvisierten Feldlazaretten viele an Wundbrand oder an Typhus und Ruhr starben, konnte er genesen, und das hatte er Nívea zu verdanken, die, kaum hatte sie erfahren, was ihm geschehen war, sich an ihren Onkel, den Minister Vergara, wandte und so lange keine Ruhe gab, bis er Severo suchen ließ und ihn mit dem ersten verfügbaren Transport nach Valparaiso schickte. Er ließ auch eine Sondergenehmigung für seine Nichte ausstellen, mit der sie den militärischen Bezirk des Hafens betreten konnte, und wies einen Leutnant an, ihr zu helfen. Als Severo auf einer Trage an Land gebracht wurde, erkannte sie ihn nicht wieder, er hatte zwanzig Kilo abgenommen, war schmutzig, sah aus wie ein gelber, struppiger Leichnam, hatte einen mehrere Wochen alten Bart und die entsetzten, irren Augen eines Wahnsinnigen. Nívea überwand ihren Schreck mit der ihr eigenen amazonenhaften Willenskraft, die sie in ihrem Leben gut gebrauchen konnte, und begrüßte ihn mit einem fröhlichen »Hallo, Vetter, freut mich, dich zu sehen«, worauf Severo nicht antworten konnte. Als er sie erblickte, war seine Erleichterung so groß, dass er das Gesicht mit den Händen bedeckte, damit sie ihn nicht weinen sah. Der Leutnant hatte den Weitertransport vorbereitet, und gemäß den Anordnungen, die er erhalten hatte, fuhr er den Verwundeten und Nívea geradenwegs zum Palais des Ministers, wo dessen Frau ein Zimmer für ihn vorbereitet hatte. »Mein Mann sagt, du bleibst hier, bis du laufen kannst, Junge«, verkündete sie ihm. Der Arzt der Familie Vergara wandte alle Mittel der Wissenschaft an, um ihn zu heilen, aber als einen Monat später die Wunde noch immer nicht vernarben wollte und Severo sich weiter mit Fieberphantasien herumschlug, begriff Nívea, dass seine Seele krank war von den Gräueln des Krieges und dass das einzige Heilmittel gegen so viele Gewissensqualen die Liebe war, und also entschloss sie sich, zu extremen Maßnahmen zu greifen.

»Ich werde meine Eltern um die Erlaubnis bitten, dich zu heiraten«, teilte sie Severo mit.

»Ich sterbe, Nívea«, seufzte er.

»Du hast aber auch immer eine Ausrede, Severo! Agonie war noch nie ein Hinderungsgrund beim Heiraten.«

»Willst du Witwe werden, ohne je Ehefrau gewesen zu sein? Ich will nicht, dass dir das Gleiche zustößt, was mir mit Lynn passierte.«

»Ich werde nicht Witwe werden, weil du nicht sterben wirst. Würdest du mich wohl demütig bitten, dich zu heiraten, Vetter? Du könntest zum Beispiel sagen, ich sei die Frau deines Lebens, dein Engel, deine Muse oder etwas in dem Stil. Lass dir was einfallen, Mensch! Sag mir, dass du nicht ohne mich leben kannst, wenigstens das stimmt, oder? Ich muss schon sagen, es gefällt mir gar nicht, der einzige Romantiker in unserer Beziehung zu sein.«

»Du bist verrückt, Nívea. Ich bin nicht einmal ein vollständiger Mann, ich bin ein elender Invalide.«

»Fehlt dir mehr als nur ein Stück Bein?«, fragte sie ernsthaft beunruhigt.

»Findest du das wenig?«

»Wenn alles Übrige an seinem Platz ist, dann, scheint mir, hast du nur wenig verloren, Severo«, lachte sie. »Dann heirate mich doch bitte«, murmelte er tief erleichtert und mit einem Schluchzer in der Kehle, aber zu schwach, sie zu umarmen.

»Wein nicht, Vetter, küss mich, dazu brauchst du dein Bein nicht«, sagte sie und beugte sich über das Bett mit derselben Bewegung, die er so viele Male in seinen Delirien gesehen hatte. Drei Tage später heirateten sie in einer kurzen Zeremonie in einem der schönen Salons im Haus des Ministers in Gegenwart der beiden Familien. Den Umständen entsprechend war es eine Heirat im engeren Kreise, aber nur an nächsten Verwandten kamen schon vierundneunzig Personen zusammen. Severo erschien im Rollstuhl, bleich und mager, das Haar im Byron-Stil, die Wangen rasiert, festlich gekleidet in einem Hemd mit steifem Kragen, goldenen Knöpfen und einer Seidenkrawatte. Für ein Brautkleid oder eine angemessene Aussteuer für Nívea hatte die Zeit nicht gereicht, aber ihre Schwestern und Cousinen hatten ihr zwei Koffer mit Hauswäsche vollgepackt, die sie jahrelang für ihre eigene Aussteuer bestickt hatten. Sie trug ein Kleid aus weißem Satin und ein Diadem mit Perlen und Diamanten, beides von einer Frau ihres Onkels geliehen. Auf dem Hochzeitsfoto steht sie strahlend neben dem Stuhl ihres Mannes. An diesem Abend gab es ein Familienessen, an dem Severo nicht teilnahm, weil die Aufregungen des Tages ihn erschöpft hatten. Als die Gäste sich verabschiedet hatten, wurde Nívea von ihrer Tante zu dem Zimmer geleitet, das sie für sie vorbereitet hatte. »Es tut mir schrecklich leid, dass deine Hochzeitsnacht so .... so ...«, stotterte die gute Dame errötend. »Machen Sie sich keine Sorgen, Tante, ich werde mich damit trösten, dass ich den Rosenkranz bete«, antwortete die junge Frau. Sie wartete, bis das Haus schlief, und als sie sicher war, dass sich nichts mehr regte außer dem Wind in den Bäumen des Gartens, erhob sich Nívea im Nachthemd, lief durch die langen Flure des fremden Palais und trat in Severos Zimmer. Die Nonne, die angestellt worden war, um den Schlaf des Kranken zu bewachen, lag in einem Sessel, die Beine weit von sich gestreckt, und schlief tief und fest, aber Severo war wach und erwartete sie. Sie hob Schweigen gebietend einen Finger an die Lippen, löschte die Gaslampen und schlüpfte ins Bett.

Nívea war bei den Nonnen erzogen worden und stammte aus einer altmodischen Familie, in der die Funktionen des menschlichen Körpers niemals erwähnt wurden und schon gar nicht diejenigen, die mit der Fortpflanzung verbunden waren, aber sie war zwanzig Jahre alt, hatte ein leidenschaftliches Herz und ein gutes Gedächtnis. Sie erinnerte sich sehr gut an die verstohlenen Spiele mit ihrem Vetter in den dunklen Winkeln, an die Form von Severos Körper, die ängstliche Begierde der immer unbefriedigten Lust, die Faszination der Sünde. Zu jener Zeit wurden sie beide durch Scham und Schuld gehemmt und kamen zitternd aus ihren verbotenen Winkeln, erschöpft und die Haut in Flammen. In den Jahren, in denen sie voneinander getrennt waren, hatte sie Zeit gehabt, jeden mit ihrem Vetter geteilten Augenblick durchzugehen und die Neugier der Kindheit in eine tiefe Liebe zu verwandeln. Außerdem hatte sie die Bibliothek ihres Onkels Jos Francisco Vergara gründlich genutzt, dieses liberal und modern denkenden Mannes, der keinerlei Beschränkung seiner intellektuellen Interessen hinnahm und religiöse Zensur schon gar nicht duldete. Während Nívea die Bücher über Wissenschaft, Kunst und Krieg nach ihrer Thematik einordnete, entdeckte sie zufällig den Weg, ein Geheimfach zu öffnen, und stand vor einer keineswegs zu verachtenden Sammlung von Romanen, die auf der schwarzen Liste der Kirche standen, und von erotischen Texten einschließlich einer vergnüglichen Kollektion japanischer und chinesischer Zeichnungen mit ineinander verwickelten Paaren in anatomisch unmöglichen Positionen, die aber durchaus imstande waren, selbst den größten Asketen zu inspirieren, umso mehr eine so phantasiebegabte Person wie Nivea. Die lehrreichsten

Texte jedoch boten die pornographischen Romane einer *Anonymen Dame*, aus dem Englischen sehr schlecht ins Spanische übersetzt, die das junge Mädchen einen nach dem andern in ihrer Handtasche versteckt mit nach Hause nahm, sorgfältig las und heimlich an seinen alten Platz zurückstellte, eine unnötige Vorsicht, denn ihr Onkel war mit Kriegführen beschäftigt, und niemand sonst in dem Palais betrat die Bibliothek. Geleitet von diesen Büchern, erforschte sie ihren eigenen Körper, lernte die Grundbegriffe der ältesten Kunst der Menschheit und bereitete sich auf den Tag vor, an dem sie die Theorie in die Praxis umsetzen konnte. Sie wusste natürlich, dass sie eine schreckliche Sünde beging – Lust ist immer Sünde –, aber sie verzichtete darauf, das Thema mit ihrem Beichtvater zu besprechen, denn ihr schien, der Spaß, den sie sich leistete und den sie sich in Zukunft leisten würde, war die Gefahren der Hölle wert. Sie betete darum, dass der Tod sie nicht irgendwann plötzlich ereilte und dass sie es vor dem letzten Atemzug noch schaffen werde, die köstlichen Stunden zu beichten, die die Bücher ihr schenkten. Niemals hätte sie sich vorgestellt, dass dieser Einzelunterricht ihr einmal dazu dienen würde, dem Mann, den sie liebte, das Leben wiederzugeben, und schon gar nicht, dass sie es drei Meter von einer schlafenden Nonne entfernt tun würde. Nach der ersten Nacht mit Severo regelte sie Letzteres so, dass sie, wenn sie sich abends von ihm verabschiedete, um ihr eigenes Zimmer aufzusuchen, der Nonne eine Tasse heiße Schokolade und ein paar Kekse mitbrachte. Die Schokolade enthielt eine Dosis Baldrian, die selbst ein Kamel eingeschläfert hätte. Severo hätte nie gedacht, dass seine so vernünftige Cousine derlei akrobatische Kunststückchen beherrschte. Die Wunde am Bein, die immer noch stechende Schmerzen verursachte, dazu das Fieber und die Schwäche nötigten ihm eine passive Rolle auf, aber was ihm an Kraft fehlte, machte sie durch Initiative und Wissen wett. Severo war sicher, dass diese Liebesspiele unchristlich waren, aber das hinderte ihn nicht, sie voll zu genießen. Hätte er Nívea nicht seit ihrer Kindheit gekannt, dann hätte er angenommen, sie sei in einem türkischen Serail geschult worden, aber falls es ihn beunruhigte, wie und wo diese Jungfrau all die verschiedenartigen Hetärentricks gelernt hatte, war er klug genug, sie nicht danach zu fragen. Er folgte ihr willig auf der Reise der Sinne, soweit sein Körper mitmachte, und gab dabei seine Seele bis zum Äußersten hin. Sie suchten einander unter den Laken in den Formen, die die Pornographen aus der Bibliothek des ehrenwerten Kriegsministers beschrieben, und in anderen, die sie selbst erfanden, angestachelt vom Verlangen und von der Liebe, aber eingeschränkt durch den in Verbände gewickelten Stumpf und durch die in ihrem Sessel schnarchende Nonne. Die Morgendämmerung überraschte sie in enger Umschlingung zuckend, mit den vereinten Mündern gemeinsam atmend, und kaum deutete sich das erste Morgenlicht im Fenster an, glitt sie wie ein Schatten zurück in ihr Zimmer. Die Spiele von einst hatten sich in wahre Marathons der Sinnenlust verwandelt, sie liebkosten einander mit hungriger Gier, küssten sich, leckten sich, drangen überall ein, und alles im Dunkeln und in tiefstem Schweigen, sie verschluckten die Seufzer und bissen in die Kissen, um die fröhliche Wollust zu ersticken, die sie ein ums andere Mal emporhob in die Seligkeit während jener allzu kurzen Nächte. Die Zeit flog, kaum war Nívea wie ein Geist im Zimmer erschienen, um zu Severo ins Bett zu schlüpfen, schon war wieder Morgen. Keiner von beiden schloss die Augen, sie wollten nicht eine Minute von diesem gesegneten Beisammensein verlieren. Am folgenden Tag dann schlief er wie ein Neugeborenes bis Mittag, aber sie stand früh auf, blickte ein wenig verwirrt wie ein Schlafwandler und erledigte die üblichen Aufgaben. Abends ruhte Severo in seinem Rollstuhl auf der Terrasse und sah zu, wie die Sonne im Meer versank, während seine Ehefrau neben ihm saß, Deckchen bestickte und dabei einschlief. In Gegenwart anderer benahmen sie sich wie Geschwister, berührten sich nicht und sahen einander kaum an, aber die Luft um sie herum war mit Sehnsucht geladen. Den ganzen Tag zählten sie die Stunden, warteten mit wütender Ungeduld darauf, dass sie sich wieder im Bett umarmen konnten. Was sie in den Nächten taten, hätte den Arzt ebenso entsetzt wie die beiden Familien, wie die gesamte Gesellschaft, ganz zu schweigen von der Nonne. Unterdessen redeten Verwandte und Freunde über Níveas Selbstverleugnung – dieses so reine und so katholische junge Mädchen zu platonischer Liebe verdammt! – und über Severos moralische Stärke – ein Bein verloren und sein Leben ruiniert bei der Verteidigung des Vaterlandes! Die Klatschbasen verbreiteten das Gerücht, er habe nicht nur ein Bein auf dem Schlachtfeld verloren, sondern auch die Attribute der Männlichkeit. Ach, die beiden Armen, zischelten sie unter Seufzern, ohne zu ahnen, wie gut es diesem ausschweifenden Paar erging. Etwa eine Woche nachdem die Nonne mit Schokolade betäubt worden war und sie sich geliebt hatten wie die Babylonier, war die Operationswunde vernarbt und das Fieber verschwunden. Keine zwei Monate später ging Severo an Krücken und fing an, von einem Holzbein zu reden, während Nívea ihr Innerstes nach außen stülpte, eingeschlossen in irgendeines der dreiundzwanzig Badezimmer des Palais. Als sie nicht länger umhinkonnten, der Familie mitzuteilen, dass Nívea schwanger war, war die allgemeine Verblüffung so ungeheuer, dass es schließlich hieß, diese Schwangerschaft sei ein Wunder. Am meisten empört war zweifellos die Nonne, aber Severo und Nívea hatten sie immer im Verdacht, dass die fromme Frau trotz der beträchtlichen Baldriangaben die Gelegenheit genutzt hatte, sehr viel zu lernen; sie hatte sich schlafend gestellt, um sich nicht des Vergnügens zu berauben, sie zu beobachten. Der Einzige, der sich vorstellen konnte, wie sie es gemacht hatten, und der die Geschicklichkeit des Paares mit herzlichem Lachen belohnte, war Minister Vergara. Als Severo mit seinem künstlichen Bein die ersten Schritte gehen konnte und Níveas Bauch nicht mehr zu verstecken war, half er ihnen, sich in einem eigenen Haus einzurichten, und gab Severo Arbeit. »Das Land und die liberale Partei brauchen Leute von deiner Kühnheit«, sagte er, obwohl, der Wahrheit die Ehre, Nívea die Kühne gewesen war.

Anna Gavalda

Ambre

Ich habe in meinem Leben zig Mädchen vernascht, bei den meisten kann ich mich nicht mal mehr an das Gesicht erinnern.
Ich erzähle das nicht, um Eindruck zu schinden. In meiner jetzigen Situation, bei all der Knete, die ich verdiene, und all diesen Arschkriechern unter mir, kannst du mir glauben, dass ich es nicht nötig habe, irgendwas daherzureden.
Ich erzähle es, weil es stimmt. Ich bin achtunddreißig und habe fast alles in meinem Leben vergessen. Das gilt für die Mädchen, und das gilt auch für alles andere.
Es kommt manchmal vor, dass mir eine alte Zeitschrift in die Hände fällt, so eine, mit der man sich eigentlich nur noch den Arsch abwischen kann, und ich sehe mich auf einem Foto mit irgendeiner Puppe am Arm.

Ich lese die Bildunterschrift und stelle fest, dass das betreffende Mädchen Laetitia heißt oder Sonia oder wie auch immer, ich sehe mir das Foto noch einmal an, wie um mir zu sagen: »Ach ja, natürlich, Sonia, die kleine Brünette aus der Villa Barclay mit ihren Piercings und ihrem Vanilleduft ...«
Aber, das ist es nicht, was mir in den Sinn kommt.
Im Geiste wiederhole ich »Sonia«, wie ein Bekloppter, und lege das Heft zur Seite, um mir eine Kippe zu holen.

Ich bin achtunddreißig und weiß genau, dass mein Leben im Arsch ist. Hier oben löst sich langsam alles auf. Man braucht nur mal mit dem Fingernagel zu kratzen, und ganze Wochen

landen im Müll. Um dir zu erzählen, wie es ist: Vor kurzem habe ich das Wort Golfkrieg gehört, ich drehe mich um und frage:
Golfkrieg, wann war'n der?
1991, bekomme ich zur Antwort, als bräuchte ich ein Lexikon für die genauen Angaben. Aber die Wahrheit ist, verdammte Kacke, ich hatte noch nie davon gehört.
Im Müll gelandet, der Golfkrieg.
Nichts gesehen. Nichts gehört. Ein ganzes Jahr, mit dem ich nichts anfangen kann.
1991 war ich nicht da.
1991 war ich bestimmt damit beschäftigt, meine Venen zu suchen, und habe nicht mitgekriegt, dass es einen Krieg gab. Du wirst mir sagen, ist mir egal. Ich sage Golfkrieg, weil es ein gutes Beispiel ist.
Ich vergesse fast alles.
Sonia, verzeih mir, aber es stimmt. Ich erinnere mich nicht mehr an dich.

Und dann habe ich Ambre getroffen.
Wenn ich nur schon ihren Namen sage, fühle ich mich gut.
Ambre.

Das erste Mal, dass ich sie gesehen habe, war im Aufnahmestudio in der Rue Guillaume-Tell. Wir steckten seit einer Woche im Schlamassel, und alle gingen uns auf den Geist mit irgendwelchen üblen Geldgeschichten, weil wir ziemlich hintendran waren.
Man kann nicht alles vorhersehen. Nie. In *dem* Fall hatten wir nicht vorhersehen können, dass dem Supertontechniker, den wir zu einem Wahnsinnspreis aus den States hatten einfliegen lassen, um es den fetten Lederjacken in der Plattenfirma recht

zu machen, bei der erstbesten Gelegenheit die Luft ausgehen würde.
Die Müdigkeit und die Zeitverschiebung sind ihm wohl nicht bekommen, hat der Doc behauptet.
So ein Blödsinn, die Zeitverschiebung hatte damit nicht das Geringste zu tun.
Bei dem Yankee waren bloß die Augen größer als der Bauch, und das geschah ihm recht. Jetzt sah er alt aus mit seinem Vertrag, mit dem »er die kleinen Frenchies zum Tanzen bringen wollte« …
Es war eine üble Zeit. Ich hatte seit Wochen kein Tageslicht mehr gesehen und habe mich nicht mehr getraut, mit der Hand mein Gesicht zu berühren, ich hatte das Gefühl, meine Haut würde platzen oder Risse bekommen oder so was in der Art.
Am Ende konnte ich nicht mal mehr rauchen, so weh tat mir der Hals.

Fred ging mir eine Zeitlang mit einer Freundin seiner Schwester auf den Zeiger. Einer Fotografin, die mich auf einer Tournee begleiten wollte. Als free lance, aber ohne die Fotos hinterher verkaufen zu wollen. Nur für sich.
He, Fred, lass mich in Ruhe damit …
Wart doch mal, was kümmert's dich, wenn ich sie mal einen Abend mitbringe, oder? Was kümmert dich das?!
Ich kann Fotografen nicht ab, ich kann künstlerische Leiter nicht ab, ich kann Journalisten nicht ab, ich kann es nicht ab, wenn man mir im Weg steht, und ich kann es nicht ab, wenn man mich beobachtet. Geht dir das in deinen Schädel oder nicht?
Scheiße, bleib cool, Mann, nur für einen Abend, zwei Minuten. Du brauchst ja nicht mit ihr zu reden, wahrscheinlich siehst du

sie nicht mal. Tu's mir zuliebe, verdammt. Man merkt schon, dass du meine Schwester nicht kennst.

Vorhin habe ich dir erzählt, dass ich alles vergesse, aber das nicht, wie du siehst.
Sie kam durch die kleine Tür auf der rechten Seite, wenn du vorm Mischpult stehst. Sie sah aus, als wollte sie sich entschuldigen, ging auf Zehenspitzen und trug ein weißes T-Shirt mit ganz schmalen Trägern. Von dort, wo ich stand, hinter der Scheibe, konnte ich ihr Gesicht nicht gleich sehen, aber als sie sich hingesetzt hat, sind mir ihre winzigen Brüste aufgefallen, und schon hatte ich Lust, sie zu berühren.

Später hat sie mir zugelächelt. Nicht wie die Mädchen, die mir sonst zulächeln, weil sie sich freuen, dass ich sie anschaue.
Sie hat mir einfach so zugelächelt, um nett zu sein. Und nie ist mir eine Aufnahme so lang vorgekommen wie an diesem Tag.
Als ich aus meinem Glaskäfig kam, war sie verschwunden.
Ich sagte zu Fred:
Ist das die Freundin deiner Schwester?
Jaaa.
Wie heißt sie?
Ambre.
Ist sie gegangen?
Ich weiß nicht.
Scheiße.
Was?
Nichts.

Am letzten Tag ist sie wiedergekommen. Paul Ackermann hatte im Studio eine kleine Party organisiert, »um deine nächste

goldene Platte zu feiern«, hatte er gesagt, der Blödmann. Ich kam gerade aus der Dusche, mit noch nacktem Oberkörper, und trocknete mir den Kopf mit einem viel zu großen Handtuch ab, als Fred uns miteinander bekannt machte.
Ich habe fast kein Wort rausgebracht. Als wäre ich fünfzehn, und ich ließ das Handtuch auf den Boden fallen. Sie hat mir wieder zugelächelt, wie beim ersten Mal.

Sie zeigte auf einen Bass und fragte:
Ist das Ihre Lieblingsgitarre?
Und ich – ich wusste nicht, ob ich sie gerne geküsst hätte, weil sie so überhaupt nichts davon verstand oder weil sie »Sie« zu mir sagte, wo mich sonst alle Welt duzte und mir dabei auf den Bauch klopfte …
Vom Präsidenten der Republik bis zum hinterletzten Arschloch sagten alle »du«, als hätten wir zusammen Schweine gehütet.
Die Branche will es so.
Ja, habe ich geantwortet, die mag ich am liebsten.
Und ich suchte mit den Augen nach etwas, was ich mir überziehen konnte.
Wir haben uns ein bisschen unterhalten, aber es war schwierig, weil Ackermann ein paar Journalisten eingeladen hatte, das hätte ich mir denken können.
Sie hat mich wegen der Tournee gefragt, und ich habe zu allem »ja« gesagt und heimlich ihre Brüste betrachtet. Dann hat sie sich verabschiedet, und ich habe überall nach Fred oder nach Ackermann gesucht oder nach dem Erstbesten, dem ich eine in die Fresse hauen konnte, weil ich innerlich überkochte.
Die Tournee umfasste rund zehn Termine, fast alle außerhalb von Frankreich. Wir waren zwei Abende in der Cigale, den Rest bringe ich völlig durcheinander. Wir sind in Belgien,

Deutschland, Kanada und in der Schweiz gewesen, aber frag mich nicht, in welcher Reihenfolge, ich könnte es nicht sagen.

Auf Tournee bin ich müde. Ich mache meine Musik, ich singe, ich versuche, clean zu bleiben, so gut es geht, und ich schlafe im Pullman.
Auch wenn ich einen Arsch aus Massivgold hätte, wäre ich mit meinen Musikern in einem klimatisierten Pullman on the road. An dem Tag, an dem du mich ohne sie in ein Flugzeug steigen siehst, um ihnen kurz vorm Auftritt die Pfote zu geben, sag mir Bescheid, das hieße dann, dass ich hier nichts mehr verloren habe und dass es an der Zeit ist, mich nach was anderem umzusehen.
Ambre hat uns begleitet, aber ich habe es nicht von Anfang an gewusst.
Sie hat ihre Fotos gemacht, ohne dass wir es gemerkt haben. Sie war bei den Backgroundsängerinnen untergebracht. Man hörte sie gelegentlich in den Hotelkorridoren kichern, wenn Jenny ihnen die Karten legte. Wenn ich sie sah, hob ich den Kopf und versuchte, mich gerade zu halten, aber ich bin in den ganzen Wochen nicht ein einziges Mal auf sie zugegangen.
Ich kann den Job und Sex nicht mehr vermischen, ich bin alt geworden.

Der letzte Abend war ein Sonntag. Wir waren in Belfort, wo wir als glanzvollen Abschluss ein Sonderkonzert zum zehnten Geburtstag von Eurock geben wollten.
Beim Abschiedsessen habe ich mich neben sie gesetzt.
Dieser Abend ist uns heilig, und wir respektieren ihn und reservieren ihn für uns: für die Roadies, die Techniker, die Mu-

siker und alle, die uns auf der Tournee geholfen haben. Das ist nicht der Moment, um uns mit einem Starlet oder einem Schreiberling aus der Provinz auf die Nerven zu gehen, nicht einmal Ackermann wäre es in den Sinn gekommen, Fred auf seinem Handy anzubimmeln, um sich nach den letzten News zu erkundigen oder nach der Anzahl der verkauften Karten.
Man muss auch sagen, im Allgemeinen ist das ziemlich schlecht für unser Image.
Unter uns heißen diese Abende Fliegentöter, und das besagt alles.
Tonnen von Stress, die sich auflösen, die Freude über die abgeschlossene Arbeit, die ganzen Spulen noch heiß in ihrer Dose und mein Manager, der das erste Mal seit Monaten plötzlich lächelt, das ist zu viel auf einmal, das artet leicht aus …

Am Anfang habe ich noch versucht, Ambre rumzukriegen, aber als ich kapiert habe, dass ich zu breit war, um sie richtig zu vernaschen, habe ich es aufgegeben.
Sie hat sich nichts anmerken lassen, aber ich weiß, dass sie die Situation voll durchschaut hat.
Irgendwann, als ich im Restaurant auf dem Klo war, habe ich ihren Namen langsam und laut in den Spiegel überm Waschbecken gesprochen, aber anstatt einmal tief durchzuatmen und mir kaltes Wasser in die Fresse zu spritzen, um ihr ins Gesicht zu sagen: »Wenn ich dich anschaue, bekomme ich Bauchflattern wie vor zehntausend Zuschauern, bitte hör auf damit, nimm mich in den Arm«, habe ich mich umgedreht und beim Dealer vom Dienst Stoff für zwei Riesen gekauft.
Monate sind vergangen, das Album kam heraus – Mehr sage ich nicht, es ist eine Zeit, die ich immer weniger gut abkann: wenn ich nicht allein sein kann mit meinen sinnlosen Fragen und meiner Musik.

Wieder einmal war es Fred, der kam, um mich mit seinem schwarzen Vmax abzuholen und zu ihr zu bringen.
Sie wollte uns ihre Arbeiten von der Tour zeigen.

Ich war gut drauf. Ich freute mich, Vickie, Nath und Francesca wiederzusehen, die live mit mir gesungen hatten. Sie gingen jetzt eigene Wege. Francesca wollte ein Album für sich allein, und wieder einmal habe ich ihr auf Knien geschworen, ihr unvergessliche Sachen zu komponieren.

Ihre Wohnung war winzig, und man trat sich gegenseitig auf die Füße. Wir tranken eine Art rosa Tequila, den der Nachbar von gegenüber zusammengepanscht hatte. Er war Argentinier und maß mindestens zwei Meter, er lächelte die ganze Zeit.
Ich war über seine Tätowierungen völlig baff.
Ich bin aufgestanden. Wusste, dass sie in der Küche war. Sie sagte:
Willst du mir helfen?
Ich sagte nein.
Sie sagte:
Willst du meine Fotos sehen?
Ich hatte Lust, noch einmal nein zu sagen, aber stattdessen habe ich gesagt:
Jaaa, gern.
Sie ging in ihr Schlafzimmer. Als sie zurückkam, schloss sie die Tür ab und fegte alles, was auf dem Tisch war, mit einem Arm zu Boden. Das hat einen Heidenlärm verursacht, aufgrund der Aluminiumtabletts.
Sie legte ihre Mappe hin und setzte sich mir gegenüber.

Ich habe das Teil aufgemacht und nur meine Hände gesehen.

Hunderte von Fotos in Schwarzweiß, die nichts anderes zeigten als meine Hände.

Meine Hände auf den Saiten der Gitarre, meine Hände, die sich ums Mikro schmiegen, meine Hände neben meinem Körper, meine Hände, die die Menge liebkosen, meine Hände, die hinter den Kulissen andere Hände drücken, meine Hände, die eine Zigarette halten, meine Hände, die mein Gesicht berühren, meine Hände, die Autogramme geben, meine fiebrigen Hände, meine Hände, die inständig bitten, meine Hände, die Kusshände verteilen, und auch meine Hände, die spritzen.
Große, hagere Hände mit Venen wie Wassergräben.

Ambre spielte mit einem Flaschendeckel. Zerdrückte Krümel.
Ist das alles? habe ich sie gefragt.
Zum ersten Mal habe ich ihr länger als eine Sekunde in die Augen geschaut.

Bist du enttäuscht?
Ich weiß nicht.
Ich habe deine Hände gewählt, weil sie das einzige an dir sind, was nicht kaputt ist.
Meinst du?
Sie nickte mit dem Kopf, und ich sog den Duft ihrer Haare ein.
Und mein Herz?
Sie hat mir zugelächelt und sich über den Tisch gebeugt.
Ist es denn nicht kaputt, dein Herz? hat sie gefragt und leicht skeptisch geguckt.
Hinter der Tür waren Gelächter und leichte Faustschläge zu

hören. Ich erkannte Luis' Stimme, der brüllte: »Wirr brrauchen Eiswirrfel!«

Muss man mal sehen, habe ich gesagt.
Es schien, als wollten die Idioten die Tür eindrücken.

Sie hat ihre Hände auf meine gelegt und hat sie angeschaut, als sähe sie sie zum ersten Mal. Und dann hat sie gesagt: Ja, muss man mal sehen.

Abenteuer eines Ehepaars

Elke Heidenreich

Ring

Claire und Josef sind noch nicht lange verheiratet, vielleicht drei oder vier Jahre. Sie sind sehr glücklich, obwohl es oft auch Streit gibt, Claire ist schusselig, verliert und vergisst viel, Josef hat ein aufbrausendes Temperament. Aber alles in allem geht es ihnen gut miteinander.
Jetzt bedrückt Claire seit Wochen etwas: Sie hat ihren Ehering verloren. Keine Ahnung, wo. Bei der Hausarbeit? Im Schwimmbad? Sie hat alles abgesucht, er ist weg, er bleibt weg, und nun ist der Tag, an dem sie es Josef endlich gestehen will und muss. Hoffentlich tobt er nicht. Es war ein einfacher, schlichter, aber doch schöner Ring.
Sie gehen am Flussufer spazieren, eingehakt. Es dauert eine Weile, dann traut sie sich. Sie beichtet, dass der Ring weg ist. Er bleibt stehen, sie erwartet ein Donnerwetter, sie verliert dauernd etwas – Geld, Schirme, Schlüssel, er wird schimpfen, mit einigem Recht.
Aber er nimmt sie in den Arm. »Ich hab doch gemerkt, dass dich was drückt«, sagt er. »Bin froh, dass es nur das ist.«
Und dann zieht er seinen Ehering vom Finger, guckt ihn an und sagt: »Was ist denn schon so ein Ring. Bloß ein Symbol. Spießig. Brauchen wir sowieso nicht.« Und er wirft ihn in hohem Bogen in den Fluss. »Jetzt haben wir beide keinen mehr«, sagt er. »Na, und?«
Eine schöne Geschichte, wenn Claire nicht am selben Abend noch in einer Tasche ihren Ring gefunden hätte. Soll sie ihn jetzt tragen? Spießig sein? Oder ihn auch kühn in den Fluss werfen?
Noch ist die Geschichte nicht entschieden.

David Albahari
Weiße Wolke

Meine Frau sitzt in der Küche und zieht einen Faden durch ein Nadelöhr. Dann wählt sie einen Knopf für ihre Bluse aus. Die Bluse ist weiß. Auch der Faden ist weiß. Nur der Knopf ist rot. Meine Frau näht den roten Knopf an die weiße Bluse. Später legt sie die Bluse auf das Bügelbrett. Ich sehe, dass jeder Knopf eine andere Farbe hat. Wenn sie die Bluse anzieht, sieht meine Frau aus wie eine weiße Wolke hinter einem bunten Regenbogen.

Italo Calvino

Abenteuer eines Ehepaars

Der Arbeiter Arturo Massolari hatte Nachtschicht; sie endete um sechs Uhr morgens. Der Heimweg war weit, in der schönen Jahreszeit bewältigte er ihn mit dem Fahrrad, in regnerischen und winterlichen Monaten fuhr er mit der Straßenbahn. Er langte zwischen sechs und drei Viertel sieben zu Hause an, das heißt: Manchmal etwas früher, manchmal etwas später, als der Wecker für seine Frau Elide rasselte.

Diese beiden Geräusche, das Schrillen des Weckers und die Schritte des Mannes, vermischten sich oft in Elides Empfindung zu einem einzigen, das in die Tiefe ihres Schlafes hinunterfand, in den festen Frühmorgenschlaf, den sie, das Gesicht ins Kissen gedrückt, bis zur letzten und allerletzten Sekunde auszukosten trachtete. Endlich tastete sie sich im Bett auf und fuhr blindlings in die Ärmel ihrer Hausjacke, während ihr noch die Haare über die Augen herabhingen. So erschien sie in der Küche, wo Arturo gerade die leeren Behälter aus der Tasche, die er zur Arbeit mitzunehmen pflegte, hervorkramte und auf den Ausguss legte: Brotbüchse, Thermosflasche ... Den kleinen Ofen hatte er schon angezündet und den Kaffee darauf gestellt. Sobald er sie erblickte, strich Elide sich unwillkürlich die Haare aus der Stirn und riss mühsam die Augen auf, als schäme sie sich jedes Mal ein wenig, dass sie ihrem Mann, der nach Hause kam, diesen Anblick bot: immer so unordentlich und mit verschlafenem Gesicht. Wenn zwei Menschen zusammen geschlafen haben, ist das etwas anderes, dann tauchen sie gemeinsam morgens aus dem Schlaf auf, und keiner hat dem anderen etwas voraus.

Zuweilen auch kam es vor, dass er mit der Kaffeetasse in der

Hand an ihr Bett trat und sie weckte, eine Minute ehe die Uhr schrillte. Dann war alles viel natürlicher, die Anstrengung des Wachwerdens erfüllte sich mit einer schmerzlichen Süße, die Arme, die sich nackt emporgestreckt hatten, schlangen sich wie von selbst um den Nacken des Mannes. Sie küssten sich. Arturo trug noch seine Windjacke, und an der Berührung erkannte sie, was es draußen für ein Wetter gab, ob es regnete oder neblig war oder Schnee fiel. Trotzdem fragte sie ihn: »Wie ist das Wetter?«

Und er fing daraufhin murmelnd, halb ironisch, seinen Bericht an: erzählte von den Widrigkeiten, die ihm zugestoßen waren, von der Fahrt auf dem Rad, welches Wetter ihn erwartet hatte, als er aus dem Fabriktor trat – ein ganz anderes Wetter als am Abend zuvor, beim Beginn der Nachtschicht –, Einzelheiten über die Arbeit, Stimmen, die ihn beim Aufbruch umgeben hatten, und so weiter.

Um diese Zeit war das Haus noch kaum erwärmt, doch Elide stand nun, ganz ausgezogen, etwas zitternd, im kleinen Badezimmer und wusch sich. Er folgte, zog sich ebenfalls aus, mit mehr Ruhe, und spülte sich langsam Staub und Öl der Arbeitsstunden ab. Schließlich standen sie beide nebeneinander am selben Waschbecken, stießen sich gelegentlich in die Seite, nahmen sich die Seife aus der Hand, die Zahnpasta, und fuhren fort, sich das zu sagen, was gesagt werden musste. Dann kam allmählich ein Augenblick echter Vertrautheit und Vertraulichkeit, und zuweilen wurde aus einer hilfreichen Geste beim Abtrocknen des Rückens eine Zärtlichkeit, und sie umarmten einander.

Plötzlich aber rief Elide: »Lieber Gott, wie spät es schon ist!«

Und sie lief, den Strumpfhalter zu befestigen, den Unterrock anzuziehen, in aller Eile, und schon strich sie mit der Bürste übers Haar, das Gesicht dem Spiegel über der Kommode entgegengestreckt. Haarnadeln zwischen den Lippen. Arturo trat hinter sie; er hatte sich eine Zigarette angezündet und sah sie an, rauchend, und jedes Mal schien er sich ausgesprochen unbehaglich zu fühlen, dass er so stehen musste, ohne etwas tun zu können. Dann war sie fertig, warf im Korridor ihren Mantel um, sie gaben sich noch einen Kuss, Elide öffnete die Tür, und schon hörte er sie die Treppe hinunterrennen.

Arturo blieb allein zurück. Wenn das Geräusch von Elides Absätzen auf den Steinstufen verklungen war, folgte er ihr in Gedanken, stellte sich vor, wie sie eilig durch den Hof trippelte, zum Tor hinaus, den Bürgersteig entlang bis zur Haltestelle der Straßenbahn. Die Bahn konnte er wieder gut hören: wie sie kreischend anhielt, und wie das eiserne Gitter am Eingang nach jedem einsteigenden Fahrgast wieder zuschlug.

Na also, sie hat sie erwischt, dachte er, und er sah seine Frau zwischen den Arbeitern und Arbeiterinnen eingeklemmt auf einer Sitzbank der Linie II, die Tag für Tag eine neue Schicht zur Fabrik fuhr. Arturo drehte am Lichtschalter, schloss die Fensterläden, machte ganz dunkel, ging zu Bett.

Das Bett war noch so, wie Elide es verlassen hatte, aber auf seiner, Arturos Seite, wirkte es unberührt, als wäre es eben neu gemacht worden. Hier legte er sich zunächst hin, kroch tief unter die Decke, aber bald schon streckte er ein Bein dort hinüber, wo etwas von der Wärme seiner Frau verblieben war; dann folgte das andere Bein, und so rückte er nach und nach ganz auf Elides Seite, in jene sanfte Höhlung die von ihrem Körper geformt war; er drückte das Gesicht in ihr Kissen, in ihren Duft, und schlief ein.

Wenn Elide abends heimkam, strich Arturo schon seit einiger Zeit in der Wohnung herum: Er hatte den Ofen neu in Gang gebracht, irgendetwas zum Kochen daraufgestellt. In diesen

Stunden vor dem Abendessen verrichtete er ein paar bestimmte Arbeiten: Er machte das Bett, fegte ein wenig, warf die Wäsche zum Einweichen ins Wasser. Elide meinte dann, er habe alles verkehrt gemacht, aber, um die Wahrheit zu sagen, er strengte sich auch nicht sonderlich an; was er da tat, war nur eine Art Ritus der Erwartung, als ginge er ihr entgegen, indem er doch dabei im Hause blieb. Draußen flammten unterdessen die Lichter auf, und Elide ging an den Läden entlang, mitten in jener ungewöhnlichen Geschäftigkeit auf den Straßen, die das Kennzeichen gewisser Stadtviertel ist, wo viele Frauen erst abends einkaufen können.
Endlich hörte er auf der Treppe ihren Schritt, der jetzt ganz anders klang als am Morgen: schwer von der Müdigkeit eines Arbeitstages und von der Last der Einkäufe. Arturo trat auf den Vorplatz im Treppenhaus, nahm ihr die Bürde ab, und während sie hineingingen, wechselten sie die ersten Worte. Elide warf sich erst auf einen Stuhl in der Küche, ohne erst den Mantel auszuziehen, während er die Päckchen aus der Einkaufstasche holte. Schließlich raffte sie sich auf: »Na, also los!«, sagte sie, stand auf, zog den Mantel aus, ihre alte Strickjacke an. Sie machten sich daran, ihr Mahl zuzubereiten: Abendessen für beide, und den Proviant für ihn, für die Pause um ein Uhr nachts, und das Frühstück für sie, das sie morgen ebenfalls in die Fabrik mitnehmen würde, und das Frühstück für ihn, das er vorfinden musste, wenn er aufwachte.
Sie war jetzt etwas unlustig und setzte sich gern in den Strohsessel und sagte ihm, was er tun solle. Er dagegen war in dieser Stunde gut ausgeruht; er werkte herum, wollte alles selber besorgen, war aber dabei etwas zerstreut, hatte seine Gedanken schon woanders. In diesen Augenblicken gerieten sie oft fast in Streit. Es kam vor, dass sie sich ein böses Wort sagten, denn sie fand, er könne etwas besser achtgeben auf das, was er tat,

oder sich ein bisschen um sie kümmern, zu ihr kommen, sie trösten. Hingegen dachte er, nach der ersten Begeisterung über ihre Ankunft, schon an das, was ihm bevorstand, und dass er sich beeilen müsse.

Wenn dann der Tisch gedeckt war und alles so nahe zur Hand lag, dass man nicht mehr aufstehen musste, kam der Augenblick, der ihnen beiden ins Herz schnitt; es wurde ihnen bewusst, wie wenig Zeit sie füreinander hatten, und es wollte ihnen kaum gelingen, den Löffel zum Mund zu führen, weil sie sich am liebsten an den Händen gehalten hätten.

Dann, noch war der Kaffee nicht ganz getrunken, sah er schon nach seinem Rad. Sie küssten sich. Arturo schien es, als hätte er noch nie so deutlich gespürt, wie zart und warm seine Frau war. Aber er hängte sich den Rahmen des Fahrrades über die Schulter und stieg vorsichtig die Stufen hinunter.

Elide wusch das Geschirr ab, durchstöberte die ganze Wohnung, sah sich kopfschüttelnd an, was ihr Mann vollbracht hatte. Jetzt fuhr er über die dunklen Straßen, von Laternenschein zu Laternenschein, hinter dem Kegel seiner eigenen Lampe her; vielleicht war er schon beim Gaswerk. Elide ging ins Bett, drehte das Licht aus. Von ihrer Bettseite her streckte sie einen Fuß zum Platz ihres Mannes hinüber, um seine Wärme zu suchen, aber jedes Mal stellte sie fest, dass es wärmer war, wo sie selbst lag; ein Zeichen, dass Arturo hier geschlafen hatte. Und das erfüllte sie mit großer Zärtlichkeit.

David Albahari

Eichhörnchen

Meine Frau spült das Geschirr und singt.
Ich trockne die Gläser und die Teller ab. Dann stelle ich sie in das Regal.
Auf einem Baum im Hof sitzt ein Eichhörnchen.
Ich lege das Geschirrtuch weg, hole den Fotoapparat und fotografiere es drei Mal.
Meine Frau hört auf zu singen. »Mich fotografierst du nie drei Mal«, sagt sie.
»Du bist kein Eichhörnchen«, sage ich.
»Natürlich nicht«, sagt meine Frau. Dann schaut sie mich an. »Hättest du mich lieber, wenn ich einen Schweif hätte?«
»Ich habe dich auch ohne Schweif lieb«, sage ich, nehme den Fotoapparat und fotografiere sie vier Mal.

Alexander Kluge

So legte sich der Streit, der zur Trennung hätte führen können

Der Ehestreit entwickelte sich nachmittags. Es war Samstag. Die Aussicht, dass übermorgen, Montag, der Alltag neu beginnt: öde. Ein Wort ergab das andere. Erst ging es um Kritik an der Unordnung im Bad, später, gegen 18 Uhr, lohender, feuriger Disput, erste Verletzungen.
Sie saßen ein jeder in seinem Zimmer. Einmal ging sie davon, als käme sie nie wieder. Sie hatte ein paar Sachen in eine Tasche gepackt und zog ab. Zermürbt, aber auch störrisch und beleidigt, inzwischen hungrig, unversorgt, blieb der Mann zurück. Auf Handyanruf hörte sie nicht. So unterließ er auch das. Vielleicht besuchte sie eine Freundin. Eventuell aber ging sie fremd, ließ sich von einem Fremden aufhetzen.
Dann kam sie gegen 22 Uhr zurück. Er blieb mürrisch, verletzt. Alles ungünstig für eine Versöhnung. Also verließ sie die Wohnung erneut.
Spät in der Nacht zeigte sich, dass im Kellergeschoss ihrer Ehe noch eine elektrische Leitung intakt geblieben war (oder ein Tunnel). Ihm fielen Bilder in die Hand von einer Reise vor acht Jahren. Sie wiederum, aufgrund eines Erinnerungsblitzes, war schon auf dem Weg zur Wohnung. Sie dachte, sie müsste noch etwas holen. Auf der Treppe des Mietshauses trafen sie aufeinander. Er auf dem Marsch, die Stadt nach ihr abzuklappern. Sie auf versuchsweiser Heimkehr. Irgendetwas war übrig, das nicht verstimmt war. So legte sich der Streit, der zur Trennung hätte führen können, noch bevor die Morgenröte des Sonntags anbrach. Übernächtigt schliefen sie nebeneinander ein. Die Sachen lagen herum, unordentlich verstreut in der Eile.

Elke Heidenreich und
Bernd Schroeder

Entschuldigung

»Lore, ich liebe dich!«

»Harry, was ist in dich gefahren – ist dir nicht gut?«

»Ich möchte mich bei dir entschuldigen.«

»Wofür? Hast du mich betrogen?«

»Nein.«

»Was hast du ausgefressen, Harry?«

»Ich möchte mich dafür entschuldigen, dass ich neben dir ein sturer alter Zausel geworden bin.«

»Ich nehme die Entschuldigung an.«

»Gut so.«

»Und – äh – ist denn Besserung in Sicht?«

»Ja. Ich habe nachgedacht und mich umgesehen, und ich habe zu viele Paare gesehen, die gelangweilt nebeneinanderher leben. Sie sitzen in Lokalen und reden nicht miteinander. Sie haben sich nichts mehr zu sagen, weil sie nichts Gemeinsames erleben und weil alles andere schon gesagt ist. Ich will nicht, dass wir so werden.«

»Ich weiß gar nicht, was ich sagen soll – ich bin so überrascht, Harry.«

»Wir waren seit drei Jahren nicht mehr im Kino – weißt du, was unser letzter Film war, den wir gesehen haben?«

»Ja, ich weiß es, es war ›Das Leben der Anderen‹. Da hatten wir doch danach so eine heftige Diskussion mit meiner Kollegin Franziska aus Erfurt.«

»Eben. Ich erinnere mich – ich will wieder mit dir ins Kino gehen und ins Theater und solche Diskussionen haben. Ich will mit dir reisen und was erleben, damit wir wieder sagen können ›siehst du auch, was ich sehe‹ und nicht nur ›weißt du noch, damals‹.«

»Was sagt dein Garten dazu, Harry?«

»Ich lass mich doch von einem Garten nicht davon abhalten, mit meiner Gattin einen erfüllten Lebensabend zu haben.«

»Ein großes Wort sprichst du gelassen aus!«

»Ich möchte mich für noch etwas entschuldigen.«

»Was für ein Tag! Haben wir Hochzeitstag, und ich weiß es nicht?«

»Ich meine, wenn ich schon mal dabei bin sozusagen Tabula rasa zu machen – also – es tut mir leid, dass ich mit Gloria und der Hochzeit so einen Eiertanz gemacht habe.«

»Ich hab das ja verstanden – ist auch wirklich nicht leicht.«

»Ich will mich jetzt einfach freuen, mit dir da hinzugehen. Wir schauen uns die Leute an, üben uns in Geduld – und wenn es Scheiße ist, dann seilen wir uns ab – und nach uns die Sintflut.«

»Harry, welche Fee hat dich verzaubert?«

»Mir ist jetzt plötzlich bewusst geworden, wie schnell es gehen kann, dass einer von uns alleine ist. Wir haben einfach nicht mehr so viel Zeit. Ich glaube, man macht sich ewig Vorwürfe, wenn man diese Zeit miteinander nicht sinnvoll genutzt hat.«

»Ja, ich sehe um mich herum fast nur Paare unseres Alters, die nicht gut oder zumindest gleichgültig miteinander sind.«

»Erinnere dich an das Paar im Biergarten, das uns so gut gefallen hat. Zwei Leute, die sich sichtbar liebten, die die ganze Zeit miteinander geredet haben, die wir darum fast beneidet haben. Jetzt hatte er einen Schlaganfall, und sie sitzen sich stumm gegenüber, und sie füttert ihn.«

»Schrecklich – wann hast du sie gesehen?«

»Neulich, als ich mit Ede ein Bier trinken war.«

»Ich hab die beiden oft beneidet.«
»Lass uns so sein, dass wir andere nicht beneiden müssen.«
»Ja.«
»Lore, ich glaube, ich liebe dich immer noch.«
»Glaubst du's oder weißt du's?«
»Beides.«
»Jetzt würde ich glatt mit dir ins Bett gehen wollen – wenn ich nicht zu der Lesung müsste.«
»Weißt du was, ich komme mit.«
»Aber das interessiert dich doch nicht.«
»Dann fange ich eben damit an.«

André Gorz

Unsere Geschichte begann auf wunderbare Weise

Bald wirst Du jetzt zweiundachtzig sein. Du bist um sechs Zentimeter kleiner geworden, Du wiegst nur noch fünfundvierzig Kilo, und immer noch bist Du schön, graziös und begehrenswert. Seit achtundfünfzig Jahren leben wir nun zusammen, und ich liebe Dich mehr denn je. Kürzlich habe ich mich von neuem in Dich verliebt, und wieder trage ich in meiner Brust diese zehrende Leere, die einzig die Wärme Deines Körpers an dem meinen auszufüllen vermag.

Ich muss Dir unbedingt diese einfachen Dinge noch einmal sagen, bevor ich auf die Fragen eingehe, die mich seit kurzem quälen. Warum nur bist Du in all dem, was ich geschrieben habe, so wenig präsent, während doch unsere Verbindung das Wichtigste in meinem Leben gewesen ist? Warum nur habe ich in *Der Verräter* ein falsches Bild von Dir gegeben, das Dich entstellt? Dieses Buch sollte zeigen, dass mein Engagement Dir gegenüber die entscheidende Wende gewesen ist, die es mir ermöglicht hat, leben zu wollen. Warum aber ist dort keine Rede von der wunderbaren Liebesgeschichte, die wir sieben Jahre zuvor zu leben begonnen hatten? Warum sagte ich nicht, was mich an Dir fasziniert hat? Warum habe ich Dich als ein beklagenswertes Geschöpf dargestellt, »das niemanden kannte, kein Wort französisch sprach, sich ohne mich zugrunde gerichtet hätte«, während Du doch Deinen Freundeskreis hattest, einer Theatertruppe in Lausanne angehörtest und in England von einem Mann erwartet wurdest, der Dich heiraten wollte?

Ich habe die gründliche Erforschung, die ich mir vornahm, als ich *Der Verräter* schrieb, nicht wirklich geleistet. Es bleiben noch viele Dinge, die ich verstehen, klären muss. Ich muss die Geschichte unserer Liebe rekonstruieren, um sie in ihrem ganzen Sinn zu erfassen. Denn sie hat es uns ermöglicht, zu werden, was wir sind, durch einander und füreinander. Ich schreibe Dir, um zu verstehen, was ich erlebt habe, was wir zusammen erlebt haben.

Unsere Geschichte begann auf wunderbare Weise, fast wie ein *coup de foudre* – Liebe auf den ersten Blick. Am Tag unserer Begegnung warst Du von drei Männern umringt, die Dir das Pokerspiel beibringen wollten. Du hattest üppiges rotbraunes Haar, die perlmuttschimmernde Haut und die hohe Stimme der Engländerinnen. Du warst frisch aus England gekommen, und jeder der drei Herren versuchte in rudimentärem Englisch, Deine Aufmerksamkeit zu erregen. Du warst souverän, unübersetzbar *witty*, schön wie ein Traum. Als unsere Blicke einander begegnet sind, habe ich gedacht: »Bei ihr habe ich nicht die geringste Chance.« Später erfuhr ich, dass unser Gastgeber Dich vor mir gewarnt hatte: »He is an Austrian Jew. Totally devoid of interest.«
Einen Monat später bin ich Dir auf der Straße begegnet und war wieder fasziniert von Deinem tänzerischen Gang. Dann habe ich Dich eines Abends durch Zufall von ferne gesehen, als Du von Deiner Arbeit kamst und die Straße hinuntergingst. Ich bin gerannt, um Dich einzuholen. Du gingst schnell. Es hatte geschneit. Der Nieselregen kräuselte Dein Haar. Ohne allzu sehr daran zu glauben, habe ich Dir vorgeschlagen, tanzen zu gehen. Du hast einfach ja gesagt, *why not*. Es war der 23. Oktober 1947.
Mein Englisch war ungeschickt, aber passabel. Es hatte sich dank zweier amerikanischer Romane angereichert, die ich gerade für den Verlag Marguerat übersetzt hatte. Im Laufe dieses ersten Beisammenseins habe ich verstanden, dass Du viel ge-

lesen hattest, während und nach dem Krieg: Virginia Woolf, George Eliot, Tolstoi, Plato …
Wir haben über die britische Politik gesprochen, über die verschiedenen Strömungen innerhalb der Labour Party. Auf Anhieb hast Du das Wesentliche vom Beiläufigen unterschieden. Angesichts eines komplexen Problems schien Dir die zu treffende Entscheidung stets auf der Hand zu liegen. Du hattest ein unerschütterliches Vertrauen in die Richtigkeit Deiner Urteile. Woher nahmst Du diese Sicherheit? Dabei hattest doch auch Du entzweite Eltern gehabt; hattest sie, nacheinander, früh verlassen, hattest in den letzten Kriegsjahren allein gelebt mit Deinem Kater Tabby, mit dem Du Deine Lebensmittelrationen teiltest. Schließlich bist Du aus Deinem Land geflüchtet, um andere Welten zu erkunden. Was konnte Dich an einem mittellosen *Austrian Jew* interessieren?
Ich verstand es nicht. Ich wusste nicht, welche unsichtbaren Fäden sich zwischen uns entspannen. Du sprachst nicht gern über Deine Vergangenheit. Nach und nach sollte ich verstehen, welch grundlegende Erfahrung uns sogleich einander nahe brachte.
Wir haben uns wiedergesehen. Wir sind wieder tanzen gegangen. Zusammen haben wir *Teufel im Leib* mit Gérard Philipe gesehen. Darin gibt es eine Szene, in der die Heldin den Weinkellner bittet, die bereits angebrochene Flasche auszutauschen, weil sie, wie sie behauptet, nach Korken rieche. Wir haben diese Szene in einem Tanzlokal nachgespielt, und nach Überprüfung hat der Kellner unsere Diagnose angefochten. Als wir darauf bestanden, hat er sich gefügt, uns jedoch gewarnt: »Betreten Sie dieses Lokal nie wieder!« Ich habe Deine Kaltblütigkeit und Deine Unverfrorenheit bewundert. Ich sagte mir: »Wir sind füreinander geschaffen.« Am Ende unseres dritten oder vierten Treffens habe ich Dich endlich geküsst.

Camille de Peretti

Thérèses Zimmer, 3

23 Uhr 00

Robert ist gar nicht dazu gekommen, Thérèse zum Namenstag zu gratulieren. Sie haben sich geliebt, und kurz bevor sie die Augen geschlossen haben, Wange an Wange, haben sie einander versprochen, es noch oft zu tun. Sie haben sich geliebt wie zwei alte Menschen mit gebrechlichen, vom Rheuma geplagten Körpern. Sie haben sich geliebt wie zwei Jugendliche, zitternd vor Angst und Erregung. Sie haben sich geliebt mit künstlichen Zähnen und ihren gebrochenen, mit Platten und Nägeln zusammengehaltenen Gliedern. Und mit ihren von der Arthrose knotigen Händen haben sie sich gestreichelt wie Liebende. Sie haben sich ganz einfach geliebt. Nicht besonders hastig, nicht besonders sanft. Robert war es, als hätte er noch nie in seinem Leben eine Frau so begehrt, Thérèse dachte, darauf hat sie ihr Leben lang gewartet. Ein Leben voller emotionaler und sinnlicher Misere, um mit achtundsiebzig Jahren endlich zu hören, »Madame Leduc, heute Abend um zehn Uhr komme ich in Ihr Zimmer, ich muss Ihnen etwas sagen.« Ein liebender Kolibri hat ihre Hand mit leidenschaftlichen Küssen bedeckt. Alles war wieder möglich. Sie haben sich geliebt, für beide das erste Mal seit langer Zeit. Das Kreuzworträtsel steckt zusammengefaltet in Roberts Jackentasche, er hat es nicht gebraucht. Das Begehren hat alles ersetzt. Das Begehren hat selbst für alles gesorgt. Sie haben sich geliebt, auf die einfachste Art und Weise der Welt. Und danach, nackt in den gelblichen Betttüchern des *Les Bégonias* ineinander verschlungen, haben sie einander schöne Dinge gesagt, über das Leben, das Alter, die Zeit, sie haben einander eine reifere Liebe versprochen, eine glückliche Ehe. Robert hat von der algerischen Wüste erzählt, den rissigen Mauern der Kasbah und der kleinen Beduinin; Thérèse hat Émile beschrieben, seine Baumschule, seinen Rosengarten. Sie hat ihn geduzt, und er hat gelacht. Er hat gesagt, sie rieche so gut nach Frühling. Sie hat erwidert, »alter Verführer«, und sich an ihn geschmiegt. Ihrer beider welke Haut, ihre schlaffen Schenkel, ihre wie bei einem Hühnchen hervorstehenden Knochen. Es kam überhaupt nicht in Frage, dass Robert in sein Zimmer zurückgeht. In den Armen der Geliebten einschlafen, das ist das Beste, was es gibt. Ein schlichtes Bett, mehr haben wirklich Liebende noch nie gebraucht.

Den Kopf an die Schulter ihres Liebsten geschmiegt, schlummert Thérèse ein. Robert streichelt sacht ihr feines Silberhaar. Sein Blick wandert über die Schatten des Zimmers, den Schrank in der Ecke, die drei Borde über dem Nachttisch. Er spürt, wie ihn der Schlaf übermannt. Sein Kopf wird schwer. Auf dem Boden beim Vorhang schimmert ein Paar grünlackierte Ballerinenschuhe. Er denkt, beim Aufwachen wird er Thérèses kleine Füße küssen.

»Schläfst du schon?«

Statt einer Antwort murmelt sie wohlig etwas. Und da flüstert er, ganz leise: »Thérèse, ich liebe dich.«

Er kann es im Dunkeln nicht sehen, aber er weiß, sie lächelt.

Botho Strauß

Das Billett

Schon ein alter Sohn, saß der verwitwete M. mit seinen uralten Eltern beim Kartenspiel. Die Mutter, die von Zeit zu Zeit noch einmal eine Leidenschaft für ihren Mann ergriff, als wäre sie frisch verliebt – aber es war gerade deshalb, weil sie zusammen so alt geworden waren und immer noch ein gutes Paar! – die Mutter also störte es, dass der Mann gar nichts von ihrem jugendlichen Erröten bemerkte und die meiste Zeit tonlos vor sich hin pfiff. Da sann sie auf eine kleine Intrige, bei der ihr Sohn als Komplize mitwirken musste. Unter seine Karten war das Billetdoux eines Liebhabers gemischt, das sie mit verstellter Handschrift und in altmodischem Stil selbst verfasst hatte. Der Sohn ließ, wie verabredet, nach einigen Spielrunden plötzlich seine brennende Zigarette aus dem Mund fallen. In heftiger Bewegung versuchte er sein scheinbares Missgeschick zu beheben, kniete am Boden, um die Kippe aufzunehmen und den angesengten Teppichflor zu putzen. Unterdessen schob er das aufgefächerte Kartenspiel dem Vater in die Hand, so dass dieser nicht umhinkonnte, das Blatt seines Sohns zu mustern und dabei auf die Liebesadresse an seine Frau stieß.

In diesem Augenblick rief aber sein Mütterchen wider jede Verabredung: Nein! Bitte lies es nicht. Es ist ja nur ein Spaß!

Nachdem der Vater nun doch das Billett gelesen hatte, gab er es ungerührt, mit einem gutmütigen Kopfschütteln an seine vorwitzige Frau zurück und sagte: Was dir nicht alles durch den Kopf geht!

Ja, wie konnte sie nur! Aber der Sohn war verärgert und fragte sie später, weshalb sie das ausgedachte Manöver nicht bis zum Ende geführt habe. Die Greisin antwortete in aller Unschuld:

Ich fürchtete plötzlich, es könne ihm das Herz stehenbleiben, wenn er den Zettel liest!

Elke Heidenreich und Bernd Schroeder

Fast eine Liebeserklärung

»Sag mal, Lore, ist das feige, wenn man sich wünscht, der Erste zu sein, der stirbt?«

»Willst du dich schon aus dem Staub machen?«

»Meine Frage ist ernst gemeint.«

»Harry, was sind das für Gedanken? Nach der durchschnittlichen Lebenserwartung haben wir noch zwanzig Jahre zu leben – ich sogar zweiundzwanzig.«

»Das ist doch keine Antwort auf meine Frage.«

»Ich will nicht über unseren Tod nachdenken. Das ist doch müßig. Es kommt sowieso anders, als man denkt. Ich gehe morgen über die Straße und werde überfahren und aus. Ist doch nichts berechenbar.«

»Dann pass halt auf.«

»Bitte?«

»Ich meine, wenn du morgen über die Straße gehst.«

»Ist gut, Harry, ist gut.«

»Du hast ja im Prinzip recht. Manchmal habe ich einfach Angst, mal alleine zu sein. Alleine in dem Haus.«

»Ja. Daran will ich gar nicht denken. Bitte, Harry, lass uns nicht über so was reden. Nicht heute, ja?«

»Okay. Dann hat es vermutlich auch keinen Sinn, das Thema Testament mal wieder anzusprechen?«

»Gar keinen, Harry.«

»Ich kenne niemanden in unserem Alter, der nicht ein Testament gemacht hätte.«

»Seltsam, ich kenne keinen, der eins gemacht hat.«

»Die Leute reden nicht darüber. Sie machen es und fertig.«

»Glaubst du, mein Bruder hat ein Testament gemacht?«

»Theo? Schon vor dreißig Jahren. Und nach jeder Pleite und nach jeder Frau hat er es erneuert. Als ihn Carmen verließ, hat er sofort alles geändert. Hat er mir selbst erzählt.«

»Dann erbt jetzt Rita?«

»Wird so sein. Nur, die dumme Nuss hat ja keine Ahnung davon, dass sie bloß Schulden erben wird.«

»Ach, Rita, ja, sie ist eine dumme Nuss.«

»Wenn an ihr nichts mehr zu liften ist, bringt sie sich eh um.«

»Ich war doch neulich mit ihr in dem Wellnessbad. Stell dir vor, die ist im ganzen Intimbereich gepierct und tätowiert.«

»Im ganzen Intimbereich? Was heißt das?«

»Was wohl?«

»Schon gut, verstehe. Ich nehme an, da steht dein bescheuerter Bruder drauf.«

»Weiß ich nicht, schon möglich.«

»Sicher.«

»Sag mal, wie macht man denn überhaupt ein Testament?«

»Du willst also doch darüber reden?«

»In Gottes Namen, ja.«

»Man schreibt seinen Willen handschriftlich auf und deponiert das bei einem Notar.«

»Und der kriegt Geld dafür?«

»Sinnvoll ist es, sich von einem Notar beraten zu lassen.«

»Harry, du tust ja gerade so, als hätten wir ein Firmenimperium zu vererben. Außerdem ist doch klar – darüber haben wir schon gesprochen: Du beerbst mich, ich beerbe dich.«

»Schon falsch. Das hatten wir auch schon: Kinder haben ein Pflichterbteil.«

»Na gut, erbt Gloria eben einen Teil.«

»Lore! Darüber hatten wir uns doch verständigt, dass das angesichts ihrer Zukunft nicht nötig ist.«

»Vielleicht doch. Was weiß man, vielleicht sagt sie vor dem Traualtar noch nein.«
»Das glaubst du doch selbst nicht.«
»Wem willst du denn dann alles vererben? Hast du eine heimliche Geliebte, die versorgt werden muss?«
»Lore, du spinnst.«
»Ach!«
»Du willst einfach nicht ernsthaft über das Thema reden.«
»Stimmt.«
»Na, dann eben nicht.«
»Stell dir vor: Eine Freundin von der Kollegin Drechsel war neulich beim Begräbnis ihres Vaters in München. Da stehen die Witwe und fünf erwachsene Kinder am Grab und sehen verwundert, dass da noch eine andere Frau mit Witwenschleier und drei fast erwachsenen Kindern steht und trauert. Es stellt sich heraus, dass der Verstorbene ein Doppelleben geführt hat. Er war Vertreter einer Firma in Stuttgart, bereiste den ganzen Süden und Südwesten. Und er hatte eine Familie in München und eine in Freiburg, und beide wussten nichts voneinander. Beiden Familien hatte er ein Reihenhaus gekauft, beiden Familien war er der Vater, der eben berufsmäßig viel unterwegs war. Verrückt, oder?«
»Klingt wie aus einem Roman. Hatte nicht Charles Lindbergh eine Familie in Deutschland und eine in Amerika?«
»Ja, hatte er. Und du, Harry, wo ist deine zweite Familie?«
»Auch in München.«
»Wie heißt die Dame?«
»Uschi Glas.«
»Harry, tu alles, aber tu mir das nicht an!«
»Schon gut, ich lasse es. Nein, für so ein Doppelleben hätte ich nichts übrig. Muss doch anstrengend sein.«
»Die Drechsel sagt, der Mann in München beziehungsweise

in Freiburg sei ein guter, ausgeglichener und treusorgender Familienvater gewesen. Beiden Familien.«
»Ja, manche kommen mit einer Familie nicht zurecht, andere schaffen zwei. Übrigens, das Testament dieses Mannes wäre interessant.«
»Womit wir wieder beim leidigen Thema wären.«
»Lassen wir's für heute.«
»Weise Einsicht, Harry.«
»Noch was, Lore: Geh morgen bitte nicht über die Straße. Ich brauch dich noch.«
»Das klingt ja fast wie eine Liebeserklärung.«
»Es ist eine.«

Quellenverzeichnis

David Albahari (geb. 1948)
Eichhörnchen*; Weiße Wolke*. Aus: David Albahari, Die Kuh ist ein einsames Tier. Kurze Geschichten und dauerhafte Wahrheiten über Liebe, Traurigkeit und den ganzen Rest. Aus dem Serbischen übertragen von Mirjana und Klaus Wittmann. Eichborn AG, Frankfurt am Main 2011. © Schöffling & Co. Verlagsbuchhandlung GmbH, Frankfurt am Main.

Isabel Allende (geb. 1942)
Die Liebenden im Guggenheimmuseum. Aus dem Spanischen übersetzt von Svenja Becker. Aus: Die Geschichtenerzähler. Neues und Unbekanntes von Allende bis Zafón. Suhrkamp Verlag Frankfurt am Main 2008. © 2001 Isabel Allende.
Nívea, die Kühne*. Auszug aus: Isabel Allende, Porträt in Sepia. Roman. Aus dem Spanischen von Lieselotte Kolanoske. © der deutschen Ausgabe Suhrkamp Verlag Frankfurt am Main 2001.

Paul Auster (geb. 1947)
Fünf. Aus: Paul Auster, Das rote Notizbuch. Übersetzung ins Deutsche von Werner Schmitz. Copyright © 1996, 2001 by Rowohlt Verlag GmbH, Reinbek bei Hamburg. The Red Notebook Copyright © Paul Auster, 1995.

Lily Brett (geb. 1946)
Mein Vater verliebte sich in meine Mutter*. Auszug aus: Lily Brett, Zu sehen. Aus dem Amerikanischen von Anne Lösch. © Suhrkamp Verlag Frankfurt am Main 2008.

Italo Calvino (1923-1985)
Abenteuer eines Ehepaars. Übersetzt von Nino Erné. Aus: Italo Calvino, Heikle Erinnerungen. Erzählungen. © 1993 Carl Hanser Verlag, München · Wien.

Julio Cortázar (1914-1984)
Morsezeichen. Aus: Julio Cortázar, Die Erzählungen. Aus dem Spanischen von Fritz Rudolf Fries, Wolfgang Promies, Rudolf Wittkopf. © der deutschen Ausgabe Suhrkamp Verlag Frankfurt am Main 1998.

F. Scott Fitzgerald (1896-1940)
Liebe in der Nacht. Aus dem Amerikanischen von Melanie Walz. Copyright der deutschsprachigen Übersetzung © 2009 Diogenes Verlag AG Zürich. Aus: F. Scott Fitzgerald, Die letzte Schöne des Südens. 2009, 2012 Diogenes Verlag AG Zürich.

Max Frisch (1911-1991)
Eine Geschichte für Camilla. Aus: Max Frisch, Mein Name sei Gantenbein. © Suhrkamp Verlag Frankfurt am Main 1964.

Anna Gavalda (geb. 1970)
Ambre. Aus: Anna Gavalda, Ich wünsche mir, daß irgendwo jemand auf mich wartet. Erzählungen. Aus dem Französischen von Ina Kronenberger. © 2002 Carl Hanser Verlag, München, Wien.

André Gorz (1923-2007)
Unsere Geschichte begann auf wunderbare Weise*. Auszug aus: André Gorz, Brief an D. Geschichte einer Liebe. Aus dem Französischen von Eva Moldenhauer. © 2007 Rotpunktverlag, Zürich.

Peter Handke (geb. 1942)
Eine Frau*. Aus: Peter Handke, Das Gewicht der Welt. Ein Journal (November 1975-März 1977). © 1977 Residenz Verlag, Salzburg.

Elke Heidenreich (geb. 1943)
Ring; Rosen I. Aus: Elke Heidenreich, Alles kein Zufall. Kurze Geschichten. © 2016 Carl Hanser Verlag München.

Elke Heidenreich (geb. 1943)/Bernd Schroeder (geb. 1944)
Entschuldigung*; Fast eine Liebeserklärung*. Aus: Elke Heidenreich/ Bernd Schroeder, Alte Liebe. Roman. © 2009 Carl Hanser Verlag, München.

Wolfgang Herrndorf (1965-2013)
Isa*. Auszug aus: Wolfgang Herrndorf, Tschick. Roman. Copyright © 2010 Rowohlt Berlin Verlag GmbH, Berlin.

Yasushi Inoue (1907-1991)
Lieben, geliebt werden*. Auszug aus: Yasushi Inoue, Das Jagdgewehr. Aus dem Japanischen von Oskar Benl. © Suhrkamp Verlag Frankfurt am Main 1964.

Alexander Kluge (geb. 1932)
So legte sich der Streit, der zur Trennung hätte führen können. Aus: Alexander Kluge, Kongs große Stunde. Chronik des Zusammenhangs. © Suhrkamp Verlag Berlin 2015.

Ernest van der Kwast (geb. 1981)
Der zweiteilige Badeanzug*. Auszug aus: Ernest van der Kwast, Fünf Viertelstunden bis zum Meer. Aus dem Niederländischen von Andreas Ecke. Copyright © 2015 by mareverlag, Hamburg.

David Levithan (geb. 1972)
woo, v. umwerben, V. Aus: David Levithan, Das Wörterbuch der Liebenden. Aus dem Amerikanischen von Andreas Steinhöfel. © 2010 Graf Verlag in der Ullstein Buchverlage GmbH, Berlin.

Haruki Murakami (geb. 1949)
Wie ich eines schönen Morgens im April das 100%ige Mädchen sah. Aus: Haruki Murakami, Wie ich eines schönen Morgens im April das 100%ige Mädchen sah. Erzählungen. Aus dem Japanischen von Nora Bierich. © 2007 für die deutsche Ausgabe: DuMont Buchverlag, Köln, S. 9ff. © 1993 Haruki Murakami.

Sergio Olguín (geb. 1967)
Alles sprach gegen mich*. Auszug aus: Sergio Olguín, Die Traummannschaft. Roman. Aus dem Spanischen von Matthias Strobel. © der deutschen Ausgabe Suhrkamp Verlag Frankfurt am Main 2006.

Amos Oz (geb. 1939)
Esthi*. Auszug aus: Amos Oz, Sumchi. Eine wahre Geschichte über Liebe und Abenteuer. Aus dem Hebräischen von Mirjam Pressler. © 1993 Carl Hanser Verlag, München, Wien. © Amos Oz 1978.

Camille de Peretti (geb. 1980)
Thérèses Zimmer, 3, 23 Uhr 00. Auszug aus: Camille de Peretti, Wir werden zusammen alt. Deutsche Übersetzung von Hinrich Schmidt-Henkel. Copyright © 2008 Éditions Stock; 2011 Rowohlt Verlag GmbH, Reinbek bei Hamburg.

Francesco Piccolo (geb. 1964)
Der Bahnübergang*; Dieser eine Augenblick*. Aus: Francesco Piccolo, Von Glücksmomenten. Aus dem Italienischen übersetzt von Birte Völker. © der deutschsprachigen Ausgabe Insel Verlag Berlin 2012. © 2010 by Francesco Piccolo.

Claudio Piersanti (geb. 1954)
Formitrol. Aus: Sette Nuovi Racconti/Neue italienische Erzählungen. Auswahl und Übersetzung von Ina Martens. © 1992 der deutschen Übersetzung Deutscher Taschenbuch Verlag GmbH & Co. KG, München. © 1989 Claudio Piersanti.

Franka Potente (geb. 1974)
Kitamakura oder 49 Tage. Aus: Franka Potente, Zehn. Stories. © 2010 Piper Verlag GmbH, München.

Monica Sabolo (geb. 1971)
Vom Wunder. Aus: Monica Sabolo, Das hat alles nichts mit mir zu tun. Eine Liebesinventur. Aus dem Französischen von Nina Hübner. © der deutschen Ausgabe Suhrkamp Verlag Berlin 2014.

Botho Strauß (geb. 1944)
Das Billett; Erregungen. Aus: Botho Strauß, Mikado. © 2006 Carl Hanser Verlag, München · Wien.
Verkennung. Aus: Botho Strauß, Sie/Er. Erzählungen. Ausgewählt von Thomas Hürlimann. © Carl Hanser Verlag München 2012.

Kurt Tucholsky (1890-1935)
Erste Liebe*. Aus: Kurt Tucholsky, Sudelbuch. Rowohlt Verlag, Reinbek bei Hamburg 1993.

Mario Vargas Llosa (geb. 1936)
Die kleinen Chileninnen. Auszug aus: Mario Vargas Llosa, Das böse Mädchen. Roman. Aus dem Spanischen von Elke Wehr. © der deutschen Ausgabe Suhrkamp Verlag Frankfurt am Main 2006.

Roger Willemsen (1955-2016)
Auf der U-Bahn-Rolltreppe*; Eine junge Frau*. Aus: Roger Willemsen, Momentum. © S. Fischer Verlag GmbH, Frankfurt am Main 2012.

* Alle mit einem Stern gekennzeichneten Titel stammen von der Herausgeberin.

**Geschichten,
die Glücksgefühle auslösen**

Was macht uns glücklich? Glücklich macht, wenn wir der schlechten Laune ein Schnippchen schlagen, dem Trübsinn die lange Nase zeigen oder ein Unglück abwenden konnten. Wenn wir plötzlich der Liebe begegnen – und die Liebe bleibt. Wenn Freunde Freunde sind, wenn man sie am nötigsten hat. Wenn Wildfremde einem lächelnd helfen. Wenn man für Augenblicke in seine Kindheit und Jugend zurückkehren kann. Wenn auf einmal so ein Tag ist, an dem man die ganze Welt umarmen könnte. Wenn das Wunder dann doch passiert ...
Genau hiervon – von den schönsten Momenten des Glücks – erzählen in diesen Geschichten: Isabel Allende, Elizabeth von Arnim, Jurek Becker, Peter Bichsel, Lily Brett, Eva Demski, Max Frisch, Robert Gernhardt, Hermann Hesse, Alexander Kluge, Cees Nooteboom, Amos Oz, Daniel Picouly und viele andere.

Geschichten, die glücklich machen. Ausgewählt von Clara Paul. insel taschenbuch 4296. 255 Seiten

NF 230/1/09.14

»Zupf dir ein Wölkchen aus dem Wolkenweiß …«

Es gibt Gedichte, die einen nicht mehr loslassen und über die Jahre begleiten oder plötzlich wieder aus der Erinnerung aufsteigen und einen mit Sehnsucht anstecken – viele von ihnen sind hier versammelt: die Gedichte, auf die man nicht mehr verzichten möchte, und die, auf die man nach dem ersten Lesen einfach nicht mehr verzichten kann:
Gedichte, deren Lebenslust und Fröhlichkeit sich unmittelbar auf einen übertragen; übermütige, verspielte Liebeserklärungen an das Leben und die Welt; zärtliche, traurig-schöne Gedichte, die versonnen der Erinnerung an den unwiederbringlichen Augenblick hingegeben sind; beglückend-tröstliche Gedichte, die man vor sich hinflüstert, wenn man der Ermutigung bedarf; Gedichte, denen ein Zauber innewohnt, »der uns beschützt und der uns hilft zu leben«.
Mit Gedichten von Ilse Aichinger, Rose Ausländer, Elisabeth Borchers, Bertolt Brecht, Mascha Kaléko, Rainer Maria Rilke, Joachim Ringelnatz, Peter Rühmkorf, Eva Strittmatter, Kurt Tucholsky und vielen anderen.

Gedichte, die glücklich machen. Ausgewählt von Clara Paul. insel taschenbuch 4297. 187 Seiten

NF 231/1/09.14

NF 232/1/09.14

NF 259/1/7.15

Gedichte, die die Liebe zum Leuchten bringen

Nichts ist schöner, als zu lieben und geliebt zu werden – und für dieses unfassliche Glück dann die Zauberworte zu finden, die diese Liebe für immer leuchten lassen.
Wenn in den magischen Momenten der Liebe Herzklopfen der Taktgeber der Poesie ist, können Gedichte entstehen, die einen spüren lassen, was lieben heißt: verwundert-zaghafte Gedichte für das überwältigende Gefühl der allerersten Liebe; jubilierende über ein erwidertes Lächeln; zarte, zärtliche der Sehnsucht; atemberaubende Gedichte von brennender Leidenschaft; betörende Gedichte über Verlockung und Hingabe …

Mit Gedichten von Anna Achmatowa, W.H. Auden, Rose Ausländer, Thomas Brasch, Bertolt Brecht, Raymond Carver, Emily Dickinson, Hilde Domin, Joseph von Eichendorff, Johann Wolfgang Goethe, Ulla Hahn, Heinrich Heine, Ernst Jandl, Mascha Kaléko, Angela Krauß, Reiner Kunze, Else Lasker-Schüler, Friederike Mayröcker, Rainer Maria Rilke, Peter Rühmkorf, Eva Strittmatter, Wisława Szymborska, William Carlos Williams und vielen anderen.

Gedichte zum Verlieben. Ausgewählt von Clara Paul. insel taschenbuch 4559. 184 Seiten

NF 374/1/3.17